LE DÉFI DE WES

JULES BARNARD

Chapitre Un

Wes garda les yeux rivés sur son club de golf — et non sur son ex-petite amie deux postes plus loin sur le practice.

D'accord, il n'avait pas cessé d'observer Kaylee. Mais bon sang, que faisait-elle ici ? Jusqu'à ces derniers jours, où elle lui avait tendu un guet-apens dans la boutique du golf, il n'avait pas vu Kaylee depuis quatre ans.

Ses cheveux étaient plus courts ; ce n'était plus le long rideau de soie presque noir de l'époque de l'université. Et malgré son élégance naturelle, elle massacrait allègrement le practice.

Ce type avec qui elle était l'autre jour plaqua une main sur son cul ferme et rebondi, ce qui provoqua un afflux de sang dans les tempes de Wes. Cela faisait des années qu'il n'avait pas vu Kaylee, mais elle était *à lui* lors de leur dernière rencontre.

Wes enfonça son club dans son sac, résolu à s'arrêter là et à décamper, quand Kaylee regarda dans sa direction. Son regard se posa sur lui, et elle écarquilla les yeux, comme si elle ne s'attendait pas à le voir là.

Le Club Tahoe appartenait à Wes et ses frères. C'était quoi ce cirque ? Tout le monde savait que le trouver au golf n'avait rien d'extraordinaire.

Kaylee glissa un mot à l'homme qui l'accompagnait, et ils se dirigèrent vers Wes.

Merde.

– Tu as une minute ? demanda-t-elle tandis qu'il rangeait ses clubs.

Il lui fit un sourire crispé.

– Je dois retourner à la boutique.

Voir Kaylee avec un autre homme était comme un planté de fourchette dans l'œil, et Wes faisait son max pour ne pas craquer.

Quand le type passa un bras autour des épaules de Kaylee, il serra les poings.

– Ça ne prendra qu'un instant. Kaylee dit que vous étiez ensemble à la fac et que tu es un golfeur professionnel ?

Wes soupira. Sans cette fille et les pipes qu'elle lui taillait à l'université, il serait un golfeur pro et déchirerait tout sur le circuit.

– Je suis pro dans ce complexe hôtelier.

Ducon le fixa d'un œil vide.

De toute évidence, le gars ne connaissait pas grand-chose au golf. Il y avait une grande différence entre faire des tournois et donner des cours en tant que prof diplômé.

– Quoi qu'il en soit, déclara Ducon, Kaylee dit que tu es un bon.

Il la regarda et sourit.

– J'aimerais offrir des cours à ma fiancée. Elle vient juste de se mettre au golf, et tu pourrais l'aider à progresser.

Fiancée… *Fiancée ?* Wes scruta Kaylee, qui tressaillit.

Il laissa échapper un long soupir. Était-ce une mauvaise blague ? Son ex se pointait sans prévenir sur le complexe hôtelier de sa famille – *son territoire* – avec un fiancé ?

– Ne te sens pas obligé, s'empressa de dire Kaylee.

Son fiancé fronça les sourcils.

– On en a parlé, Kaylee. Tu as besoin de prendre des cours si tu veux m'accompagner sur le parcours de golf aux îles Fidji pendant notre lune de miel.

Elle jeta un coup d'œil hésitant à Wes.

– Oui, mais Wes est sûrement très occupé. Je ne sais même pas s'il donne des cours.

– J'en donne, s'entendit répondre Wes.

Il avait perdu la tête ? Donner des leçons à Kaylee était la dernière chose à faire. Elle l'avait entubé, et ni lui ni sa carrière sportive ne s'en étaient totalement remis.

Quand Kaylee avait rompu avec Wes, il se trouvait dans une période charnière, au cœur du tournoi le plus important de sa vie. Il avait remisé la rupture au second plan et concentré toute son énergie à réussir sur le circuit professionnel, convaincu qu'il arrangerait les choses avec Kaylee une fois rentré chez lui. Seulement Wes avait foiré les épreuves de qualification, et il n'y avait jamais eu de « plus tard ». À son retour, Kaylee avait terminé ses études et quitté la ville. Wes ne l'avait plus jamais revue, ni entendu parler d'elle.

Le golf était un sport cérébral. Sans concentration, votre score pouvait facilement passer de moins six coups à plus six et vous éjecter de la compétition. La rupture avec Kelly pendant le tournoi avait bousillé son mental, et il ne s'en était jamais remis.

La triste coïncidence de ces semi-retrouvailles quatre ans plus tard, c'était que Wes tentait à nouveau de se qualifier pour le circuit pro. Tomber sur son ex était soit un sale coup du sort, soit juste ce dont il avait besoin pour retrouver sa rage de vaincre.

Elle l'avait largué froidement sans raison valable, et l'idée de faire confiance à Kaylee lui laissait un goût amer. Mais s'il découvrait pourquoi elle l'avait quitté à l'époque, cela l'aiderait à se reconstruire mentalement, et lui redonnerait la niaque qu'il avait perdue.

— Je suis disponible les mardi et jeudi après-midi de seize à dix-sept heures.

Ducon à la mâchoire trop ciselée sourit à une Kaylee dubitative.

— Parfait ! Kaylee pourra prendre des cours pendant qu'elle prépare notre mariage. On l'organise ici. C'est un endroit magnifique que vous avez là.

Elle allait se marier… dans *son fichu hôtel* ? Elle avait perdu la tête ?

Kaylee leva le menton d'un air de défi dont Wes ne se souvenait que trop bien.

— J'ai toujours aimé le lac Tahoe. Mes parents ont encore leur chalet ici. C'est là-bas qu'Eddy et moi logeons.

Le regard d'Eddy passa de l'un à l'autre.

— Il y a un problème ? Si tu es trop occupé pour lui donner des cours, je peux trouver quelqu'un d'autre.

— Non, je m'en charge, dit Wes en fixant Kaylee.

Il ignorait la véritable raison de sa présence ici, mais il était difficile de croire à une simple coïncidence, et il allait faire en sorte de découvrir pourquoi elle était venue.

KAYLEE COINÇA ses cheveux derrière ses oreilles et se dirigea lentement vers Wes, qui discutait au bord du practice avec un type. Wes portait le polo de golf rouge du Club Tahoe, une main enfoncée dans la poche de son pantalon, qui étirait le tissu et offrait une vue de son joli cul moulé. L'ex de Kaylee était aussi bien gaulé qu'à l'université. Et encore plus beau, parce qu'il était plus large et plus musclé aujourd'hui.

Son cœur battait la chamade — une belle pagaille de pulsations depuis qu'elle avait revu Wes la semaine dernière, après presque quatre ans. Ils s'étaient séparés dans des conditions merdiques. C'était sa chance de se racheter. Seulement Wes lui en voulait encore, à en juger par sa réaction en la revoyant. Et c'était une rancune qu'elle devait dépasser pour espérer tourner la page.

Kaylee était entrée dans la boutique avec Eddy la semaine dernière pour chercher une veste légère pour les matins frais sur le terrain de golf. Mais dès qu'elle avait aperçu Wes derrière le comptoir, son cœur avait failli lâcher. Elle avait prévu de se marier au Club Tahoe, parce que l'endroit était magnifique, et qu'elle avait passé ses vacances d'enfance au bord du lac. Mais aussi parce qu'elle avait besoin de voir Wes une dernière fois avant son mariage.

Kaylee ne savait pas que Wes travaillait en réalité au club. Il nourrissait de grandes ambitions pour sa carrière de golfeur. Ambitions qui l'avaient consumé, au détriment de leur relation. Elle pensait devoir enquêter pour le retrouver. Peut-être même contacter son père. Mais il y a quelques jours, Kaylee avait appris le décès récent d'Ethan Cade, remplacé à la tête du complexe hôtelier par son fils aîné, Levi. Wes dirigeait le golf, et deux autres de ses frères s'occupaient des activités sur le site.

Réapparaître dans la vie de Wes après une telle perte était le pire moment possible. Mais le mariage de Kaylee avait lieu dans deux mois et des poussières, c'était maintenant ou jamais.

Elle s'avança, un sac de golf sur l'épaule, et s'arrêta à

quelques mètres derrière lui. Il ne l'avait pas encore vue, et elle en profita pour s'imprégner du physique de l'homme qu'elle avait jadis aimé plus que tout.

Sa posture désinvolte, le léger sourire qui se dessinait au coin de sa bouche tandis qu'il bavardait avec l'autre golfeur, c'était le Wes espiègle et bon vivant dont elle se souvenait. Elle ne voyait pas ses yeux bleu foncé, car il était de dos, mais elle n'avait pas oublié leur éclat quand il lui volait un baiser. Ni leur profondeur abyssale dans laquelle elle plongeait quand il lui faisait l'amour…

Un frisson chaud descendit le long de sa colonne vertébrale. C'était une mauvaise idée, de traquer Wes. Et prendre des cours de golf avec lui ? Après tout, ce n'était peut-être pas si important de clore leur histoire. Pas quand des étincelles indésirables l'embrasaient en présence de Wes. Il lui faisait revivre des émotions qu'elle croyait disparues, mais qui, apparemment, n'étaient qu'en sommeil. Et c'étaient des émotions qu'elle devait oublier si elle voulait avoir une chance de commencer une nouvelle vie avec Eddy.

Kaylee était sur le point de renoncer à cette histoire de cours de golf, quand le corps de Wes se raidit.

Il se tourna lentement et lui fit face. Ses yeux tombèrent sur sa bouche avant de dériver vers ses joues… en feu en raison de ces souvenirs idiots de leur relation.

S'il s'était tendu en la voyant quelques instants plus tôt, il cachait bien son malaise maintenant. Wes, immobile, soutenait son regard. Avec une certaine froideur. En revanche, la température de Kaylee augmentait et ses jambes chancelaient.

— Est-ce le bon moment ? demanda-t-elle d'une voix aigüe et nerveuse, avant de toussoter. Je peux revenir plus tard si tu es occupé.

Ou ne pas revenir du tout. Maudit soit Eddy et son obsession du golf pendant leur lune de miel. Qu'est-ce qu'avaient les hommes avec ce sport ?

Kaylee aurait pu tourner la page, mais Wes lui avait volé un morceau de son cœur. Ça ne signifiait pas qu'ils étaient faits l'un pour l'autre. Elle n'oublierait jamais combien elle avait souffert pendant, et après leur relation.

Son intention initiale était d'enterrer enfin le passé… une fois qu'elle aurait dit à Wes ce qu'elle aurait dû lui dire il y a des années. Mais elle ne pouvait pas lui expliquer les choses avant qu'ils ne soient en meilleurs termes. La vérité était trop personnelle et trop crue pour qu'elle la lui avoue alors qu'il la regardait comme si elle était une bouse collée sous sa semelle. Elle devait donc en passer par ces leçons de golf, même si Wes la déstabilisait.

– Maintenant, c'est bien, dit-il.

Il fit un signe de tête, genre *on se voit plus tard*, à l'homme avec qui il discutait et regarda par-dessus l'épaule de Kaylee un point au loin. Un sourire illumina son visage.

Le cœur de Kaylee s'affola. Les sourires de Wes l'avaient toujours fait fondre, et l'effet qu'ils avaient encore sur elle la troublait, lui rappelant pourquoi elle était tombée amoureuse de lui des années plus tôt. Mais le sourire de Wes ne s'adressait pas à elle.

Kaylee se tourna et aperçut une fillette – quatre ans peut-être ? – qui trottinait vers eux. Elle portait un petit sac de golf débordant de clubs et ses cheveux tressés en queue de cheval se balançaient d'avant en arrière au rythme de sa démarche volontaire. Elle avait la même expression intense que Wes lorsqu'il se rendait, concentré, à une partie de golf.

– Bella, je te présente Kaylee.

La fillette lui jeta un bref coup d'œil.

– Elle s'entraîne aussi ?

Wes fronça les sourcils.

– Bien sûr que non. Kaylee est loin d'avoir ton niveau. Je vais t'entraîner et donner des conseils à Kaylee. Elle pourra observer ton jeu comme l'exemple parfait de ce qu'il faut faire.

Bella sourit.

– C'est une fillette de quatre ans qui va me montrer les bons gestes ? murmura-t-elle à l'oreille de Wes.

– Cinq, corrigea-t-il en croisant les bras sur le torse, élargissant son envergure. Bella est petite pour son âge, mais ne te laisse pas avoir par la taille. C'est ma meilleure élève.

Kaylee aperçut le sourire fugace sur ses lèvres.

Génial. Non seulement passer du temps avec Wes allait être gênant, mais il avait l'intention de la faire passer pour une idiote. Sans doute qu'elle le méritait, dans son esprit à lui. Ce qu'elle pouvait supporter. Ce qu'elle ne pouvait pas supporter, c'était de passer le reste de sa vie sans avoir eu une explication avec lui.

Toutefois, c'était bizarre que Wes entraîne une petite fille. Il ne s'était jamais préoccupé du jeu des autres, trop obnubilé par le sien.

– Tu enseignes vraiment aux enfants maintenant ?

– Nouvelle activité du club. Ce n'est pas désagréable. Surtout avec des élèves comme Bella.

Bella s'exerça au swing. Elle avait un vrai talent.

– C'est bien, dit Wes. Garde ton bras tendu comme je t'ai appris la semaine dernière. Avec lenteur et fluidité.

Bella posa une balle, leva son club et frappa, envoyant la balle à l'autre bout du practice.

Kaylee toussa dans sa main, réprimant un sourire.

– D'accord, tu as raison. Elle est douée.

Wes lui jeta un regard.

– Nerveuse ?

– Pas du tout, affirma Kaylee en croisant les bras sur sa poitrine. Moi aussi, je suis douée.

Le regard de Wes se posa brièvement sur ses seins, avant de remonter lentement vers ses yeux. Il secoua la tête.

– Je ne crois pas.

Mince. Il avait dû la voir frapper des balles sur le practice l'autre jour.

La vérité, c'est que Kaylee était carrément nulle au golf. Même si elle ne l'avouerait jamais à Wes.

Il sourit fièrement quand Bella envoya une autre balle vers le ciel.

– Bien joué, lança-t-il.

Kaylee déglutit. Puis déglutit encore. Parce que, soudain, elle réalisa autre chose. Wes n'enseignait pas le golf à Bella pour s'amuser ou parce qu'il admirait son talent… il s'intéressait réellement à la fillette.

Voir son ex égocentrique apprendre à une petite fille comment pratiquer son sport favori avait un étrange effet sur sa poitrine : un pincement douloureux, une pulsation lancinante qui lui serrait le cœur.

Bella sourit par-dessus son épaule, cherchant l'approbation de Wes.

Il hocha la tête et déclara :

– Pratique les gestes que je t'ai appris pendant que je m'occupe de Kaylee.

Kaylee redressa les épaules. Elle ne voulait pas se laisser troubler par l'attention adorable que Wes portait à une enfant. Beaucoup d'hommes aimaient les enfants. C'était un comportement normal.

Excepté que c'était anormal chez Wes.

Il avait toujours été centré sur lui-même. Il lui avait déjà dit qu'il l'aimait quand ils sortaient ensemble, mais ses actions montraient clairement qu'elle n'avait jamais été une priorité dans sa vie.

Kaylee sortit son gant de golf et l'enfila.

— Bella s'entraîne depuis longtemps ?

Wes haussa les épaules.

— Ses parents viennent souvent ici. Je lui ai donné des cours tout l'été. Cette petite fille sera pro un jour.

Kaylee le dévisagea, surprise. Il semblait presque se soucier davantage de la réussite d'une fillette que de la sienne. Et c'était un truc complètement dingue.

— Et si elle décidait d'arrêter le golf et de prendre des cours de danse ?

Kaylee le provoqua comme avant. Seulement aujourd'-hui, elle n'était pas sûre de sa réaction.

Wes grogna.

— Impossible. Pas si j'ai mon mot à dire à ce sujet.

Kaylee rit. Il avait réagi exactement comme avant : avec arrogance et agacement. Même si au fond, il avait toujours été un tendre au grand cœur.

Son sourire s'effaça. Peu importe sa tendresse. Parfois, ça ne suffisait pas.

— On ne sait jamais, Wes, déclara-t-elle en gardant un ton léger. Les femmes changent d'avis.

Son expression s'assombrit et sa bouche se durcit.

— Je connais bien les femmes qui changent d'avis.

Merde. Elle n'avait pas l'intention d'entrer si tôt dans le vif du sujet. Elle essayait encore d'améliorer leur rapport, retrouver une forme d'entente.

Kaylee se retourna et saisit un club de golf.

— Alors, que dois-je travailler en premier ? Mon swing ? Ma position ?

Wes observa le paysage au loin comme s'il savait qu'elle changeait de sujet. Puis il reporta son regard sur elle, neutre.

– Ta position, et tout ce qui est à chier. Alors on va commencer par les bases. Là où j'ai commencé avec Bella, sourit-il d'un air suffisant.

– Tu aimes me rabaisser, hein ?

– Tu veux vraiment que je réponde ?

– Non, grommela-t-elle.

Elle posa une balle sur le tee en bois qu'elle avait enfoncé dans le sol.

– Attends, dit Wes en s'approchant et lui prenant le club des mains. Tout d'abord, utilise le pitching wedge, pas le driver. Tu dois t'entraîner avant d'utiliser des clubs longs.

Il remisa le driver dans son sac de golf, saisit un club plus court et plus petit qu'il lui tendit. Wes se pencha et arracha le tee en bois sur lequel elle avait installé la balle et la posa directement sur le gazon. Ce qui, d'après l'expérience limitée de Kaylee, la rendait plus difficile à frapper.

Wes scruta son corps.

Et sa poitrine se réchauffa, son ventre se liquéfia.

La première fois qu'elle avait rencontré Wes, il l'avait repérée dans une fête étudiante et l'avait invitée à danser. Cette danse s'était transformée en roulage de pelles, puis en une nuit chez elle qui avait duré tout le week-end. Ils furent inséparables pendant deux ans. Et il semblait que son corps se souvenait de l'effet qu'il lui faisait et réagissait en conséquence.

Sois forte. Tu es fiancée ! Wes étudiait sa position, il ne la reluquait pas — même si elle aurait juré qu'il avait maté ses seins tout à l'heure. Ça ne comptait pas.

– Montre-moi ta prise, dit-il.

Elle tendit son club et le tint à deux mains comme son fiancé le lui avait appris.

Wes lui bougea légèrement la main, sa paume chaude effleurant ses doigts nus. Une étincelle de chaleur parcourut le bras de Kaylee. Wes tourna les yeux vers elle comme s'il la sentait aussi.

Il lui lâcha la main et se racla la gorge.

– Pas mal. Montre-moi ta position de départ.

Kaylee révisa mentalement les gestes, se mit en place, et balança le club pour s'entraîner.

Wes porta une main à front et secoua la tête.

– Bon sang, Kaylee. Tu es sûre de vouloir te mettre au golf ?

Elle lâcha son club sur le gazon.

– Oui. Bon, tu me montres ou pas ?

– Tout ça parce que ton *fiancé* veut que tu joues ?

Elle nota la façon dont il accentuait volontairement le mot. Ses fiançailles s'étaient déroulées aussi bien qu'elle s'y attendait, c'est-à-dire pas bien du tout. Wes avait toujours occupé tout l'espace quand ils étaient ensemble. Il n'y avait jamais eu de place pour d'autres hommes, même quand elle le voulait.

– J'ai toujours voulu apprendre, mais tu n'étais pas…

Le front de Wes se plissa.

– Je n'étais pas quoi ?

Elle poussa un soupir.

– Tu étais toujours trop occupé à la fac pour m'apprendre. J'aurais pu demander à quelqu'un d'autre, mais je voulais que tu sois mon professeur.

Il l'observa un long moment, son regard bleu océan indéchiffrable.

– Garde les bras baissés, les pieds bien écartés, et fléchis les genoux.

Elle cligna des yeux, puis fit ce qu'il demandait. Parce que, malgré leur passé tumultueux, il y mettait de la bonne volonté.

Le reste de la leçon se déroula de la même façon. Wes aboyait des ordres à Kaylee et s'extasiait sur la technique (incroyable, il est vrai) de Bella. Bella déchirait, et à la fin du cours, Kaylee voulait être Bella quand elle serait grande. Parce que pour le moment, Kaylee ratait la balle plus souvent qu'elle ne la frappait.

— Ta position est meilleure, marmonna Wes. Tu frappes comme un pied, mais la position est primordiale. Le reste viendra.

C'était un compliment à l'envers, mais elle l'accepta parce que Wes les lâchait au compte-gouttes. Kaylee sourit.

Les yeux de Wes s'arrondirent, et il détourna le regard.

— Il faudra de l'entraînement, dit-il en ramassant son club et en le glissant dans le sac. *Beaucoup* d'entraînement si tu as l'intention de faire un parcours dans… Quand as-tu dit que tu allais te marier ?

Elle perçut l'acidité de son ton.

Kaylee énonça rapidement la date de son mariage, qui semblait soudain se rapprocher à la vitesse d'un TGV. Elle y avait tant de choses à faire, notamment se rapprocher de son ex pour arranger les choses. Et maintenant, Eddy lui mettait la pression pour qu'elle le suive sur le parcours de golf, ce qui semblait aussi insurmontable qu'amadouer Wes.

Wes la fixa sans bouger, comme s'il essayait de lui faire passer un message par télépathie. Qu'il la détestait ? Qu'il voulait qu'elle disparaisse ? Quoi ?

Certaines choses n'avaient pas changé avec Wes. À d'autres égards, c'était un homme totalement différent. Plus endurci. Moins candide.

— Si tu veux être prête dans les temps, dit-il finalement, tu ferais mieux de t'entraîner entre les cours.

— Je peux venir tous les jours si c'est nécessaire.

Wes tressaillit.

— Je dois retourner voir Bella, déclara-t-il après un moment, puis il s'éloigna.

Les épaules de Kaylee s'affaissèrent. La situation était tendue, alors qu'à un moment donné, c'était le contraire. Elle n'avait jamais ressenti avec personne la complicité qu'elle avait eue avec Wes. Jusqu'à la fin, quand son monde s'était effondré. Il lui avait fallu beaucoup de temps pour se remettre de cette perte. Elle avait prévu d'arranger les choses entre elle et Wes.

C'était la seule façon de poursuivre sa vie avec la conscience tranquille.

Chapitre Deux

La sueur ruisselait sur le front et les tempes de Kaylee. Son polo de golf lui collait aux seins et au dos, et elle soufflait comme un bœuf. À force de frapper des balles de golf. Qui l'aurait cru ?

– Bras fléchi… Nan, tes fesses sont trop en arrière, dit Bella en rigolant. Kaylee, je viens de te montrer à quelle hauteur tenir le club.

La fillette était assise sur son trône de princesse au bout du practice, et aboyait des ordres. Une idée de Wes pour les séances où Kaylee s'entraînait en dehors des cours.

Kaylee laissa tomber la tête de son club sur le gazon, et leva les yeux.

– Bella, on t'a déjà dit que tu étais une esclavagiste ?

Bella éclata de rire, le corps secoué de gloussements sur le coffre de rangement sur lequel elle était assise.

Kaylee soupira en souriant.

– Je suis contente de te faire rire, au moins, dit-elle en ajustant son tir. Mes bras vont finir par tomber. Et j'ai mal aux fesses. Pourquoi j'ai mal aux fesses ?

Nouveaux gloussements du haut du poulailler.

– Tu n'as pas l'habitude d'utiliser les muscles de ton cul ?

Wes.

Kaylee pivota et se retrouva face à Wes, dans son dos, qui profitait du spectacle.

– Qu'est-ce que tu fais ici ?

Il croisa les bras.

– Je travaille ici. Oh, et l'hôtel m'appartient. Mais pour être plus précis, je suis passé prendre mon élève prodige. Bon travail, dit-il en s'adressant à Bella. La position de Kaylee est légèrement mieux. Continue et tu seras ma prochaine assistante-pro.

Bella sauta du coffre en bois haut d'un mètre et courut vers Wes. Elle tira sur sa chemise pour qu'il se penche vers elle.

Elle lui chuchota quelques mots à l'oreille, et il hocha la tête.

– Va chercher tes clubs d'abord, lui dit-il.

Wes regarda Bella partir en courant et se tourna vers Kaylee.

– Si tu douilles, arrête pour aujourd'hui. Tu es écarlate.

Il sourit.

Kaylee s'essuya le front.

– Bon sang, merci.

Toujours souriant, Wes rattrapa Bella.

Kaylee était heureuse que leurs échanges soient moins tendus depuis deux ou trois jours. Wes ne semblait plus aussi fâché qu'à son arrivée au Club Tahoe. Mais elle ne se sentait pas encore assez à l'aise pour avoir une discussion sérieuse. À ce stade, elle avait du mal à imaginer pouvoir lui parler un jour, mais elle gardait espoir.

Elle ramassa ses clubs de golf, les rangea et souleva le

sac pesant sur son épaule. Chargée comme une mule et le fessier endolori, Kaylee marcha d'un pas lourd vers la boutique pro. Qui aurait cru que le golf était un sport aussi physique ? Cela semblait si facile quand Wes jouait à l'université ou quand elle regardait les tournois à la télé avec Eddy.

Après avoir passé la boutique, Kaylee s'arrêta pour utiliser les toilettes et trouva Wes à côté du vestiaire des femmes. Il avait les bras croisés et le dos et la tête calés contre le mur, comme s'il attendait.

— Ça va ? demanda-t-elle en penchant le cou sur le côté. Le vestiaire des hommes semble ouvert. Tu es sûr que tu ne préférerais pas l'utiliser plutôt que celui-ci ?

Sa bouche se tordit.

— Très drôle. J'attends Bella.

Le sourire de Kaylee s'envola.

— Elle va bien ?

Wes décolla son dos du mur, les bras toujours croisés.

— Elle va bien. Elle, euh… préfère que je l'accompagne au vestiaire. Elle ne veut pas être seule. Elle trouve que les toilettes sont flippantes.

Kaylee ouvrit la bouche, mais aucun son n'en sortit. Wes, son ex-petit ami, grand, athlétique et arrogant, attendait à l'extérieur des toilettes des dames… pour rassurer une petite fille craintive ?

— Qui es-tu ? finit-elle par articuler.

Avant qu'il puisse réagir, Bella sortit.

— Coucou, Kaylee, s'exclama-t-elle joyeusement en tirant sur la chemise de Wes. Viens, Wes. On va tout déchirer.

Il emboîta le pas à Bella, mais Kaylee lui saisit le bras, l'arrêtant — et un frisson électrisant lui parcourut le corps.

Cela devenait agaçant.

Wes baissa les yeux vers sa main, qu'elle retira immédiatement.

Elle regarda en direction de Bella.

— Cette fillette te mène par le bout du nez, dit-elle en souriant.

Il haussa les épaules.

— Elle a besoin de moi. Et c'est une chouette petite. Ça te pose un problème ?

Le sourire de Kaylee s'effaça et elle déglutit. Elle secoua la tête.

— Non. Ça me surprend, c'est tout.

— C'est normal. Tu ne me connais plus.

Il partit en trombe. Kaylee resta plantée là, tandis que ses yeux s'embuaient.

Il lui en voulait encore énormément. Ça la chagrinait, et ça allait surtout lui compliquer la tâche. Pourtant, Bella et Wes ensemble était la chose la plus adorable qu'elle avait vue depuis longtemps — et ça lui serrait le cœur. Parce que quand Kaylee voyait Wes traiter Bella avant tant de douceur, elle avait peur de s'être trompée sur lui il y a plusieurs années.

———

KAYLEE REGAGNA la maison de ses parents à Tahoe après avoir essuyé la sueur — et quelques larmes — de son visage dans les toilettes du golf. Elle ne se serait jamais attendue à ce que Wes soit si attentionné avec les enfants. Et ça la troublait beaucoup.

— Il y a quelqu'un ? s'écria-t-elle.

— En haut, répondit Eddy de l'étage.

Le chalet de ses parents était un duplex avec une immense cheminée, un grand espace ouvert et des fenêtres d'angle à hauteur de plafond avec vue sur la forêt. Elle adorait cette maison. Elle s'y sentait plus chez elle que dans celle où elle avait grandi. Même si elle avait évité d'y venir pendant des années.

En haut du palier, Kaylee aperçut Eddy dans la pièce fourre-tout, en train de soulever des poids, torse nu.

– Alors, cet entraînement ?

Il expulsa l'air de ses poumons et inspira lentement, débutant une série de flexions du bras.

Instructif, eut-elle envie de répondre, mais cela pourrait ouvrir une boîte de Pandore qu'elle préférait laisser fermée pour le moment.

– Chaud. Moite. Un peu douloureux. J'ai encore mal de ma dernière leçon.

Eddy posa les poids qu'il soulevait.

– On n'a rien sans effort, s'esclaffa-t-il. Et t'entraîner n'est pas du luxe.

Elle fit la moue.

– N'en rajoute pas. Je me fais déjà assez houspiller par Wes et Bella.

– Bella ?

– Une autre élève sur le practice, dit Kaylee refusant d'avouer qu'une enfant de cinq ans lui apprenait à jouer. Que veux-tu faire ce soir ?

Eddy s'approcha et se pencha vers elle, l'embrassant dans le cou. Puis il pinça les lèvres et fronça le nez.

– Salée. Et si tu prenais une douche avant que je te fasse ton affaire ?

Eddy était « salé » aussi, mais elle n'en parla pas. Cela n'avait pas d'importance parce qu'elle n'était pas d'humeur à faire l'amour. Pas quand elle avait des réactions physiques inappropriées en présence de son ex. Mais c'était là le hic : ces réactions étaient indépendantes de sa volonté — cette fameuse histoire de phéromones. Elle ne pouvait pas les contrôler. Et elle savait mieux que personne qu'avec Wes… c'était explosif.

Tout irait bien une fois qu'elle et Eddy seraient mariés et loin du lac Tahoe. Pour le moment, elle devait gérer cette situation gênante.

– Je préférerais traîner et regarder la télé.

– Bébé, je te l'ai dit, je sors avec des potes demain soir. Ils ne sont en ville que pour deux jours et je pars le lendemain matin à l'aube pour mon voyage. Si on ne baise pas ce soir, tu ne prendras pas ton pied avant des semaines.

Elle roula les yeux.

– Est-on ensemble depuis si longtemps que tu ne te donnes même plus la peine de me faire la cour ?

Il ouvrit la bouche pour émettre un silencieux *quoi ?*

– En plus, je peux supporter quelques semaines sans sexe. Pas toi ?

Il soupira bruyamment.

– Si, dit-il en lui claquant les fesses avant de se diriger vers la chambre. C'est à ça que sert ma main droite.

Kaylee s'enfonça dans le matelas et enleva ses chaussures parce que, même si elle n'était pas d'humeur, elle allait prendre une douche.

– Ça nous fera du bien, s'écria-t-elle. Ça rendra la nuit de noces plus inoubliable.

Et peut-être que cela rendrait Eddy plus reconnaissant.

Il était devenu paresseux cette année dès qu'il s'agissait de lui faire sentir qu'elle était importante pour lui. Il était sans doute normal que les couples cessent de faire des efforts au bout d'un certain temps, mais Kaylee n'était même pas encore mariée à Eddy. À croire que c'était une manie chez les hommes de la négliger.

– *Quoi ?* hurla-t-il. Pas question que j'attende si longtemps pour m'envoyer en l'air.

Elle se dit que demander à Eddy d'attendre leur mariage dans deux mois était un peu exagéré. Mais elle ne voulait pas que sa relation actuelle finisse comme la précédente. Elle voulait que son mec l'apprécie. Raison de plus pour résoudre les problèmes qui subsistaient avec Wes afin qu'elle puisse se concentrer sur son avenir avec Eddy.

Chapitre Trois

Le lendemain soir, Wes baissa la visière de sa casquette de baseball et traversa le Fireside Lounge pour rejoindre l'endroit où étaient assis ses quatre frères, coiffés eux aussi d'une casquette de baseball.

Il s'enfonça dans un fauteuil capitonné qui semblait avoir été taillé dans une bûche solide, mais qui était en réalité fait d'un matériau léger en faux bois assorti à l'élégante décoration montagnarde du club.

– Qui a eu l'idée de mettre une casquette ? On attire encore plus l'attention avec ce truc.

– Bran, dénonça Levi.

Levi était le frère aîné de Wes et le PDG du Club Tahoe depuis le décès de leur père. Et l'homme avait eu des difficultés au début à endosser ce costume après avoir été pompier pendant plusieurs années. Mais l'assistante de Levi, Emily, devenue sa petite amie, avait rendu la transition plus facile.

Emily Wright assurait grave. C'était une jolie blonde menue, mais elle ne se laissait pas marcher sur les pieds.

– Où est la Main de fer ? s'enquit Wes.

Levi tenta de réprimer un sourire.

– Arrête d'appeler ma copine comme ça.

– Quoi ? C'est une casse-couilles.

– Tu devrais peut-être essayer d'être plus aimable, s'esclaffa Levi.

Wes se pencha en arrière et pointa un pouce vers sa poitrine.

– Je suis un parfait gentleman.

– Sauf quand tu essaies de tirer un coup, dit Bran du coin de la table.

Il buvait une bière, la visière de sa casquette baissée sur les yeux.

Wes avait couché avec quelques filles ces deux dernières années. Bon d'accord, disons qu'il avait baisé aussi souvent que possible. Rien de mieux pour engourdir l'esprit qu'un orgasme torride et crade.

– Ces casquettes débiles, c'est ton idée ?

Bran était le plus beau des frères Cade. Techniquement, aucun n'avait besoin d'aide pour séduire, mais les filles se jetaient sur Bran. Ce qui était du gâchis, car il était incapable de lire les intentions du beau sexe pour sauver sa peau. Bran ne voyait pas quand une femme le draguait.

Il fronça les sourcils.

– Les casquettes sont censées détourner l'attention. C'est devenu une foutue chasse à l'homme dans ce bar depuis les fiançailles d'Adam.

Il se fit plus petit dans son fauteuil, ce qui n'était pas facile. Wes et ses frères mesuraient tous plus d'un mètre quatre-vingt-cinq.

Adam, l'autre grand frère de Wes, avait récemment organisé une fête de fiançailles grandiose au club. Mais Levi traversait à ce moment-là une période délicate. Il avait encore du mal à accepter ses sentiments pour Emily. Alors quand Hunt, leur plus jeune frère, avait embrassé Emily à la fête pour provoquer Levi, ce dernier avait pété les plombs et déclenché une bagarre au milieu des festivités.

Adam releva sa visière et lança un regard irrité à Levi. Il portait un costume ; il était probablement venu directement du Blue Casino où il travaillait, un des établissements concurrents au bord du lac Tahoe.

— En parlant de mes fiançailles, ce n'est pas parce que Hayden t'a pardonné que je l'ai fait. Tu m'es redevable pour cette bagarre débile, Levi. Tu vas payer la bouffe de mon mariage au printemps.

Levi secoua la tête.

— Pour quatre cents invités ? Ça fait un peu cher, tu ne crois pas ?

Adam haussa les épaules.

— Tu peux te le permettre.

Levi grommela.

— Hunt aurait dû garder ses maudites lèvres loin de ma petite amie.

Hunt, casquette à l'envers, leva les mains. Il portait un t-shirt du Club Tahoe avec un jean, tenue la plus décontractée du groupe, car il arrivait de la plage où il dirigeait les activités nautiques de l'hôtel.

— Ce n'était pas ta petite amie à l'époque. Et je me suis excusé.

Il va sans dire qu'Adam était encore furieux contre Levi et Hunt, les rumeurs sur la soirée ayant pris des proportions incontrôlables. Levi avait craint que l'incident ne leur fasse perdre des clients, mais l'activité avait augmenté — du moins auprès de la clientèle féminine.

Toutes les filles du coin connaissaient bien les cinq frères beaux et riches qui possédaient et dirigeaient le Club Tahoe. Tant mieux, c'était plus facile pour tirer un coup. Wes n'avait même pas besoin de faire des avances à une femme pour se retrouver dans son lit.

Mais depuis la fête de fiançailles, de vraies groupies traînaient au salon-bar de l'hôtel pour l'apercevoir, lui et ses frères. Ou pour se faire sauter. Cela réjouissait Wes, mais d'autres étaient moins ravis : Levi et Adam, qui n'étaient pas célibataires. Et Bran, ce couillon, que le succès auprès des filles dérangeait pour une raison inconnue.

Ce serait une réaction normale s'il était gay. Mais non, il était juste mal à l'aise avec les femmes entreprenantes. En revanche, Wes appréciait cette attention. Les femmes entreprenantes facilitaient le passage du point A (la phase conversation) au point B (la phase fornication).

Occasionnellement, Wes et ses frères convenaient de se retrouver en ville pour boire une bière et éviter le bar lounge de l'hôtel, mais ce n'était pas toujours pratique. Ces casquettes absurdes résultaient d'une tentative de Bran de passer inaperçus.

À proximité, une groupie croisait et décroisait les jambes, en jetant des regards provocateurs en direction de Wes.

– Bien tenté, mais les casquettes ne marchent pas.

Soudain, son regard fut attiré par une jolie brune, dans une robe noire moulante épousant ses formes, qui entrait dans le salon-bar.

– Qu'est-ce qu'elle fout ici, bordel, maugréa-t-il.

Levi suivit son regard.

– Ce n'est pas ton ancienne copine ? Kaylee, c'est ça ?

Wes fixa la table et prit sa bière. Il avala une grande gorgée. Mais son regard se porta à nouveau sur Kaylee, qui attendait près de l'entrée.

Ce n'était pas normal. Lui, qui donnait des cours à Kaylee. Elle, qui préparait son mariage au Club Tahoe.

Hunt s'appuya sur ses avant-bras et dévissa le cou.

– Jolie. Elle est célibataire ?

Wes lui lança un regard assassin.

– Je demande, c'est tout, s'esclaffa Hunt.

– Elle est *fiancée*. Sinon, je me ficherais de ce que tu fais.

Hunt toussa dans sa main et marmonna :

– Foutaises.

Wes avait peut-être des sentiments tordus pour Kaylee, mais il ne *voulait* pas d'elle. Ce qu'il voulait, c'est savoir pourquoi elle était là.

Assez de ces conneries. Il était temps de le découvrir. Wes se leva. Immédiatement, Adam bondit sur ses pieds.

– Oh là, tout doux, dit Adam. On ne peut pas se permettre d'avoir un autre esclandre au club.

Wes leva les yeux au ciel.

– Calmos. Je donne des cours de golf à Kaylee. Je dois juste vérifier un truc avec elle.

– Alors pourquoi tu as l'air de vouloir arracher les yeux à quelqu'un ?

– J'ai toujours cet air, grogna Wes, puis il se dirigea vers Kaylee qui regardait autour d'elle comme si elle cherchait quelqu'un.

Au moment où il arrivait près d'elle, Ducon apparut derrière elle et lui enlaça la taille.

Kaylee se raidit ostensiblement.

– Je suis juste venue pour dire au revoir à Eddy, dit-elle.

Son fiancé lui lança un regard interrogateur — sans doute parce que Wes dégageait des vibrations meurtrières.

– Tout va bien ?

– Oui, dit Wes. Les cours se passent bien, avec l'aide de Bella.

Kaylee le regarda en fronçant les sourcils.

Elle n'était sûrement pas heureuse qu'une enfant de cinq ans lui enseigne comment tenir un club de golf, mais si elle voulait son aide, elle devait accepter sa façon de faire. En plus, Bella pouvait mettre une branlée à Kaylee

sur le parcours, alors ce n'était pas une mauvaise asso-
ciation.

— Encore cette fameuse Bella, dit Ducon. Qui est-elle ?

— Personne, répondit Kaylee.

— Ma protégée, déclara Wes au même moment.

Le fiancé hocha la tête.

— Bien. Elle doit être bonne, alors.

Kaylee s'écarta de Ducon et toucha le coude de Wes.

— Pourquoi on ne discuterait pas dans le lobby ? Eddy
passe la soirée avec ses amis. Je dois y aller, de toute façon.

— Bonne idée, bébé.

Eddy se pencha et embrassa Kaylee sur la joue.

Le rythme cardiaque de Wes s'accéléra et son cœur se
mit à lui marteler la poitrine. Il s'éloigna avant de faire un
truc stupide, comme sauter à la gorge du fiancé de Kaylee
sans raison valable.

Wes attendit Kaylee à l'extérieur du salon-bar, dans
l'un des sofas du hall d'accueil monumental du Club
Tahoe. Il étendit les bras sur le dossier du canapé en
velours et posa une cheville sur son genou. Détendu, voilà
ce qu'il était. Son ex ne l'exaspérait pas. Il était maître de
la situation.

Kaylee entra dans le hall et balaya l'espace jusqu'à ce
que son regard tombe sur lui. Elle s'approcha, et Wes ne
put s'empêcher de l'admirer.

Toujours aussi belle, putain. À couper le souffle.

Mais il devait oublier ces conneries. Il n'avait ni envie,
ni besoin de ça.

Kaylee s'assit en face de lui au bord du canapé opposé,
les jambes serrées et de biais.

— De quoi tu voulais parler ?

Comme si elle ne le savait pas.

— Quelle est la vraie raison de ta présence ici ?

Elle rougit.

— Je… tu sais pourquoi je suis ici. Je vais me marier au Club Tahoe et Eddy souhaite que je prenne des cours de golf. Grâce aux instructions de Bella, je pourrai peut-être taper dans une balle pendant notre lune de miel.

Sa bouche dessina un sourire ironique, mais il était tremblotant.

À croire qu'elle lui cachait quelque chose.

— Ça te dérange que je demande à Bella de te donner des conseils ?

— Bella est adorable et très encourageante. *Cependant,* j'ai compris pourquoi tu m'as associée à elle.

Elle le regarda d'un air entendu, serrant si fort ses doigts entrelacés que ses jointures étaient blanches.

— Parce qu'elle peut t'apprendre deux ou trois choses ?

— Parce que tu veux m'humilier… Et je sais d'où vient ta colère. C'est en partie la raison pour laquelle que je suis ici.

Bien, on progressait. Parce que Kaylee n'était certaine-ment pas venue au Club Tahoe pour se marier. Sa famille était originaire d'une petite ville, mais ils avaient de l'ar-gent. Elle aurait pu se marier dans n'importe quel hôtel de luxe. Elle n'avait pas besoin du club.

— Continue.

Kaylee déglutit.

— Je n'ai jamais aimé la façon dont ça s'est fini entre nous. Mais à l'époque, j'étais incapable de te parler. J'es-père pouvoir le faire aujourd'hui.

Wes s'efforça de garder son calme, mais il ressentait encore le pic d'adrénaline de tout à l'heure, et il avait envie de lui dire d'arrêter ses conneries et de cracher le morceau. Il avait besoin de ça. Besoin de connaître la vérité. Il voulait retrouver sa vie. Parce qu'Adam avait raison : Wes était en colère.

Il pensait s'être remis de leur rupture, mais plus il

passait du temps avec Kaylee, plus il se rendait compte qu'elle l'avait vraiment bousillé. C'est cela qu'il ne lui pardonnait pas.

— Eh bien, parle.

Elle poussa un soupir contrarié.

— Voilà pourquoi j'ai attendu pour t'en parler, dit-elle en en écartant les mains pour le pointer du doigt sévèrement. Je ne discuterai pas avec toi tant tu me regarderas avec autant d'hostilité. Ce que j'ai à dire est trop important.

Il croisa les bras et posa son pied par terre. Voir un autre homme embrasser Kaylee, même sur la joue, l'avait mis à cran. Et repenser à leur histoire passée ne l'aidait pas à se calmer. D'autant qu'il était déjà énervé. Ça faisait quatre ans qu'il était un connard irritable la plupart du temps.

— Tu fais traîner les choses exprès. Dis-moi juste ce que tu es venue me dire et va te marier ailleurs.

Kaylee s'offusqua.

— Je me marie au Club Tahoe parce que c'est un bel endroit. Pas parce qu'il t'appartient.

— C'est ça.

Elle secoua la tête.

— C'était une erreur. Si j'essaie de t'expliquer les choses maintenant, tu ne m'écouteras pas.

Elle se leva brusquement.

— Où vas-tu ?

Il voulait la rattraper, mais il ne bougea pas, essayant de se calmer, même si la rage pulsait dans ses tempes.

— Chez moi, dit-elle en faisant un geste vers le bar. Eddy passe la soirée avec ses amis. Il quitte la ville pour un long voyage d'affaires demain à l'aube. Je suis seulement venue lui dire au revoir.

Wes plissa le front. Il fulminait encore de son refus de

parler du passé, mais elle avait dit une chose qui le turlupinait.

— Ton fiancé passe la dernière nuit en ville… avec ses amis ?

Les yeux de Kaylee s'étrécirent.

— Ne me juge pas, Wes Cade. Eddy a toujours été là pour moi. Je ne peux pas en dire autant de toi.

Il retrouvait là son insolence de l'université. Même si elle était mal dirigée. Là encore, cette facette d'elle n'apparaissait que lorsqu'ils étaient seuls. Pour le reste du monde, et avant que Wes n'apprenne à la connaître, elle était timide et douce. Comme si Wes faisait jaillir le feu qui couvait en elle. Cela fonctionnait lorsqu'ils étaient ensemble, mais plus maintenant.

Au diable le calme. Il bondit sur ses pieds et se pencha vers elle jusqu'à ce que leurs têtes se touchent presque.

— C'est pour ça que tu m'as quitté ? Bon sang, Kaylee, je me préparais à jouer le tournoi le plus important de ma vie. Je n'avais pas beaucoup de temps à te consacrer, mais si tu avais besoin de quelque chose, tu aurais tout simplement pu m'en parler.

— J'avais besoin de bien plus que ce que tu étais capable de me donner.

Étaient-ce des larmes qui perlaient à ses yeux ?

— Tu n'en sais rien.

Elle avala sa salive.

— Je n'en étais pas sûre à l'époque. Mais je redoutais ta réaction. J'étais perdue. Effrayée.

Elle le connaissait plutôt bien à l'époque. Et pourtant…

— Ça fait des années. Pourquoi tu ne me dis pas ce que tu aurais dû me dire à l'époque ? La façon dont je réagirai ne devrait pas avoir d'importance à ce stade. Tu es sur le point de te marier, et j'ai tourné la page une bonne centaine de fois.

Elle broncha.

D'accord, c'était plutôt méchant.

– Je… non, dit-elle. C'est une erreur. Oublie.

Elle tourna les talons pour partir.

Wes la saisit par le bras.

– Sûrement pas.

– Tout va bien ici ? les interpella Eddy qui sortait du bar lounge, les yeux rivés sur la main de Wes qui agrippait le bras de Kaylee. Je suis venu te raccompagner à la voiture.

– J'allais partir, dit-elle en libérant son bras.

Elle n'eut pas de mal à se dégager, car Wes ne serrait pas fort.

Wes fourra les mains dans ses poches et détendit son visage, adressant un signe de tête à Eddy. Il les regarda se diriger vers la porte, Kaylee le dos raide, et Eddy un bras gluant entourant ses épaules.

Son fiancé partait en voyage ? Tant mieux. Kaylee ne pourrait pas lui refaire le coup de disparaître. Wes aurait tout le temps de découvrir pourquoi elle était ici sans être interrompu — et ensuite, elle pourrait partir.

Parce qu'il était impossible que Wes se prépare pour le tournoi de qualification pro en étant aussi tendu qu'il l'était depuis l'arrivée de Kaylee.

Chapitre Quatre

Une fois Kaylee partie avec son fiancé, Wes retourna à la table de ses frères, tira un fauteuil et s'y affala.

– Comment s'est passée la discussion avec ton ex ? demanda Levi d'un ton sarcastique.

Abruti. La nouvelle copine de Levi était la petite sœur de son ex. Et ça avait fait des gorges chaudes. Levi trouvait sans doute amusant de voir son frère sur la sellette maintenant.

– Bien.

Wes fit signe à la serveuse. Il avait besoin d'une bière. Disons d'un shot et d'une bière.

– Alors, c'est quoi l'histoire ?

– Il n'y en a pas. J'essaie juste de comprendre pourquoi elle est venue dans mon hôtel.

Hunt fit tournoyer une capsule de bière sur la table, puis recommença.

– *Notre* hôtel. Et ce ne serait pas la fille avec qui tu sortais à la fac ?

Wes lui lança un regard tranchant.

– Comment tu sais ça ?

Hunt haussa les épaules.

– C'est ta dernière histoire d'amour sérieuse. Et elle était sexy. Plutôt difficile de l'oublier. Même si elle s'est coupé les cheveux.

Hunt scruta la salle derrière Wes, comme s'il la cherchait.

– Elle est toujours sexy, dit Wes, ce qui ne contribua pas à dissuader ses imbéciles de frères de lui poser d'autres questions.

– Tu vas essayer de te la faire ? demanda Hunt.

– Bon sang, non. Et ne parle pas d'elle de cette manière.

Wes commanda à boire à la serveuse et reporta son attention sur Hunt.

– Kaylee et moi avons des choses à régler, c'est tout. Elle va m'expliquer deux trois trucs et repartir. Elle fout en l'air mon chi au golf.

Bran ricana en décollant l'étiquette de sa bière.

– Arrête d'accuser cette pauvre fille d'être responsable de ton jeu pourri. Ce n'est pas sa faute.

– Mon cul, oui.

La serveuse posa un shot devant Wes, qu'il vida d'un trait.

Emily, la copine de Levi, se faufila derrière lui et posa un doigt sur ses lèvres. Puis elle colla les mains sur les yeux de Levi.

Il sourit et tendit les bras derrière lui, attrapant le dos des cuisses d'Emily, enserrées dans une jupe fourreau noire. Elle était du genre accro au travail, et apparemment, elle venait seulement de terminer sa journée.

– Emily… prononça Levi d'une voix grave.

Elle rit et baissa les mains.

– Comment as-tu su que c'était moi ?

Levi lui enlaça la taille et la tira sur ses genoux.

– À ton odeur, dit-il en remuant les sourcils.

Wes broncha. *Vraiment ? Ça ? Maintenant ?*

Il échangea un regard avec Hunt, qui leva les yeux au ciel.

Pendant ce temps, Adam observait Wes avec attention.

– Et si Kaylee t'aimait encore ?

Wes s'étouffa avec sa gorgée de bière.

– Quoi ?

Adam se cala en arrière dans son fauteuil et croisa les bras sur la poitrine, les manches de son élégante chemise roulées jusqu'aux coudes.

– C'est possible. C'est peut-être pour cette raison qu'elle est là.

– Avec son fiancé dans les pattes ? Je ne crois pas. Et même si tu as raison, je m'en fous. Ça ne change rien.

Mais c'était un mensonge.

Cela aurait une incidence sur sa vie.

Toutes ces années, Wes avait cru que Kaylee avait brusquement cessé de l'aimer. À un moment, ils parlaient d'avenir et, l'instant d'après, il s'était retrouvé brisé après s'être fait larguer. Si elle tenait encore à lui, ça ne changerait pas tout à fait les choses… mais ça pourrait apaiser une partie de sa colère envers le passé.

– Qui est Kaylee ? demanda Emily, avant de voler une gorgée de la bière de Levi.

– L'ex-petite amie de Wes, répondit Levi.

Elle fronça les sourcils.

– Wes avait une petite amie ?

– Oui, j'avais une petite amie. C'est si difficile à croire ?

– Eh bien… oui, dit-elle. Je t'ai vu ramener des dizaines de filles chez toi depuis que je travaille ici. J'ai du mal à t'imaginer comme l'homme d'une seule femme. Tu l'as trompée ?

Wes posa sa bière sur la table d'un geste brusque.

– Non, je ne l'ai pas trompée. C'est ma fête ou quoi ? Vous avez décidé de me dézinguer ce soir ? On peut changer de sujet ?

Adam regarda Bran, qui regarda Levi.

– Nan, déclara Hunt en souriant. On s'amuse trop.

Il indiqua du menton une magnifique groupie qui dévisageait Wes.

– Cette nana te mate depuis que tu es revenu de ta petite discussion avec Kaylee. Pourquoi tu ne vas pas la voir ?

– Je suis pas d'humeur.

Hunt frappa du plat de la main sur la table.

– J'en étais sûr ! s'exclama-t-il en levant les bras triomphalement. Wes veut retourner avec son ex. Qui parie avec moi ?

Bran secoua la tête.

– Fous-lui la paix.

– Ce n'est pas parce que je n'ai pas envie de compagnie féminine ce soir, dit Wes, que je veux retourner avec mon ex.

– Vraiment ? dit Hunt en regardant derrière Wes. Alors ça ne te dérange pas que son fiancé soit sur le point de choper la blonde là-bas ?

C'est quoi ces conneries ?

Wes tourna vivement la tête.

Effectivement, Ducon discutait avec ses potes, la main posée sur le cul d'une femme. Il lui chuchota un mot à l'oreille, puis regarda autour de lui.

Pour savoir qui pouvait les voir ?

Wes aurait parié n'importe quoi que Kaylee n'avait pas informé son fiancé de son passé amoureux avec Wes. Les ex étaient des rivaux, et Eddy se serait montré plus prudent avec cette nana au bar de l'hôtel s'il avait su que Wes avait fait partie du passé intime de Kaylee. Au lieu de ça, le gars draguait ouvertement la femme, sans en avoir rien à battre maintenant que sa fiancée était rentrée chez elle.

Mais Eddy n'était pas idiot. Avant le départ de Kaylee, il s'était assuré de la toucher en présence de Wes pour marquer son territoire. Et il vérifiait maintenant que son nouveau professeur de golf ne le voyait pas draguer une autre femme, parce qu'il balayait la salle des yeux tout en chuchotant à l'oreille de celle-ci.

Les casquettes de baseball étaient finalement peut-être plus utiles que le pensait Wes ? Parce qu'Eddy ne le vit pas l'observer d'un coin de la pièce.

Wes et ses frères se trouvaient au fond du bar, plus ou moins cachés, grâce à l'insistance de Bran pour ne pas se faire remarquer, mais Wes baissa quand même les yeux vers la table quand Eddy regarda dans leur direction. Quand il releva la tête, il vit Eddy se faufiler par la porte latérale, et il n'était pas seul.

— Fils de pute, maugréa-t-il en serrant la mâchoire. Espèce d'enfoiré.

— Un pari, quelqu'un ? s'enquit Hunt. Cinquante dollars que Wes et Kaylee sont ensemble avant la fin de la semaine.

Wes ignora ses frères, même si deux d'entre eux étaient en train de parier. Abrutis.

Jetant des coups d'œil vers la porte toutes les trois secondes, Wes guettait le retour du fiancé de Kaylee. Le bruit des conversations dans le bar lounge lui parvenait comme un brouhaha assourdi. Wes ne pouvait se concentrer sur aucune conversation. Pas tant qu'un drame se nouait avec le fiancé de Kaylee.

Ducon ne revint dans le bar que vingt-deux minutes plus tard, un pan de chemise sorti du pantalon, en s'essuyant une trace de rouge à lèvres sur la bouche. La blonde arriva dans son sillage, les cheveux ébouriffés. Elle dit quelque chose au groupe et se dirigea vers les toilettes des femmes.

L'un des copains d'Eddy montra du doigt sa braguette. Eddy rigola, se retourna et remonta discrètement la fermeture éclair.

— Fils de pute.

— Ouais, s'exclama Hunt en regardant Wes. C'est ce que je pensais.

Wes agrippa sa bouteille de bière.

— C'est pas mes oignons.

Emily, qui avait pris un siège, sirotait un gin-tonic, mais Levi avait tiré sa chaise vers lui, un pied possessif posé sur le barreau. Elle observait attentivement Ducon.

— Attendez. Je connais ce type. Il est venu me voir avec sa fiancée pour leur mariage. *C'est elle* ton ex ?

Wes haussa les épaules évasivement.

Emily retroussa ses lèvres délicates et se pencha en avant.

— Je crois que la blonde lui a taillé une pipe. Il a des traces de rouge à lèvres sur son pantalon.

Hunt pouffa.

— C'était couru d'avance.

— C'est ignoble, dit Emily à l'adresse de Wes. Tu dois en parler à ton ex.

Wes soupira. Il avait très envie de défoncer la gueule d'Eddy. Mais le dire à Kaylee ?

Non. Ce n'était pas une bonne idée.

Ils s'entendaient mieux. Au moins quand ils étaient sur le practice avec Bella. Mais leur conversation de tout à l'heure montrait que c'était encore tendu entre eux.

D'accord, surtout à cause de Wes. Il était furax. Et elle le savait. Si Wes lui disait du mal de son fiancé, elle ne le croirait sans doute pas.

Quand même, c'était du grand n'importe quoi.

Emily avait peut-être raison. Et Bran aussi. Le passé était le passé. Kaylee voulait lui parler, mais il s'était comporté comme un con avec elle, et maintenant, elle hésitait à s'ouvrir à lui.

Il se passa les doigts dans les cheveux. Elle avait été une petite amie géniale… jusqu'à la fin. Et il l'avait aimée.

Il ne se voyait pas lui dire que son fiancé l'avait trompée, mais il pouvait essayer d'être plus poli.

Elle le méritait bien.

Chapitre Cinq

Wes se dirigea vers le practice de golf à l'heure de son cours avec Kaylee, et il la trouva en plein entraînement avec Bella. Son élève vedette montrait à Kaylee comment replacer son backswing.

Bella secoua la tête.

– Pas comme ça, Kaylee. Regarde.

La fillette exécuta le mouvement à la perfection avec son petit club.

Kaylee leva un fer huit et tenta d'imiter Bella, mais son angle était mauvais.

Bella posa son club sur le côté et sauta en l'air pour essayer de pousser le club de Kaylee plus haut et vers la gauche, mais elle était trop petite.

– Je m'en charge, dit Wes.

Kaylee se retourna et le regarda avec méfiance.

– Je n'étais pas sûre que tu te montrerais aujourd'hui.

Il lui toucha le coude et elle tressaillit, ses yeux verts s'agrandissant.

Wes déglutit, ignorant son odeur familière — et la

chaleur qui montait en lui quand elle était tout proche. Il plaça le club dans la bonne position.

– Comme ça, dit-il en reculant. Essaie encore.

Elle obtempéra, et sa position n'était pas si mauvaise cette fois.

Il hocha la tête.

– Bien. Maintenant, ramène-le en arrière exactement comme ça dix fois de suite. Puis entraîne-toi à faire un swing complet.

Tandis que Kaylee s'exerçait au backswing, Wes se tourna vers Bella. Il fléchit les genoux et s'accroupit, amenant son visage à sa hauteur.

– Qu'est-ce qui se passe ? Je t'attendais bien plus tard.

Bella croisa ses petits bras et fit la moue.

– Mes parents sont au casino. Ils m'ont dit d'aller jouer. Je ne veux pas jouer. Je veux être avec toi.

Elle semblait anxieuse.

Wes regarda Kaylee, qui avait cessé son entraînement pour les observer. Il reporta son attention sur Bella.

– Tu peux rester avec moi. On va donner des conseils à Kaylee, d'accord ? Mais tout à l'heure, tu devras aller voir tes parents pour leur dire où tu es.

Bella hocha la tête avec enthousiasme et courut chercher ses clubs au bout du practice.

Kaylee se remit en place et fit quelques swings, bien meilleurs que la première fois qu'il l'avait vue tenir un club.

– C'est vraiment gentil de ta part, dit-elle sans le regarder.

Wes vérifia que la fillette n'entendait pas.

– Ses parents sont des connards. Bella est une chouette petite.

Kaylee acquiesça, mais ses épaules s'étaient raidies et cela affectait sa façon de tenir le club.

C'était l'occasion de se montrer poli, pensa-t-il.

— Tout va bien ?

— Oui, dit-elle en exerçant de nouveau son swing. Je suis contente que Bella t'ait. Elle se souviendra de toi, tu sais ? Ça aura une influence positive que tu aies été là pour elle.

Il n'avait pas l'habitude d'être là pour quelqu'un d'autre que ses frères. Et Kaylee, à une époque. Seulement elle disait qu'il l'avait laissée tomber, alors peut-être qu'il se trompait.

Il croisa les bras et écarta les jambes, se concentrant sur son swing.

— Tu lèves trop ton pied avant et tu fléchis trop ton coude.

Il pointa du doigt son coude et lui montra avec son propre bras comment elle devait tenir le club.

— Concentre-toi sur trois choses : la hauteur et la position de ton backswing, garder ton pied en bas, et t'assurer que ton coude est bien droit. Je reviens dans une minute.

Il alla voir Bella, mais son esprit partait dans tous les sens, la panique s'empara de lui comme un coup de poing dans la poitrine. C'était le genre de détail qui avait séduit Wes chez Kaylee à l'origine. Peu de gens se seraient arrêtés sur la situation de Bella. Elle ne semblait pas maltraitée par ses parents, mais la fillette se sentait seule. Et Kaylee l'avait vu tout de suite et s'inquiétait pour Bella.

Wes se sentait plus proche de Bella qu'il ne l'aurait voulu, en raison de son enfance, marquée par le décès de sa mère et l'absence de son père. L'amitié que Kaylee avait nouée avec Bella, sa façon de s'inquiéter pour la fillette... Wes ne voulait pas se rappeler de la gentillesse incroyable de Kaylee ni des autres raisons pour lesquelles il était tombé amoureux d'elle.

Il avait grandi dans un manoir et on l'avait laissé

vadrouiller en liberté dans un luxueux complexe hôtelier. Seul ou pas, Wes était habitué à obtenir ce qu'il voulait. Ce qui valait aussi pour les femmes. Pourtant, à l'université, dès que son ego s'envolait, Kaylee le remettait à sa place ou lui riait au nez.

Lui riait au nez.

Cela avait suffi à piquer son orgueil. Et à ce qu'il la pourchasse jusqu'à ce qu'elle succombe.

L'attirance physique de Wes pour Kaylee avait été sacrément intense. La beauté de Kaylee, conjuguée à sa générosité et à son insolence, l'avait fait tomber amoureux fou de cette fille. Jusqu'à ce qu'elle le quitte.

Si Wes ne connaissait pas Kaylee – si elle n'était qu'une jolie fille sympa qui venait prendre des leçons de golf –, il aurait sorti le grand jeu pour la séduire.

Mais Kaylee était son ex. Elle était fiancée. Et surtout, elle lui avait brisé le cœur, même s'il ne l'avait jamais avoué.

Wes n'avait pas confiance en Kaylee. Ce qu'ils avaient vécu ensemble avait été détruit il y a bien longtemps. Il n'y avait plus de *nous*. Et quels que soient les sentiments qui l'envahissaient de nouveau, putain, il valait mieux que ça se calme. Parce qu'il n'avait aucune envie de retenter sa chance avec elle.

———

PENDANT DEUX HEURES D'AFFILÉE, Kaylee s'entraîna aux côtés de Bella, sous la supervision de Wes. Elle avait des mèches de cheveux noirs collées à son visage en sueur et ses bras pendaient mollement le long de ses flancs, alors que Bella semblait prête à frapper dans la balle deux heures de plus.

Kelly leva le bras et le regarda.

– Mes mains sont raides comme des pinces, complètement bloquées. Il vaut mieux que j'arrête pour aujourd'hui ou je vais perdre l'usage de mes doigts.

Bella fit un swing parfait dans le poste de frappe d'à côté, envoyant sa balle à bonne distance.

– Joli coup, Bella, dit-il.

Kaylee regarda la fillette avec dépit.

– À la réflexion… je ferais mieux de ranger mes clubs et me préparer à rester dans les tribunes. Parce que, vraiment, tous mes efforts semblent inutiles comparés aux capacités de Bella.

Bella sourit jusqu'aux oreilles.

– Et si on allait manger au restau ? Tu peux venir, non ?

Kaylee jeta un regard hésitant à Wes.

Il inspira à fond. Il tournait une nouvelle page de sa vie et laissait le passé derrière lui.

– Viens avec nous, dit-il. Le restau du golf fait des super saucisses.

Kaylee rit.

– Rien de mieux qu'une grosse saucisse après une longue journée.

Il sourit, et Kaylee rougit. Impossible de ne pas sourire quand elle faisait une allusion de ce genre.

– Ne commence pas, Wes, dit-elle. Je sais à quoi tu penses.

Il ramassa les petits clubs de Bella.

– Ce n'est pas moi qui parle de grosses saucisses.

Kaylee jeta un regard nerveux à Bella.

– Il fait référence au menu merguez-bière qu'on avait l'habitude de commander dans un pub sur le campus de l'université. Ignore-le.

– Alleeeeeez, geignit Bella en prenant la main de

Kaylee et en la tirant vers le restaurant. J'ai trop faaaaaaaaim.

Kaylee regarda son sac de golf.

Wes avait déjà celui de Bella sur l'épaule. Autant porter celui de Kaylee aussi.

– Je m'en charge, dit-il.

Elle lui fit un petit sourire et se mit en marche vers le restaurant, main dans la main avec Bella.

La poitrine de Wes se serra. Encore une fois.

Merde. Être ami avec Kaylee était dangereux. Très dangereux. La tenir responsable de tout ce qui avait mal tourné entre eux et de l'échec de sa carrière sportive était beaucoup plus facile.

Mais probablement malsain.

Il soupira. Il avait toujours respecté Kaylee. S'il y avait une femme avec qui il pouvait être ami, c'était bien elle.

Wes prit le sac de golf de Kaylee et le jeta sur son épaule, puis il suivit les filles jusqu'au restaurant.

Chapitre Six

Kaylee avait passé des dizaines d'heures de leçons de golf avec Wes durant deux semaines et demi. Et avec Bella. Elle adorait voir Wes avec Bella ; ils étaient adorables ensemble. Mais cela lui serrait le cœur aussi.

Wes avait dit que les parents de Bella ne passaient pas beaucoup de temps avec elle, et la réalité le prouvait. Bella était présente avec elle et Wes à chaque entraînement.

Kaylee traversa le parking pour se rendre sur le terrain de golf, ses clubs sur l'épaule, et chercha Bella là où elle semblait passer sa vie : sur le practice. Elle aperçut la queue de cheval brune et la petite silhouette de la fillette parmi les golfeurs, majoritairement des hommes, et sourit… jusqu'à ce qu'elle voie Wes debout derrière elle.

Les bras croisés sur la poitrine, les jambes musclées écartées, il hochait la tête de temps en temps en regardant les gestes de Bella. Ses lèvres bougeaient comme s'il lui donnait des instructions, et puis il se tourna lentement, jetant un coup d'œil autour de lui jusqu'à ce que ses yeux se posent sur Kaylee.

Un frisson lui parcourut la colonne vertébrale et son estomac se noua. C'était extrêmement ennuyeux que Wes fasse encore battre son cœur. Elle pensait que cela n'arriverait plus, après tout ce temps.

Eddy revenait dans quelques jours. Peu importe les réactions de son corps face à Wes, elle avait un lien sentimental avec Eddy. Il comprenait ce qu'elle avait vécu, et il serait là pour elle sur le long terme.

Wes avait changé — même Kaylee pouvait le voir. Il avait toujours été quelqu'un de bien, mais il était devenu un homme meilleur. Plus adulte. Plus réfléchi. Surtout avec Bella. Mais Kaylee n'avait plus confiance ; elle ne lui confierait plus son cœur.

— Salut, dit-elle en posant ses clubs près d'eux, se préparant mentalement à une nouvelle série d'humiliations cuisantes sur le practice. Quel est le programme du jour ?

Wes fit signe à un autre prof.

— Tu peux prendre Bella pendant une heure ? demanda-t-il au gars.

Le prof de golf s'accroupit à côté de Bella, le sourire aux lèvres, et modifia légèrement la position de son bras.

Wes, visiblement satisfait, saisit Kaylee par le coude et la poussa en avant.

Bonjour frissons. Son parfum, si familier, si agréable, s'engouffra dans ses narines, et son cœur se mit à tambouriner allègrement.

Réaction purement physique. Ça ne durera pas.

— Il faut qu'on parle, dit-il.

— De golf ?

Elle se retourna vers le practice qui s'éloignait de plus en plus.

— Non.

Ils marchèrent pendant plusieurs minutes jusqu'à un

endroit isolé de la station balnéaire, une jetée rocheuse leur offrant une certaine intimité. C'est à ce moment-là que Kaylee comprit qu'il se passait quelque chose.

Wes ne voulait jamais être seul avec elle. Du moins, c'est ce qu'elle avait supposé puisque Bella était toujours présente pendant les cours de Kaylee. Soit la fillette s'entraînait toute la journée, tous les jours, en raison de l'absence de ses parents, ce qui serait préoccupant, soit Wes s'arrangeait pour qu'elle fasse tampon entre eux.

Il escalada les rochers de la jetée et lui tendit la main. Il l'aida à monter, puis la lâcha dès qu'elle fut stable. Il s'avança jusqu'au bord de l'eau.

– Tout va bien ? s'enquit-elle.

Non, de toute évidence, mais il la rendait nerveuse et elle voulait le faire parler. Wes était le genre de mec à tout déballer et faire chavirer les filles. Mais pas maintenant. Il s'était barricadé et sa colère bouillonnait sous le couvercle.

Il contempla le lac un moment avant de se tourner vers elle.

– Ça fait quelques semaines. Et on s'est plutôt bien entendus, non ?

Ils avaient plaisanté et, oserait-elle même dire, s'étaient amusés durant les leçons de golf. Leurs échanges n'étaient pas aussi naturels qu'avant, mais elle avait ressenti les frémissements d'une complicité avec Wes perdue depuis longtemps.

– Oui, tout à fait.

– Bien, soupira-t-il en hochant la tête. Alors j'aimerais savoir ce qui s'est passé quand tu as quitté l'université. Quand tu m'as quitté.

Son ton n'était plus blessant, mais il y avait de la tension dans l'air.

Ils étaient seuls, et elle était revenue au lac Tahoe précisément pour avoir cette discussion. Elle ne pouvait pas repousser éternellement, même s'il était difficile d'en parler.

Ses mains se mirent à trembler et elle eut soudain froid. Elle se laissa tomber sur l'un des rochers, mais pas Wes. Il s'appuya contre un rocher plus large, et la regarda.

— Avant notre rupture, j'ai vraiment traversé une période difficile.

Il secoua la tête, la fixant à en loucher.

— Qu'est-ce qui était difficile ? Les cours ? Tes amis ? Est-ce qu'il s'est passé quelque chose avec ta famille ?

Kaylee regarda l'eau, le ventre noué.

— Non. Rien de tout cela. Je traversais une épreuve… physique. Et je ne savais pas comment t'en parler. J'avais peur. Tu te préparais pour ta compétition. Tu mangeais, tu dormais et tu vivais pour le golf. Tu ne parlais que de ça. La moitié du temps, je n'étais même pas sûre que tu m'écoutais. Et quand j'ai… quand j'ai eu besoin de toi, je n'ai pas eu le courage te dire ce qui n'allait pas. J'ai eu peur que tu flippes.

Wes se passa les doigts dans ses cheveux noirs, dont les pointes tombaient sur son visage et lui effleuraient les pommettes.

— Bon sang, Kaylee. Si quelque chose n'allait pas, tu aurais dû le dire. Tu as préféré me *quitter*, putain.

Elle remonta les genoux contre sa poitrine.

— Je n'avais pas confiance dans le fait que tu le prennes bien. J'avais peur que tu aggraves les choses, alors que j'avais déjà du mal à garder la tête froide.

— C'était donc une question de confiance ?

Il serra la mâchoire et fixa l'eau, puis poursuivit d'un ton aussi dur que les pierres autour d'eux.

— La confiance ne semble pourtant pas être un de tes critères essentiels dans le couple.

Elle leva les yeux, fronçant les sourcils.

— De quoi tu parles ?

Il agita le bras négligemment.

— Eddy. Ton fiancé.

— Qu'est-ce qu'Eddy a à voir avec notre passé ?

Il la cloua du regard.

— Tu ne me faisais pas confiance alors que j'étais fidèle — je t'*aimais*. Et tu es fiancée à cette… cette merde.

Kaylee se leva.

— Laisse Eddy en dehors de ça ! Tu étais un petit ami absent. C'est pour ça que je ne pensais pas pouvoir compter sur toi.

— Je ne vois pas ton fiancé, s'étonna-t-il en regardant autour de lui de façon théâtrale. Où est-il, Kaylee ?

Elle secoua la tête et poussa un soupir excédé.

— Tu sais qu'il est en voyage d'affaires. Bon sang, Wes, je pensais qu'on avait dépassé ça. Mais tu as toujours la même rancune envers moi. Quoi que je dise, ça ne changera rien.

Elle tourna les talons pour partir, les yeux brûlants. Elle ne pouvait pas lui parler — pas maintenant. Et peut-être jamais.

— Il te trompe, dit Wes, la méchanceté dans sa voix s'étant soudain dissipée.

Kaylee se retourna lentement, certaine d'avoir mal entendu.

— Pardon ?

Les yeux bleus de Wes frémissaient comme un océan dans la tempête.

— Ton fiancé. Il t'a trompée. Au moins une fois, à ma connaissance.

Kaylee enroula les bras autour de sa taille.

— T'as perdu la tête ? Tu ne connais pas Eddy.

Wes rigola sans humour.

– Je le connais suffisamment. Je connais son genre. Je suis comme lui la plupart du temps, dit-il en plongeant les yeux dans les siens. Seulement, je ne trompe jamais.

Elle secoua la tête.

– Tu te trompes. Tu veux qu'Eddy soit le salaud pour te faire passer pour un ange.

– J'ai dit à mes frères que tu ne me croirais pas. Comme tu l'as dit, tu ne m'as jamais fait confiance. Or qu'est-ce qu'une relation sans confiance, Kaylee ?

Elle ouvrit la bouche, mais ne put rien dire. Parce qu'il avait raison. Elle ne lui avait pas fait confiance quand elle avait eu le plus besoin de lui. Et elle lui faisait encore moins confiance maintenant.

– Wes, je suis désolée de t'avoir blessé à l'université. Je souffrais et je n'avais pas les idées claires. J'avais un petit ami qui me faisait passer en dernier, et j'étais terrorisée à l'idée de te confier mon problème.

– Alors c'est tout ? Tu trouvais que je ne passais pas assez de temps avec toi ?

Il ne l'écoutait même pas.

– Entre autres.

La conversation avait pris une mauvaise tournure. Pourquoi avait-elle pensé qu'il l'écouterait aujourd'hui alors qu'il ne l'avait jamais fait avant ?

D'une certaine façon, Wes avait changé. Il était plus sensible, semblait s'intéresser réellement à Bella alors qu'il n'avait pas de raison de s'occuper d'elle en dehors des heures de cours payées par ses parents. Il n'était plus le même homme qu'à l'université. Pourtant, à d'autres égards, il était exactement le même. Autocentré au point de rater l'essentiel.

Il rit de nouveau sans humour.

– Super discussion, Kaylee.

Il se retourna et disparut en sautant agilement de rocher en rocher comme s'il l'avait fait un million de fois. C'était sans doute le cas.

– Trouve-toi un autre prof de golf. Je ne veux pas te revoir.

Chapitre Sept

Kaylee retourna d'un pas traînant au practice pour récupérer ses clubs. Elle les ramassa en état d'hébétude, et se dirigea vers sa voiture. Prendre des cours de golf avec Wes était une erreur depuis le début.

Il avait raison. Elle ne pouvait pas se marier au Club Tahoe. Et remuer le passé était la pire décision de sa vie. Elle aurait dû le laisser à sa place : dans le passé.

Seulement, elle ne s'était jamais vraiment remise et elle espérait que Wes l'aiderait à tourner la page.

Ce n'était pas le cas.

Ils étaient nocifs l'un pour l'autre. Les choses détestables qu'il avait dites sur Eddy… Bon sang, mais à quoi pensait Wes ? Essayait-il délibérément de saboter son couple ?

Wes était peut-être un petit ami absent à une époque, mais il n'avait jamais été cruel — jusqu'à aujourd'hui.

Toutefois, cela ne lui ressemblait absolument pas. Ce n'était pas quelqu'un de méchant. Et elle ne pouvait pas croire qu'il cherche à lui faire du mal en mentant. Il devait donc avoir une raison de tenir de tels propos. Mais pourquoi pensait-il qu'Eddy la trompait ?

Kaylee rentra chez elle en pilotage automatique. Elle repensa aux paroles de Wes toute la soirée, et dormit par intermittence la nuit. Les cauchemars du passé (les traces rouges, l'incommensurable souffrance émotionnelle qui avait consumé chaque fibre de son être) étaient vivaces et incisifs. Elle se réveilla en suffoquant et tituba jusqu'à la salle de bain pour fixer son reflet dans la glace jusqu'à ce que sa tête se vide.

Le jour suivant ne fut guère mieux. Kaylee n'était pas prisonnière des cauchemars de son passé, mais elle n'arrivait pas à oublier les accusations proférées par Wes au sujet d'Eddy. Parce qu'en y réfléchissant – en y réfléchissant *vraiment* –, c'était possible. Si Eddy voulait la tromper, cela ne serait pas difficile.

Eddy voyageait constamment pour son travail, et il semblait avoir des amis dans tous les états et dans plusieurs pays. Kaylee partait du principe que c'étaient des amis masculins. Elle n'était pas de nature jalouse et n'avait jamais vérifié. Aurait-elle dû ?

Eddy était entré dans la vie de Kaylee un an après l'obtention de son diplôme universitaire. Elle l'avait rencontré alors qu'il était en voyage d'affaires à San Francisco. Elle travaillait au Centre des Femmes et des Enfants de San Francisco, et habitait en ville avec quatre colocataires. Ce soir-là, elle était sortie avec ses copines après le travail. C'était la première fois qu'elle envisageait de tourner la page Wes et de sortir à nouveau avec un homme.

Au début, elle n'avait pas remarqué Eddy. Leurs échanges n'avaient rien à voir avec la première rencontre avec Wes, où sa seule aura lui avait fait perdre tous ses moyens. Le charme d'Eddy avait agi lentement — presque de façon amicale. Il lui avait demandé son numéro et promis de l'appeler la prochaine fois qu'il serait en ville.

Il l'avait appelée effectivement, et ils avaient dîné ensemble. Quand il n'était pas en ville, il avait le chic pour garder le contact, lui envoyer des textos et des mots doux pour son anniversaire et d'autres occasions spéciales. La relation s'était construite progressivement, et avant qu'elle s'en rende compte, il lui avait demandé d'emménager chez elle.

Le bail de l'appartement de San Francisco était à son nom, et le loyer était encadré, carrément à son avantage. Ses amies avaient été furieuses d'être obligées de déménager, mais Eddy disait qu'il envisageait leur avenir ensemble, et qu'ils pourraient économiser de l'argent en vivant chez elle. Ça semblait très sensé à l'époque.

Plus tard, elle avait appris qu'Eddy *avait* de l'argent. Beaucoup d'argent. Elle se demandait pourquoi il avait insisté pour faire quelque chose qui mettrait de la distance entre elle et ses amies. Il avait dit que c'était mieux pour leur avenir. Aujourd'hui, elle n'était plus sûre des véritables intentions d'Eddy.

Kaylee ne quitta pas la maison de ses parents à Tahoe. Elle s'habillait en survêtement, ne se maquillait pas, et se rongeait les ongles en essayant de démêler le vrai du faux.

Elle avait un point commun avec Eddy que peu de personnes de son âge pouvaient comprendre. Elle ne pouvait plus avoir d'enfants. Et Eddy était stérile.

Quand leur relation avait évolué et qu'il lui avait demandé d'être sa femme, elle avait pensé que c'était la bonne solution. Puis Eddy lui avait également demandé de démissionner de son travail pour l'aider à entretenir socialement le réseau de ses partenaires commerciaux et ses clients. Elle avait du mal à trouver un sens à sa vie, et s'était sentie valorisée par sa proposition. Mais elle avait sans doute renoncé à un peu trop de choses pour se sentir utile.

Lâcher ses amies, son travail — tout un pan de sa vie qui lui manquait et que Kaylee avait essayé de combler ces six derniers mois. Elle avait fait ces sacrifices pour pouvoir avoir un mariage heureux et une famille avec Eddy. S'il lui était infidèle après tout ce qu'elle avait sacrifié pour lui…

Ses parents ne lui avaient jamais dit, mais elle sentait bien qu'ils ne portaient pas Eddy dans leur cœur. Ses anciennes colocataires ne l'avaient jamais pardonné de laisser Eddy emménager à leurs dépens. Et maintenant Wes prétendait carrément qu'Eddy était un salaud ?

Si quelqu'un d'autre avait porté cette accusation, elle l'aurait mis sur le compte de la jalousie. Or Wes pouvait être égoïste et autocentré, mais comme il le disait lui-même, c'était un homme fidèle. Et plus elle y pensait, plus elle réalisait qu'il n'était pas un menteur. Au contraire, il était un peu trop franc et honnête.

« Plus de coups ici et là, » avait-il dit un jour qui lui paraissait tellement loin. « Je t'aime et je ne veux pas que tu couches avec un autre. Alors, qu'est-ce que tu en dis ? Tu es ma petite amie ? » Ils ne sortaient ensemble que depuis deux ou trois semaines, et il l'embrassait dans le cou en lui pelotant les seins. Il la distrayait et la rendait folle. Et il était franc et direct. Comme d'habitude.

Ce souvenir fit sourire Kaylee. Quand ils se fréquentaient, ils se touchaient en permanence. Mais ses mots étaient sincères ; elle l'avait entendu dans sa voix.

Ce que Wes avait dit au sujet d'Eddy ne pouvait pas être vrai. Parce que si c'était le cas… ça briserait le bel avenir auquel elle aspirait tant. Être utile, chérie, et avoir une famille, même si ce n'était qu'Eddy et elle.

Kaylee se frotta les yeux, les coudes posés sur la table de la cuisine. Elle devrait attendre le retour d'Eddy pour en parler, mais il ne rentrait que dans deux jours. C'était trop long. Elle essayait d'ignorer son mal-être, mais l'agitation gagnait tout son corps.

Quelque chose la turlupinait. Wes était furieux. Mais pas contre elle. *Contre Eddy.*

Mais si Kaylee posait la question à Eddy au téléphone, elle ne verrait pas son expression, or elle en avait besoin. Parce qu'au fond d'elle-même, elle le croyait capable de mentir.

Kaylee saisit son mug de café d'une main tremblante et avala une gorgée. Le liquide brûlant fut impuissant à la réchauffer du froid qui s'était emparé d'elle. Elle resserra son peignoir molletonné sur sa poitrine et prit son téléphone portable.

Après un moment d'hésitation, elle afficha la page « Récents » et appuya sur le nom d'Eddy.

Le téléphone sonna, et Kaylee se mordit le pouce — son ongle était rongé jusqu'au sang.

– Salut, bébé ! répondit Eddy.

– Salut.

– L'organisation du mariage avance bien ?

– Oh, euh, pas vraiment. J'ai préféré m'entraîner au golf, dit-elle évasivement, avant de réaliser que c'était la vérité.

Elle s'était très peu préoccupée du mariage depuis le départ d'Eddy, mettant de côté l'avenir parfait qu'elle avait imaginé… pour du golf ?

Eddy soupira.

– Bébé, je suis content que tu te mettes au sport. On en aura besoin pour divertir mes clients, mais tu ne peux pas négliger le mariage. C'est dans quelques semaines et on doit en mettre plein la vue.

Le goût aigre de la bile envahit sa bouche. Elle

contempla la cime des arbres. Pourquoi leur mariage devait-il impressionner les gens ? Ne pouvait-il pas simplement être romantique ? Sincère ? N'était-ce pas ce qui comptait ?

Soudain, tout ce qu'il disait alerta son subconscient.

— Et si on annulait le Club Tahoe pour faire une petite cérémonie ? Juste les amis et la famille ?

Eddy s'esclaffa.

— Ouais, bien sûr. Désolée, bébé, j'ai déjà invité des clients. Ils attendent tous de recevoir leur bristol. Tu les as envoyés, hein ?

Kaylee jeta un œil vers la porte. Les invitations étaient posées sur la console dans l'entrée.

Elle ferma les yeux.

— Le plus gros du mariage est organisé. Il me reste juste à m'occuper des détails.

— Eh bien, mets-toi au travail, femme.

Il faisait l'idiot, ce qui l'amusait d'habitude, ou l'indifférait. Mais pas aujourd'hui.

Elle plissa les yeux.

— Eddy, pourquoi veux-tu m'épouser ?

Il rit.

— Tu plaisantes ?

— Pas du tout.

Il laissa échapper un soupir agacé.

— Très bien, j'ai pigé. Je suis parti longtemps et tu as besoin d'être rassurée, surtout avec l'engagement qu'on va prendre… Tu es belle, équilibrée et intelligente. C'est ce que tu veux entendre ? Oh, et tu es bandante, même quand tu me prives de sexe juste avant un long voyage d'affaires.

Il rit de sa blague. Parce qu'il faisait partie de ces gens qui rient de leurs propres blagues, même quand elles ne sont pas drôles.

Pourquoi n'avait-elle jamais remarqué qu'il pouvait être aussi idiot ?

Kaylee devina la réponse avant que la question sorte de sa bouche, mais elle la posa quand même.

— Est-ce que tu es amoureux de moi ?

— Bon sang, tu veux vraiment me déprimer. Tu as fini avec tes insécurités ? Je pensais que tu appelais pour prendre de mes nouvelles. J'ai eu une semaine de merde, mais je suppose que je dois appeler quelqu'un d'autre si je veux en parler.

Qui avait-il prévu d'appeler ? Une autre femme ?

Et il n'avait pas répondu à la question. Il l'avait évitée, ramenant la conversation à lui.

Kaylee ferma les yeux.

— Eddy, m'as-tu déjà trompée ?

Silence d'une seconde au bout du fil. Une seconde de trop.

Il rit de nouveau, mais c'était un rire nerveux.

— Bien sûr que non.

— Tu le jures par tous les saints et sur ton pantalon de survêt préféré ?

— Tu deviens ridicule. Écoute, je serai à la maison dans deux jours et tout rentrera dans l'ordre. Je te promets de ne pas partir si longtemps la prochaine fois. Trois semaines, c'est trop long.

Encore une fois, il ne répondait pas à la question.

Son cœur se contracta et le sang lui martela les tempes. Discuter au téléphone ne servait à rien. Il ne lui donnait pas de réponses franches. Elle devait lui parler de vive voix. Pour surveiller ses expressions, même si des sonnettes d'alarme carillonnaient dans sa tête.

— À bientôt, alors.

— Kaylee, dit-il avant de raccrocher. Tout va bien se passer. Tu as juste le trac avant le mariage.

Son cerveau était en vrac. Elle bredouilla quelque chose à propos de lessive et mit fin à l'appel.

Imbécile de Wes. C'était comme s'il lui avait arraché un voile des yeux – un voile qu'elle avait porté pour survivre – et soudain, tout était plus clair, plus net.

Et elle n'aimait pas ce qu'elle voyait.

Chapitre Huit

Kaylee entra dans le Club Tahoe, l'estomac noué. Elle avait rendez-vous avec Emily Wright, une responsable de l'hôtel. Emily lui avait demandé de passer pour régler les détails du mariage qui ne pouvaient plus attendre.

Kaylee, qui se tenait le ventre, jeta un coup d'œil autour de la piscine, et aperçut la grande et jolie blonde qu'elle avait rencontrée avec Eddy il y a quelques mois. Les cheveux ondulés flottant au vent, Emily lui fit un signe de la main en affichant un sourire rayonnant.

Des enfants mouillés passaient à toute allure devant Kaylee, tandis que des adultes prenaient un bain de soleil au bord de la piscine ou barbotaient dans la rivière lente, intérieure et extérieure, de l'hôtel. Kaylee se fraya un passage jusqu'à la table ronde rustique aux chaises capitonnées où l'attendait Emily, et lui serra la main.

– Très heureuse de vous revoir.

Emily lui fit signe de s'asseoir.

– Vous voulez boire quelque chose ?

Kaylee s'assit sur une des chaises.

– Ça va, merci.

Des photos du Club Tahoe étaient posées sur la table, une vision qui affola le rythme cardiaque de Kaylee. Les éclairages et le choix de la pièce montée, autant de décisions qu'elle avait reportées à plus tard, entre autres.

Emily suivit son regard.

– J'ai apporté des photos de fêtes qui ont eu lieu ici pour faciliter vos choix.

Des aiguilles invisibles picotèrent la peau de Kaylee. Elle ne se sentait pas à sa place, mais elle essaya de garder le sourire.

Emily étala les photos.

– L'organisateur de mariage du Club Tahoe va passer ces éléments en revue avec vous, mais en raison du grand nombre d'invités à la réception, je voulais m'assurer que vous pensiez à ces détails à l'avance. La date approche à grands pas et je ne voulais pas que vous ayez à prendre à la dernière minute des décisions qui ne vous conviennent pas, sourit Emily d'un air hésitant. Vous êtes légèrement en retard pour nous indiquer la composition des menus et le nombre des invités. Bien sûr, nous n'avons pas besoin du nombre exact pour le moment, mais seulement un ordre de grandeur.

Kaylee serra les mains sur ses genoux. Elle ne pouvait pas faire ça.

– Emily, je peux vous demander quelque chose ? Juste entre nous ?

Mon Dieu, allait-elle vraiment parler de son drame personnel à une quasi-inconnue ? D'un autre côté, comme elles se connaissaient à peine, ses confidences ne portaient pas à conséquence.

Emily déglutit, un sourire timide aux lèvres.

– Oui. Bien entendu.

– Si nous… enfin, si Eddy et moi devions annuler le

mariage pour une raison quelconque, que se passerait-il au niveau de l'acompte ?

Emily laissa échapper un soupir étouffé.

– Si vous pensez que c'est une possibilité, il faudra en avertir le club dans une semaine au plus tard. On peut vous rembourser jusqu'à 75 % de l'acompte. La plupart des endroits remboursent moins, mais le Club Tahoe est très demandé et nous avons une longue liste d'attente. Vous pensez que ça peut arriver ? demanda-t-elle d'un air préoccupé.

– Je ne sais pas.

Emily posa les mains sur la table et pinça les lèvres.

– Kaylee, je pense que je dois vous dire quelque chose. J'étais avec Wes Cade et ses frères au bar de l'hôtel il y a quelques semaines. Wes dit que vous êtes sortis ensemble ?

– Oui. Il y a longtemps.

Elle hocha la tête avec raideur.

– Quand j'étais avec les garçons, nous avons vu Eddy au bar avec des amis. Wes vous a-t-il parlé de cette soirée ? demanda-t-elle en grimaçant.

La respiration de Kaylee se bloqua dans ses poumons.

– Oui, mais il n'est pas entré dans les détails. Il a dit… qu'Eddy m'avait trompée.

Prononcer ces mots leur donnait une consistance, les rendait plus concrets qu'ils ne l'avaient jamais été.

– Wes et moi, reprit-elle, nous avons un passé chaotique. Je ne savais pas si je devais le croire.

Elle appuya ses doigts sur ses yeux, puis baissa les mains et regarda Emily d'un air suppliant :

– Que s'est-il passé ?

Emily tordit la bouche, comme si elle était embêtée. Ou dégoûtée.

– Eddy s'est absenté du bar avec une femme. Quand ils sont revenus, on aurait dit qu'il s'était passé quelque chose entre eux. Eddy touchait la femme avec une grande familiarité avant qu'ils ne quittent la salle. À leur retour, son allure…

— Bon sang, gémit Kaylee en laissant tomber sa tête sur la table.

Puis elle se rappela où elle était et se leva brusquement.

— Je dois y aller. Euh, peut-on finir à un autre moment ?

Emily se mit debout et se tordit les mains.

— Certainement, dit-elle. Je suis désolée. N'hésitez pas si je peux faire quelque chose. J'ai juste… j'ai pensé que vous devriez en être avertie.

— Je… merci.

Kaylee ramassa son sac et fila de la piscine à toute allure, son sac pendant à mi-bras et se prenant dans ses jambes. Son cœur tambourinait comme s'il allait exploser.

Comment avait-elle pu être aussi aveugle ? Pendant tout ce temps, tout le monde savait qu'Eddy était un salaud. Sauf elle.

Wes le savait.

La nausée au bord des lèvres, elle traversa en trombe le hall où, comme par hasard, Wes discutait avec son plus jeune frère, Hunt.

Evidemment, Wes était là pour assister à son humiliation.

Il scruta son visage, fronça les sourcils.

— Qu'est-ce qui ne va pas ?

Kaylee passa devant lui sans s'arrêter. Elle ne pouvait pas lui parler maintenant. Pas après ce qu'Emily lui avait dit.

Pas après ce que Kaylee avait enfin réalisé.

Oui, elle avait parlé à Eddy et avait eu de sérieux doutes. Oui, Wes lui avait dit qu'Eddy la trompait, mais sans plus de détail. Quelque part, les détails étaient importants. Ils rendaient la chose réelle. Et bon sang, ces détails. Il n'en fallait pas beaucoup à l'imagination de Kaylee pour remplir les blancs qu'Emily avait laissés.

C'était la faute de Kaylee. Pas l'infidélité d'Eddy, mais là où elle en était dans sa vie. Seule. Sous-évaluée. Fiancée à un homme qui la trompait.

Elle avait accepté de vivre avec Eddy, car elle était bousillée et pensait que seul Eddy pouvait l'aimer.

Mais Eddy était un salaud, et elle avait les idées très claires. Elle ne pourrait jamais avoir d'enfant, mais elle méritait un homme bien. Pas un enfoiré qui la manipule.

Chapitre Neuf

K aylee avait eu deux jours pour se ressaisir avant le retour d'Eddy. Mais tout partit en vrille quand sa voiture se gara dans l'allée.

Après avoir reçu un texto l'avertissant qu'il venait d'atterrir à l'aéroport de South Lake Tahoe, elle était sortie l'attendre dehors, assise sur les marches de l'entrée. Le trajet de l'aéroport au chalet de ses parents était court, et elle avait besoin d'air frais.

Mais au lieu de rester calme, elle l'attaqua dès qu'il ouvrit la portière de sa voiture.

– Qu'est-ce qui s'est passé avec la femme au bar du Club Tahoe ?

En douceur. Jolie façon de faire avouer ton fiancé.

Le sourire qu'Eddy avait esquissé en la voyant mourut étouffé dans l'œuf.

Il tendit le bras vers le siège passager et attrapa sa mallette, puis il descendit de la voiture et claqua la portière.

– Qu'est-ce qui t'arrive, Kaylee ? Tu n'as jamais été

jalouse. Je n'aime pas avoir à justifier tous mes faits et gestes.

Elle se leva et croisa les bras à son approche.

— Pas tous tes faits et gestes. Juste ceux de ce soir-là. La nuit avant que tu partes en voyage d'affaires.

Il voulut passer devant elle, mais elle tendit le bras pour l'arrêter.

— Réponds à ma question, Eddy.

Il poussa un soupir excédé.

— Sérieux ? On va faire ça maintenant ? Je n'ai même pas enlevé ma veste.

Elle soutint son regard et il détourna les yeux.

— Si tu veux vraiment savoir, il arrive que des femmes me fassent des avances. Ça arrive à beaucoup d'hommes. Mais je suis engagé envers *toi*. Je veux faire ma vie avec toi.

Il voulut l'embrasser, mais elle recula.

— L'as. Tu. Touchée ?

Il tira sur son col et glissa un doigt entre le tissu et sa peau.

— Possible. Je ne me souviens pas. On avait bu. Et puis, c'est elle qui me collait.

— Es-tu parti du bar avec elle ?

Son regard dévissa sur le côté.

— Non, jamais.

Kaylee tituba en arrière. Il mentait. Le salaud.

— *Va-t'en.*

Une lueur de désespoir traversa son regard.

— Quoi ? Kaylee, ne sois pas stupide.

Stupide ? Oh oui, elle avait été stupide. De croire Eddy.

— Tu mens. Même si je ne pouvais pas le lire sur ton visage, des gens t'ont *vu*. Ils m'ont dit ce qui s'est passé.

Les narines d'Eddy s'évasèrent.

— Quel est le connard qui…

Il secoua la tête et tenta de sourire, mais il était trop tard. Elle avait vu la colère dans ses yeux — la colère de s'être fait prendre.

— N'écoute pas les ragots. Donc j'ai parlé à une femme ? La belle affaire ! Tu n'es pas irréprochable non plus. J'ai vu la façon dont tu mates ton prof de golf. Tu ne peux pas me dire qu'il ne passe rien de louche.

Elle déglutit, la gorge pâteuse comme du carton.

— En fait, je peux. Je connais Wes depuis l'université, mais on n'a pas de relations sexuelles.

— Je parie que c'est lui, ricana Eddy. C'est lui qui te fourre des mensonges dans la tête. Tu fais confiance à ce type plutôt qu'à ton propre fiancé ? C'est toi qui ne respectes pas ton engagement. J'ai été là pour toi. C'est moi qui veux bien de toi, même si tu ne pourras jamais me donner un enfant.

Il balaya son corps d'un air dégoûté.

Sous le choc, la bouche de Kaylee s'ouvrit. Il n'avait jamais été si cruel. Mais, il avait menti sur tout, c'est cela ?

Eddy était stérile. Il ne pouvait pas avoir d'enfant, indépendamment de sa propre infertilité. Ses propos n'avaient aucun sens.

— Wes est un vieil ami. On est sortis en ensemble à la fac, mais il ne se passe rien entre nous.

— Ouais, c'est ça. Combien de fois tu l'as baisé ?

Elle secoua la tête.

— Je n'arrive pas à croire que j'ai accepté de t'épouser.

Elle saisit son sac à main, qu'elle avait apporté sur les marches et en sortit ses clés. Elle avait déjà déposé la bague de fiançailles tape-à-l'œil qu'il lui avait donnée sur la table de nuit, là où il la trouverait. Heureusement, sinon elle lui aurait jetée à la figure.

— Le mariage est annulé. Tu as une heure pour ramasser tes affaires et partir de chez moi.

Elle le fusilla du regard. Elle n'avait jamais eu envie de frapper quelqu'un, jusqu'à cet instant.

– Si tu es encore là à mon retour, j'appelle la police.

Elle ignorait ce que pourrait faire la police. Eddy n'avait pas commis de délit. Mais *elle* pourrait commettre un meurtre s'il était là à son retour.

Le visage d'Eddy se marbra de rouge et il serra les poings. Pendant un instant, elle eut peur qu'il la pourchasse.

– L'appart à San Francisco est à moi. J'ai fait mettre le bail à mon nom. Si tu me quittes, tu seras à la rue. Tu n'as pas d'amis. Et ce prof de golf va te larguer dès qu'il découvrira que tu n'es qu'une paire de seins sur un ventre vide.

Kaylee jeta un regard à la forêt magnifique et au chalet qu'elle aimait tant.

– Je préfère être ici que n'importe où près de toi.

Eddy balança sa mallette contre la façade de la maison.

– Putain de salope stérile. Tu vas le regretter !

Kaylee tourna les talons et se précipita vers sa voiture. Elle ouvrit la portière et s'engouffra à l'intérieur, tâtonnant pour insérer la clé de contact. Puis elle mit les gaz et déguerpit vite fait.

Après avoir roulé un kilomètre sur la route nationale, elle se gara sur le côté et rampa sur les sièges pour sortir par la porte côté passager. Pliée en deux, elle fut prise d'un haut-le-cœur sur le bord de la route. Rien ne sortit parce qu'elle n'avait pas mangé depuis la veille, mais ça n'empêchait pas son estomac de se soulever.

Une nouvelle douleur violente lui coupa le souffle, et elle gémit, les larmes roulant sur ses joues. Eddy était l'homme à qui elle avait promis de donner sa vie. Il était ignoble, et elle l'avait choisi. Cette espèce d'ordure.

Si elle n'avait pas fui si vite son passé, elle ne se serait

sans doute pas jetée dans les bras d'un menteur patho-
logique.

———

WES SE GRATTA la nuque rageusement.

– Fils de pute.

Il jeta le club dans son sac de golf et le hissa sur son épaule. Il s'entraînait à l'aube, comme tous les jours depuis deux mois, puis il enquillait quelques heures de cours avec des clients. Il était ensuite de retour sur le practice pour deux autres heures d'entraînement. Il serait resté jusqu'à la tombée de la nuit, à faire des putts et chips autour du green pour se perfectionner en vue du tournoi de qualification, mais Kaylee ne s'était pas présentée à son cours de l'après-midi.

Wes lui avait dit qu'il ne voulait plus la revoir, mais il ne pensait pas qu'elle garderait ses distances. Elle allait se marier dans ce fichu hôtel, après tout. Puis il l'avait vue pleurer en traversant le hall hier.

Wes trottina jusqu'à la boutique du golf et leva le menton à l'adresse du vendeur derrière la caisse.

– Je m'en vais, dit-il en rangeant son sac derrière le comptoir. Fais la fermeture ce soir.

Le jeune de vingt ans salua Wes et se remit à manger sa barre énergétique.

La boutique et le terrain de golf tournaient au ralenti cet après-midi. Et en général. Wes devait faire quelque chose pour y remédier. Trouver un moyen de rendre le complexe hôtelier plus rentable et aider ses frères à conserver l'héritage de leur père. Mais cela pouvait attendre. Du moins pour le reste de la soirée.

Parce que Wes partait à la recherche de Kaylee.

Et merde. Kaylee l'avait pris au dépourvu en débarquant

au Club Tahoe après quatre ans. Il voulait à tout prix découvrir son secret et la dégager de sa vie. Et il se retrouvait à lui courir après parce qu'elle manquait à l'appel.

Kaylee était bouleversée hier. Vu les informations qu'il avait sur son fiancé… Wes avait besoin de s'assurer qu'elle allait bien.

Parce qu'il s'inquiétait pour elle.

Il détestait angoisser pour son ex, mais ce n'était pas une pleurnicheuse. Kaylee était indépendante et solide, encore des qualités qui l'avaient attiré chez elle. Elle ne craquait que lorsque la situation était grave. Comme lorsqu'ils avaient rompu.

Donc si elle pleurait hier et n'était pas venue aujourd'hui, alors qu'elle n'avait manqué aucun cours jusqu'alors, c'est qu'il y avait un problème — raison pour laquelle il sauta dans sa voiture et roula jusqu'au chalet de ses parents, en se maudissant durant tout le trajet.

Il devrait faire demi-tour. Rentrer chez lui. Remercier sa bonne étoile qu'elle reste loin de lui et reprendre le cours de sa vie. Mais il flottait encore ce sentiment d'inachevé entre eux.

Et il avait besoin de se vider de la tête de toute pensée concernant Kaylee s'il voulait avoir une chance de réussir les qualifications à venir.

Chapitre Dix

Wes se gara devant le chalet des parents de Kaylee pour la première fois depuis des années. Il était comme dans son souvenir. De la pierre et des planches de bois brut verni pour garder intacte la couleur brun sombre. Et il n'y avait qu'une voiture dans l'allée.

Pas mécontent que son fiancé ne soit pas là, putain. Il aurait du mal à justifier la visite d'un prof de golf chez une cliente.

Wes descendit de voiture et monta les marches du perron deux par deux, puis il tambourina à la porte d'entrée.

Il serait bref. Découvrir pourquoi elle avait séché le cours et voir si ça allait être la norme. Ainsi, il n'aurait pas à guetter sans cesse par-dessus son épaule l'arrivée de son fiancé. Il l'aiderait même à trouver un nouveau prof.

Bref, c'était le plan. Jusqu'à ce qu'elle ouvre la porte.

Kaylee était belle, comme toujours. Habillée de façon décontractée. Elle n'était pas maquillée, mais elle n'en avait jamais eu besoin pour être jolie. C'est son regard de morte-vivante qui était flippant.

– Salut.

Elle déglutit, puis ses yeux vides croisèrent les siens.

– Wes ? Qu'est-ce que tu fais là ?

Il entra sans y être invité, mais elle ne protesta pas.

Kaylee regarda autour d'elle comme si elle découvrait son intérieur.

La vache, elle était vraiment à l'ouest.

– Tu n'es pas venue pour la leçon. Bella s'inquiétait.

Un mensonge. Bella avait demandé où était Kaylee, mais c'est Wes qui s'inquiétait. La pâleur de son visage, le tremblement de sa frêle silhouette et le désespoir dans ses yeux lui montraient qu'il avait eu raison de venir.

Elle traversa la pièce au ralenti et s'assit sur le canapé, où le renfoncement du coussin indiquait qu'elle y avait séjourné un bon moment.

– Tu m'as dit de trouver un autre prof. Et, je ne me sens pas très bien, dit-elle d'une voix éraillée, levant un doigt délicat vers sa gorge.

Il n'avait pas prévu de s'énerver l'autre jour. Mais sa frustration avait pris le dessus. Il s'était comporté comme un gros con, en réalité.

Sa frustration était peut-être justifiée. Il ne savait plus. Il savait seulement qu'il tenait plus à Kaylee qu'à ses raisons d'être en colère.

Wes enfonça les mains dans les poches de son pantalon.

– Tu devrais voir un médecin. Tu n'as pas l'air bien.

Elle examina son visage.

Il changea de jambe d'appui, se sentant mal à l'aise. Il dévoilait certaines de ses cartes, mais il n'allait pas changer de cap maintenant. Kaylee n'était pas une fille méchante. Il était normal de se soucier d'elle, se dit-il, justifiant sa visite.

Elle coinça ses cheveux courts et noirs derrière ses oreilles.

— Je ne suis pas malade.

Il regarda ses mains tremblantes agripper ses genoux.

— C'est cela, oui. Quand as-tu mangé pour la dernière fois ?

Elle soupira, sa poitrine tombant comme lestée par un sac de sable.

— Wes, pourquoi es-tu là ?

Il remarqua qu'elle ne répondait pas à sa question.

— Je te l'ai dit. Tu étais absente pour ta leçon. La dernière fois que je t'ai vue, on aurait dit que tu allais vomir ton déjeuner.

Il ne voulait pas dire pourquoi il avait ressenti le besoin de prendre de ses nouvelles. Lui dire que quelque part au fond de son cœur sombre et froid, il éprouvait encore quelque chose pour elle, même s'il aurait préféré que ce ne soit pas le cas.

Le souvenir la submergea.

— C'est vrai. Je venais juste de parler à Emily.

Elle enfouit la tête dans ses mains et marmonna des mots inaudibles.

— Pardon ?

Elle leva les yeux.

— Le mariage est annulé.

Il poussa un grand soupir. *Merci, putain.*

— Est-ce que ça va ?

— Je sais que tu n'aimais pas Eddy. Pas besoin de faire comme si ça t'intéressait.

Il s'assit sur le canapé en laissant un bon mètre entre eux.

— Je n'étais pas fan de Ducon… euh, Eddy. Mais je n'avais pas l'intention de foutre en l'air votre relation. La dernière fois qu'on a parlé ensemble… les choses que j'ai dites… j'ai été maladroit. Merde, je ne savais même pas si j'allais t'en parler. J'ai pensé que je te laisserais le découvrir par toi-même. Mais tu as parlé de confiance… ça m'a mis sur la défensive. Je n'aurais pas dû évacuer ma colère de cette façon.

Sa bouche s'incurva.

— Je ne t'ai pas cru, si ça peut te rassurer.

Pendant un instant, son cœur s'emballa à la vue de son regard moqueur. Puis il comprit ses paroles.

Ses épaules se tendirent.

— Pourquoi me croirais-tu ? Oh, attends. *Peut-être parce que je ne t'ai jamais menti.* Tous les hommes ne sont pas comme Eddy.

Elle fronça les sourcils.

— Tu ne m'as peut-être jamais menti, mais tu m'as fait du mal.

— *Je* t'ai fait du mal, à toi ? Tu retournes la situation, Kaylee.

Il se passa une main sur le visage. Il n'était pas venu ici pour revivre la même sempiternelle dispute.

— Si je t'ai fait souffrir dans le passé, ce n'était pas intentionnel. Et je ne voulais pas te blesser l'autre jour. Pas plus que je ne suis venu ici pour te contrarier. Je suis passé voir comment tu allais. Tu trembles, dit-il en balayant son corps, et tu as des cernes sous les yeux.

— Merci de faire remarquer que j'ai une sale gueule.

Il fronça les sourcils, mais il n'était qu'à moitié contrarié. Elle ne lui laissait jamais rien passer — et il aimait ça chez elle.

— Ce n'est pas ce que je voulais dire.

Elle se cala en arrière et étreignit un coussin.

— Désolée. Je sais que tu es ici parce que… en fait, je ne sais pas trop pourquoi. Mais je vais bien. Vraiment.

Il n'aimait pas qu'elle refuse de se confier à lui.

— Tu as mangé ? Et si je te préparais quelque chose ?

Son front se plissa, plus elle laissa échapper un rire et

c'était mélodique, adorable et naturel. La fille de ses souvenirs.

— Depuis quand cuisines-tu ?

Il leva les yeux au ciel.

— Un homme ne peut pas vivre uniquement de surgelés. J'ai appris quelques trucs.

Ce n'était pas tout à fait vrai. Il n'était pas un grand cuisinier, raison pour laquelle il allait chez Adam quand il voulait manger un plat décent. Son frère déchirait aux fourneaux. La fiancée d'Adam, Hayden, n'était pas toujours heureuse quand Wes se pointait à l'improviste, mais à quoi servent les frangins ?

Ce regard vide et désespéré croisa le sien de nouveau.

— Je n'ai pas faim, Wes.

Il l'étudia pendant un moment, puis il se leva.

— Ça t'embête si je mange quelque chose ? Tu n'as peut-être pas faim, mais moi si. Je me suis entraîné toute la journée.

Elle s'affala contre le dossier et fixa le plafond.

— Ne te gêne pas.

Wes ouvrit les placards et le frigo. Il n'y avait pas grand-chose dans la maison, mais il trouva ce qu'il cherchait. Il sortit un sac de popcorn micro-ondable et du beurre.

Il n'était pas cuisinier, mais il était passé maître dans l'art de régler à la perfection le minuteur pour que la moitié du sachet de popcorn ne soit pas carbonisé. Cette expertise technique venait de l'expérience.

Wes plaça le sac dans le micro-ondes, coupa le morceau de beurre en deux, et le laissa tomber dans un petit saladier. En fouillant dans les placards, il trouva un saladier plus grand et le prit également.

Une fois le popcorn prêt, Wes le sortit du micro-ondes,

ouvrit le sachet (sans s'ébouillanter le visage) et le versa dans le grand saladier.

Il mit le beurre au micro-ondes et le fit chauffer quelques secondes pour qu'il soit fondu et onctueux.

Kaylee fronça les sourcils.

– Du popcorn ? Tu veux que je t'offre autre chose ? Un plat fait maison ?

– C'est une proposition ? Méfie-toi, je vais l'accepter, alors évite les paroles en l'air.

Elle lui lança un regard exaspéré.

– Non, ce n'est pas une proposition. Ma vie s'effondre et tu manges mes réserves de bouffe.

Le micro-ondes bippa et Wes sortit le beurre fondu et le versa sur la bouffe en question.

– Ce n'est que du popcorn. Et si tu ne veux pas le manger, pourquoi devrais-je le laisser perdre ?

– Tu ne devrais pas être ailleurs ? À la boutique du golf ? Sur le practice avec Bella ?

– Nan.

Il retourna sur le canapé, plus près d'elle cette fois, laissant la bonne odeur de popcorn flotter vers elle. Il plongea la main dans le saladier et fourra une poignée luisante de beurre dans sa bouche.

Elle le regarda d'un air dégoûté auquel il ne crut pas une seconde.

– Hum. C'est bon. T'en veux ? demanda-t-il en lui tendant le saladier.

Elle tourna la tête.

– Non.

Après quelques instants, où le silence n'était perturbé que par les bruits de mastication de Wes, Kaylee se tourna vers lui.

– Pourquoi tu ne l'aimais pas ?

Il supposa qu'elle faisait référence à Ducon.

– Il n'était pas assez bien pour toi.

– Il était gentil, dit-elle, même Wes pouvait entendre le manque de conviction dans sa voix.

Il haussa un sourcil.

– Très bien. C'était un abruti de menteur. C'est ce que tu voulais entendre ?

– Si seulement…

Elle tendit distraitement le bras et saisit une poignée de popcorn, qu'elle mangea tout en parlant.

– Je ne savais pas qu'il mentait. Je n'avais aucune raison de ne pas lui faire confiance.

– Bien sûr que non. Tu sortais d'une relation avec un homme droit et fidèle. Tu n'avais aucune expérience des salopards de menteurs.

Sa bouche se tordit.

– J'espère que tu ne parles pas de toi. Je déteste te le dire, mais tu n'étais pas un modèle de perfection.

Il se montra du doigt en feignant l'incrédulité tandis qu'elle subtilisait une autre poignée de popcorn. Ce qui était son intention depuis le début : l'inciter à manger. Lui demander de manger n'aurait abouti à rien. Elle était belle *et* têtue.

Une lame invisible lui transperça la poitrine. La nostalgie ? Merde, il ne savait pas, mais il chassa ce sentiment. Il n'avait pas besoin que ces conneries viennent obscurcir son jugement.

– Force est de reconnaître que je ne t'ai jamais menti. Je n'étais pas parfait, mais je t'aimais.

Il ressentit la gêne le picoter. Il s'exposait.

Elle le fixa. Il s'éclaircit la voix.

– Quoi qu'il en soit, tu n'as jamais expliqué ce que j'ai fait de si horrible et qui m'a transformé en *petit ami absent*. En principe, les femmes ont la courtoisie de dire à leur mec ce qu'il a fait de mal avant de le larguer.

Kaylee tendit le bras pour prendre du popcorn, mais Wes éloigna le saladier hors de sa portée.

Elle lui lança un regard noir.

— Je croyais que tu étais là pour que j'aille mieux. Partage, merde !

Il plissa les yeux, mais il avait chaud au cœur. C'est pour cela qu'il avait aimé Kaylee. Elle était têtue, fougueuse et possessive avec la nourriture. Il la respectait à mort.

— Je suis venu pour te voir, pas pour te remonter le moral. Plus de friandises jusqu'à ce que tu me livres le secret que tu gardes sous clé dans ta tête.

Elle détourna le regard et se frotta les mains, faisant tomber des miettes de popcorn.

— Je ne peux pas.

— Tu ne peux pas ou tu ne veux pas ?

— C'est difficile pour moi, Wes. Très difficile. J'ai peur.

Elle était sérieuse. De toute évidence. Quoi qu'il en soit, cette merde avait détruit leur couple. Il pensait qu'elle en avait eu marre qu'il la relègue au second plan pour se consacrer à sa carrière de golfeur — et c'était sans doute en partie le cas — mais il y avait autre chose. Et il ne l'avait compris que récemment.

Il était tellement furieux qu'elle l'ait largué et que sa carrière ait sombré, qu'il n'avait jamais pensé qu'il pouvait y avoir une autre raison à leur rupture.

Cela changerait-il quelque chose ? Sans doute pas, mais il voulait quand même savoir ce qu'elle lui cachait.

— Je ne peux pas en parler maintenant, dit-elle. Émotionnellement, je suis un vrai désastre. Faire remonter le passé… je ne peux pas.

— Ça se défend, dit-il en lui tendant le saladier.

Mais elle ne se servit pas. Elle avait l'air accablée.

— Tu devrais assister au prochain cours, ajouta-t-il.

– Pourquoi ? Je ne suis plus avec Eddy. Je n'ai pas à m'entraîner pour notre lune de miel. Il n'y a plus de foutue lune de miel. Et tu ne veux pas être mon prof, tu te souviens ?

Elle posa le saladier sur la table avec un bruit sourd.

– Tu as dit que ce n'était pas la seule raison pour laquelle tu prenais des cours.

– C'est vrai… mais je ne me sens pas bien. Je ne peux pas sortir maintenant. Peut-être dans quelques semaines.

– Raison de plus pour venir. Et pas dans quelques semaines ; ce n'est pas sain.

Il se rabroua intérieurement. Depuis quand était-il l'expert en santé mentale ? Il avait passé les quatre dernières années à être en colère parce que son ex l'avait largué.

Wes se leva et prit une dernière poignée de popcorn.

– Et mange un peu, Kaylee. Ne m'oblige pas à revenir te faire du popcorn. On va vite épuiser mes talents de préparateur culinaire.

Elle essaya de masquer un sourire.

– Pour rien au monde. Merci, soupira-t-elle. D'être venu aujourd'hui.

Il fourra le popcorn dans sa bouche.

– Je suis venu seulement parce que tu ne t'es pas pointée au cours, dit-il la bouche pleine. Ça me fout en rogne quand les clients me posent un lapin. C'est malpoli.

Elle sourit.

– Alors, tu es encore mon prof ?

Il haussa les épaules évasivement.

– Très bien, dit-elle en retombant dans les coussins. Je viendrai.

Chapitre Onze

Kaylee fit un voyage rapide chez ses parents et les informa de la rupture de ses fiançailles. Puis elle rendit visite à son médecin pour faire un dépistage de MST parce que *beurk*. Elle ignorait si Eddy avait eu des rapports sexuels protégés. Au fond d'elle, Kaylee en doutait. Au moins, le médecin lui déclara qu'elle n'avait rien. C'était une maigre consolation.

Ses parents ne semblaient pas surpris de la séparation. À dire vrai, son père avait même l'air ravi.

Comment avait-elle pu être si aveugle ? Qui sait avec combien de femmes Eddy avait couché lorsqu'ils étaient ensemble ? Maintenant qu'elle avait vu le vrai visage de son ex-fiancé, elle se rendait compte que c'était vraiment un être ignoble. Visiblement, quand on fuyait les fantômes du passé, on prenait de très mauvaises décisions. Comme celle d'épouser un homme uniquement parce qu'il ne pouvait pas non plus avoir d'enfants.

Comme si cela ne suffisait pas, Eddy lui téléphona dans une malheureuse tentative d'arranger les choses et l'accusa *elle* d'être le problème.

Oh, sûrement pas. Elle n'était plus aussi hébétée. Cet appel avait duré deux secondes avant qu'elle le prie de ne plus jamais la contacter.

Kaylee décida de se rendre à la prochaine leçon de golf, mais ce n'était pas de gaieté de cœur. Elle se sentait en dessous de tout, mais Wes avait raison. Elle ne pouvait pas continuer à se morfondre et négliger de prendre soin d'elle.

Wes ne lui posa pas de questions sur la rupture. Il approuva simplement d'un signe de tête son arrivée et la fit transpirer sur le terrain de golf pendant deux heures. Ce qui, d'une curieuse façon, lui fit du bien, car elle oublia tous ses problèmes durant ce laps de temps.

Wes, comme Kaylee et Bella, suivait un entraînement. Il pratiquait son sport à leurs côtés, hyper-concentré comme à l'époque de l'université. Kaylee se demandait pourquoi il s'entraînait si intensément. Cela lui rappelait leur passé douloureux ensemble.

Quand Kaylee voulait vraiment se déprimer, elle pensait à la façon dont elle avait bouclé la boucle avec Wes : ils se voyaient, il l'attirait comme toujours, mais elle n'était jamais sa priorité. Elle n'était *pas* intéressée par une relation avec Wes ou qui que ce soit d'autre en ce moment. Était-il possible, d'ailleurs, de se consoler avec son ex de la rupture avec l'homme qui l'avait consolée de sa séparation avec l'ex en question ? C'était sacrément tordu. Non, quand elle serait prête, elle irait de l'avant, pas en arrière. Et mon Dieu, sortir avec Wes la ferait reculer de cinq pas.

Kaylee avait d'autres préoccupations, comme l'endroit où elle allait vivre. Eddy lui avait en quelque sorte volé l'appartement qu'elle louait à San Francisco, mais elle s'en fichait. Il y a un an, il avait insisté pour acheter de nouveaux meubles, alors les seules choses qu'elle avait laissées derrière elle étaient quelques vêtements et bibelots que son père avait gracieusement offert de récupérer pour qu'elle n'ait pas à croiser Eddy. Retourner vivre à San Francisco lui donnerait l'impression de revenir en arrière, alors si elle prenait un nouveau départ, elle voulait que ce soit quelque part où elle se verrait bien s'installer pour longtemps.

Après l'entraînement, Kaylee se remit en mode « reprendre sa vie en main » d'urgence. Tapotant son stylo sur le bureau de fortune qu'elle avait installé à la table de la cuisine, elle passa au crible Monster.com, Indeed, et d'autres moteurs de recherche d'emploi et répondit à des offres. Les boulots qu'elle trouvait ne payaient pas beaucoup, mais elle voulait un job qui lui plairait vraiment. Pour le moment, elle n'avait pas besoin de beaucoup d'argent pour survivre. Ses parents lui avaient proposé de vivre dans leur chalet aussi longtemps qu'elle le souhaitait.

Malgré le tournant majeur qu'avait pris sa vie, elle se sentait incroyablement zen sur tout. Comme libérée d'un poids. Et c'était peut-être le cas. D'une façon ou d'une autre, tout irait bien. Tant qu'elle n'oubliait pas les frontières qui devaient rester entre elle et Wes.

———

WES OUVRIT sa boîte de réception et consulta les candidatures pour le nouveau poste à la boutique pro. Très peu de personnes avaient une expérience avec les enfants. Il pouvait engager quelqu'un sans ; leur campagne de marketing direct avait fonctionné mieux que prévu et ils avaient besoin de profs pour les adultes également. Mais Bella avait modifié l'opinion de Wes sur toute cette histoire de « programme d'entraînement pour les enfants ».

Quand Emily l'avait sollicité la première fois pour donner des cours de golf à une fillette intrépide de cinq ans, il avait failli s'enfuir en courant. Elle lui avait alors expliqué la situation familiale de Bella. Et la fréquence à laquelle ses parents venaient au club.

La fillette était délaissée et s'ennuyait. Wes pouvait comprendre. Il avait été ce gamin qui s'ennuyait et traînait au club alors qu'il pleurait la disparition de sa mère. Au lieu de passer du temps avec ses cinq fils, des enfants à l'époque, le père de Wes s'était réfugié dans le travail. Wes en avait toujours voulu à son père d'avoir préféré le Club Tahoe à sa famille.

Il avait accepté de donner *une* leçon à Bella. Jusqu'à ce qu'il constate ses aptitudes et sa détermination hors normes.

Le swing de Bella partait dans tous les sens, comme chez tout nouveau joueur. Mais elle avait une capacité étonnante à observer Wes et à reproduire les gestes qu'il lui montrait. Il y avait vu un vrai potentiel. Et cela l'avait enthousiasmé. Plus il travaillait avec Bella, plus il pensait qu'elle pourrait devenir une grande golfeuse un jour.

Au début, Wes s'irritait que les parents de Bella soient des enfoirés d'égoïstes qui ne se donnaient pas la peine de passer du temps avec leur fille de cinq ans. Mais il changea d'avis lorsqu'il décida de prendre Bella sous son aile pour l'entraîner comme sa protégée. Il laissait ses parents faire leurs trucs et s'assurait que Bella déchire tout au golf.

Il ne fallut pas longtemps pour que Wes conçoive le programme pour enfants qu'Emily lui avait demandé d'étendre aux activités du golf. Si la moitié des enfants qui suivaient des cours avaient l'énergie de Bella pour jouer au golf, cela en vaudrait la peine. En fait, il aimait l'idée de former la prochaine génération. Il avait l'impression de faire quelque chose d'important.

Wes passa de nouveau en revue la liste des candidatures. Il nota les numéros de téléphone des personnes expérimentées avec les enfants. Celui ou celle qu'il allait engager serait soumis à un examen approfondi, mais une expérience de travail avec les enfants lui semblait essentielle.

Il ferma son ordinateur et se leva, prêt à repartir pour trois heures sur le practice. Il avait donné une leçon à Kaylee plus tôt dans la journée, après qu'elle l'avait appelé pour savoir s'il avait le temps. C'était l'heure où il travaillait habituellement son jeu court, mais il n'avait pas pu lui dire non. Elle traversait une période difficile, et même si leur passé était tourmenté, il ne la laisserait pas tomber.

Elle s'était pointée en short de golf rouge et en polo blanc, et il avait été content de voir de la couleur sur ses joues. Elle avait retrouvé un peu d'énergie et il n'avait pas été tendre avec elle.

Wes sourit en se remémorant le regard mécontent de Kaylee quand il lui avait demandé de prendre un autre seau de balles dix minutes avant la fin théorique du cours. Il l'avait obligée à rester jusqu'à ce qu'elle le vide. À la fin, son polo en coton collait à son corps menu, et elle était à bout de souffle. Wes en conclut qu'il avait fait du bon travail. Personne ne devrait quitter ses cours sans douleur musculaire.

À ce propos, il ferait mieux de se magner le cul d'aller sur le green avant qu'il ne fasse trop sombre pour voir les balles. Il attrapa ses clubs et fourra son téléphone dans son pantalon de golf bleu marine, juste au moment où l'appareil vibrait.

Il le ressortit de sa poche.

— Bonjour, dit-il, en fermant son bureau à clé et en scrutant la boutique pro pour s'assurer que son personnel l'avait bien fermée.

— Wes, c'est Tom.

— Salut, mec. Comment ça se passe à SF ?

Tom Henderson était un copain de Wes qui avait réussi à se qualifier pour le circuit pro dès sa sortie de l'université. En gros, il avait réalisé le seul et unique rêve de Wes dans la vie. Jusqu'à ce que Kaylee le jette à la rue et lui fasse perdre la tête. Et voilà qu'elle était de retour dans sa vie. Encore un coup tordu du destin. Le fait qu'il la trouve attirante, même lorsqu'elle était en sueur après une leçon de golf intense n'aidait pas. *Surtout* lorsqu'elle était en sueur.

Wes n'avait pas couché avec une fille depuis le retour de Kaylee. Il mettait cela sur le compte de son programme d'entraînement rigoureux, mais il craignait que ce ne soit plus grave.

— Wes, je dois prendre un avion, mais il est arrivé quelque chose, dit Tom, tirant Wes de son fantasme, où il enlevait le polo de Kaylee en sueur. L'un des golfs du circuit a eu un accident. Un feu a ravagé le club-house. Personne n'a été blessé, mais il ne sera pas réparé à temps pour le tournoi. On a besoin de trouver un golf de remplacement.

Wes se figea au moment d'éteindre les lumières de la boutique pro, puis son cœur s'accéléra, lui martelant la poitrine.

Il était extrêmement rare qu'un accident endommage un parcours de golf du tournoi officiel.

— *Je t'en supplie*, dis-moi que le Club Tahoe est envisagé comme remplaçant. Et si tu me fais une blague, je te traquerai au bout du monde.

Tom rit.

— Ouais, mon pote. Il se trouve que j'étais au bon endroit au bon moment et j'ai vanté les mérites de ton golf. Ça tombait bien, car l'un des membres du comité y avait joué.

— Tu te fous de moi ?

Wes se mit à arpenter la boutique en se passant la main

dans les cheveux. Il jeta ses clubs près du comptoir. C'était une occasion unique pour le Club Tahoe, dont les finances battaient de l'aile depuis que ses frères et lui en avaient repris la direction.

Aucun des frères Cade, devenus adultes, n'avait voulu travailler sur le complexe hôtelier. Au contraire, ils l'avaient tous fui. Son frère Adam était l'exception. Il avait bossé pour leur père, avant de finir dans l'équipe de direction du Blue Casino. Wes était aussi une exception, mais seulement à cause de sa passion pour le golf. Les trois autres frères exerçaient des métiers manuels avant la mort de leur père. Ils ne connaissaient absolument rien à la gestion d'un complexe hôtelier de luxe, et ils ramaient depuis pour combler leurs lacunes.

— Je ne me fous pas de toi, mais tu dois agir vite. J'ai proposé le Club Tahoe et ils étaient réceptifs, mais tu dois sauter sur l'occasion.

Tom débita le nom et le numéro de téléphone de la personne à contacter.

Wes se précipita vers le comptoir pour prendre un stylo et griffonna les infos sur un papier.

— Dis-leur que je t'ai recommandé et que le parcours sera prêt à temps pour le tournoi.

— Ouais, super. De quel tournoi s'agit-il ?

— Le deuxième de la saison.

Wes fit un rapide calcul mental.

— C'est dans sept semaines.

— Ouaip. Ça t'intéresse toujours ?

Il serait fou de laisser passer une pareille occasion.

— Tu m'étonnes.

— Alors, appelle. Je te contacterai en rentrant à San Francisco. Oh, et Wes ?

— Ouais, je suis encore là.

Ce qui était vrai, même si son esprit tournait déjà à cent à l'heure.

— N'oublie pas, si le tournoi a lieu au Club Tahoe, le pro du club a droit à une place sur le départ.

Alors que Wes passait en revue tout ce qu'il devait faire pour préparer le parcours pour un tournoi, et en supposant que le circuit pro choisisse le Club Tahoe comme terrain remplaçant, il avait occulté un avantage très important.

En tant que pro responsable du golf, il pouvait jouer le tournoi. Sans avoir besoin de se qualifier.

Putain de bordel de merde.

Wes réussit à terminer l'appel sans s'évanouir. Il posa les mains sur le comptoir et respira à fond.

Ça pouvait tout changer. La direction du golf. L'orientation de sa carrière de golfeur.

Chapitre Douze

Le lendemain matin, Wes ouvrit à la volée la porte du bureau de Levi, et fit irruption dans la pièce.

– Tiens-toi prêt pour une grande nouvelle.

Emily sauta des genoux de Levi, en reboutonnant son chemisier.

Wes se cacha les yeux.

– Désolé. J'aurais dû frapper.

– Abruti, grommela Levi. Ma copine bosse ici. Tu crois qu'on fait quoi dans mon bureau quand la porte est fermée ?

Wes écarta les doigts pour s'assurer qu'ils étaient décents, puis il baissa la main.

– Vous bossez ?

– Non, tête de nœud. On se roule des pelles… entre autres, marmonna Levi dans sa barbe.

Emily, écarlate, se couvrit le visage de la main et secoua la tête. Levi pointa un doigt vers Wes.

– Alors, garde ça à l'esprit avant de débarquer ici sans frapper.

Wes roula les yeux.

– Bravo, Levi. Vraiment très professionnel.

– Ne l'écoute pas, dit Emily. On ne s'embrasse pas *toute* la journée.

– Je le ferais si je pouvais, déclara Levi.

Emily ramassa des documents posés sur le bureau de Levi.

– J'y vais. Je vous laisse tranquille.

Levi lui saisit la main et la tira sur ses genoux.

– Reste.

Wes ferma la porte derrière lui.

– En fait, Emily, j'ai besoin de toi. Ce que je vais dire est énorme… et exige la présence de tout le monde sur le pont.

Dès que Wes avait cessé de se répéter en boucle l'expression « qualifié d'office », accompagnée de la vision de sa pomme brandissant un trophée, il s'était ressaisi et avait appelé le contact officiel de Tom. Ce dernier était tout à fait d'accord pour que le tournoi se déroule au Club Tahoe, et il avait même accepté de changer le nom de la compétition. À condition que Wes puisse préparer le parcours et les installations à temps.

– On accueille les Masters de Tahoe.

Wes se hissa sur la pointe des pieds, le corps frétillant d'excitation.

Levi regarda Emily.

– Tu sais de quoi il parle ?

Elle secoua la tête, mais ses yeux se mirent à briller. Emily avait l'esprit vif. Wes la voyait assembler mentalement les pièces du puzzle.

– Tu parles d'un tournoi professionnel ? Qui aurait lieu ici ?

– Oui, putain. *Oui* !

Wes applaudit vivement en paradant dans la pièce. Il

s'assit sur le bord du bureau de Levi, récoltant un froncement de sourcil de son frère.

Emily se leva, malgré la poigne possessive de Levi, et tapota sur sa tablette pour ouvrir une page de prise de notes.

— Quand ? demanda-t-elle. Et nous parlons de combien de personnes à héberger ?

— Pas des personnes. Des *wagons* entiers.

Puis, se tournant vers Levi :

— Est-ce que tu m'écoutes au moins ? Sais-tu ce que ça signifie pour le club ?

Levi fixait Emily comme s'il envisageait de la forcer à revenir sur ses genoux. Il se gratta la mâchoire.

— Est-ce que ça a un rapport avec ton pote Tom ? Je ne crois aucune des paroles qui sortent de la bouche de ce connard.

La seule fois où Wes avait organisé un rendez-vous entre son frère et Tom, Wes et Tom avaient pris une cuite et ramené des femmes chez eux, au lieu de parler de l'organisation d'un éventuel tournoi au Club Tahoe. D'accord, c'était un comportement immature, mais ça remontait à plusieurs mois. Wes en avait soupé de ces conneries. Il aspirait à autre chose désormais.

Et la vision de sa réussite sportive venait de lui tomber dans les bras.

— Oublie ça. Ce n'est pas juste une possibilité. C'est un vrai deal. J'ai signé le contrat préliminaire ce matin, déclara Wes en brandissant une feuille devant lui.

Levi parcourut le document.

— Sans mon autorisation ?

— La version finale devra être signée par nous tous. J'ai pensé que tu voudrais que je m'occupe du détail des modalités.

Levi tapota le bureau d'un doigt.

– Tu as bien fait. Qu'est-ce que ça implique d'autre ? Peut-on accueillir un événement aussi important ? Il a lieu quand exactement ?

– Dans sept semaines, c'est pour ça qu'ils nous l'ont donné. J'ai promis qu'on serait prêt.

– Sept semaines ? beugla Levi. Tu as perdu la boule ?

Wes se frotta le menton.

– Ce sera un miracle si on y arrive. Mais tu imagines les retombées ? Les yeux du monde entier seront braqués sur notre complexe hôtelier. Réfléchis, Levi. On pourrait devenir une étape régulière du championnat de golf. Et ce tournoi assurera le remplissage de l'hôtel pendant l'événement, au prix le plus fort. Mais si on veut que ça marche, il faut que tous les employés se cassent le cul. On devra engager du personnel supplémentaire, c'est certain… dit Wes qui se leva et fit les cent pas, puis il s'arrêta brusquement et fixa Levi. Merde. On peut le faire, non ?

Emily tapait fébrilement sur sa tablette, prenant des notes et calculant — qui sait ce qu'elle faisait sur ce truc ?

– Oui. Oui, on peut. Si on engage un wagon d'intérimaires et qu'on s'assure que nos services existants fonctionnent comme une machine bien huilée. Le seul gros point d'interrogation, c'est le programme du Club Kids. Les activités sont réservées, avec de plus en plus de clients tous les jours, alors il ne faut pas gâcher cet excellent départ. Mais si on trouve quelqu'un de génial pour s'en occuper, tout devrait bien se passer.

Levi se tripota la bouche.

– Jusqu'à présent, on a utilisé notre équipe habituelle pour faire tourner le Club Kids, mais ça ne marchera pas durant le tournoi. Quand peux-tu engager un manager à plein temps pour ça ?

Emily se mordit la lèvre.

– Ça dépend des candidats qui postulent. Il s'agit

d'enfants, je ne peux pas engager n'importe qui. J'ai besoin d'une personne irréprochable et polyvalente. Quelqu'un qui va se donner à fond et faire vivre le programme.

Levi soupira.

— Donc en gros, on a besoin d'un faiseur de miracles qui tombe du ciel comme par magie.

Emily hocha la tête.

— À peu près. Mais laisse-moi passer le message et voir ce que je peux trouver. Je vais poster le descriptif du poste cet après-midi. Parfois, il faut une éternité pour pourvoir un poste et parfois j'ai de la chance et je trouve la perle rare du premier coup.

— Pendant que tu fais ça, dit Wes, je vais organiser une réunion avec mon équipe. Le tournoi doit offrir un soutien. Je vais examiner tout ce que ça implique, ainsi que les exigences spécifiques en matière de sécurité, d'hébergement, de distributeur automatique... *Merde*, la liste est longue, non ?

Il se remit à arpenter la pièce.

— Levi, ce serait le moment de contacter l'avocat que tu as engagé et de t'assurer que le contrat que j'ai signé est en béton.

— Je m'en occupe, dit Levi en prenant le document. Je vais convoquer le directeur financier et Jared aussi. Ils auront besoin de savoir ce qui se passe.

Le visage de Wes se crispa.

— Je n'arrive toujours pas à croire que tu as embauché le mec de ton ex.

— Hé, s'indigna Emily. Jared est génial. Et Lisa n'est pas seulement l'ex de Levi, c'est ma sœur, ce qui l'emporte sur la catégorie des ex.

Wes lui lança un regard vide.

— Emily, pas de logique féminine alambiquée avec moi

en ce moment. Kaylee m'a assez embrouillé la tête ces dernières semaines.

Il se dirigea vers la porte.

— Levi, appelle les frangins, d'accord ? Dis-leur ce qui se profile à l'horizon pour qu'ils se bougent le cul. Durant les prochaines semaines, je vais m'occuper à plein temps du parcours et de l'organisation du tournoi. Ce sera à vous deux de vous occuper de la partie hôtellerie.

— C'est ça, laisse-nous le plus gros.

Levi lui lança un regard agacé, mais il se tourna vers son ordinateur et commença à taper ce qui ressemblait à un e-mail, ses épaules larges et ses bras musclés se recroquevillant pour s'adapter à l'étroitesse du clavier.

Levi était pompier, jusqu'à ce qu'il soit blessé. Voir son frère intrépide et musclé derrière un bureau, qui assurait grave comme PDG, était aussi inattendu que désopilant pour Wes. Mais tous ses frères avaient été contraints de sortir de leur zone de confort après la mort de leur père.

— Tu veux prendre le terrain de golf ? dit Wes. Parce que j'adorerais te voir essayer de t'attaquer à ce morceau.

Levi lui fit un doigt d'honneur.

— Barre-toi, que je puisse travailler.

Wes sortit du bureau de Levi la tête bourdonnante d'excitation et d'inquiétude. Putain, c'était chaud. Il ne savait pas s'ils allaient réussir, mais il allait se donner à fond pour relever le défi. Parce que ce n'était pas seulement une chance pour lui, mais aussi pour ses frères.

———

Kaylee passa la réception du Club Tahoe et tourna à gauche dans un long couloir terminé par une double porte. Elle entra dans les bureaux de la direction, et des frissons lui parcoururent le corps. C'était l'ultime étape de l'annulation de son mariage. Elle n'avait pas de regrets, seulement c'était l'une de ces étapes qui propulsent votre vie dans une tout autre direction. Inconnue et effrayante.

Elle inspira à fond et s'adressa au réceptionniste à l'entrée. Il lui confirma son rendez-vous et la pria d'attendre.

Kaylee s'installa sur l'un des sièges capitonnés de l'accueil et joignit les mains, entrelaçant ses doigts crispés.

— Kaylee ?

Elle leva les yeux et vit Emily devant l'un des bureaux, qui lui souriait d'un air aimable.

— Entrez, dit-elle en lui faisant signe.

Kaylee se leva et remonta le couloir, croisant plusieurs employés fébriles. Le personnel semblait plus affairé que la dernière fois qu'elle s'était aventurée dans ces bureaux. Avec Eddy. *Pouah.* Elle prenait la bonne décision, mais c'était flippant de penser qu'elle avait failli faire une erreur monumentale. Et qu'elle allait devoir recommencer sa vie de zéro.

— Merci de me recevoir aujourd'hui, dit-elle une fois qu'Emily eut fermé la porte du bureau. Je ne pensais pas que vous seriez si occupés en fin d'après-midi.

Emily soupira et s'assit à son bureau.

— Normalement, c'est calme. Mais on vient d'apprendre qu'on allait accueillir un tournoi de golf professionnel dans moins de deux mois.

Même déprimée, Kaylee réalisa que c'était une formidable nouvelle pour le club. Et pour Wes.

— C'est génial. Bravo. Wes doit être tellement excité.

— Oui, il est sûrement ravi, mais c'est de la folie tout ce qu'on doit faire pour préparer le complexe à recevoir tant de monde.

— Alors, je ne vous ferai pas perdre votre temps. Je suis juste venue pour signer le formulaire d'annulation du mariage.

Emily fronça les sourcils.

– Je suis navrée, Kaylee. J'ai craint, la dernière fois que l'on s'est vues, que ça arrive.

– Merci. Je regrette simplement que les choses soient allées si loin. C'est compliqué…

Avait-elle seulement été amoureuse d'Eddy ou lui d'elle ? Kaylee remettait tout en question désormais.

– Pas besoin d'explications, dit Emily en prenant une enveloppe sur son bureau qu'elle tendit à Kaylee avec un sourire compréhensif. J'ai parlé à Levi et on a décidé de vous rendre l'intégralité des arrhes. Il se trouve que nous avons des clients qui aimeraient avancer la date de leur mariage.

– Oh, super. Vous remercierez Levi pour moi ?

– Bien sûr. Comment allez-vous ? demanda-t-elle d'un air soucieux.

– Mieux. Enfin, je suis un peu désorientée, mais je me sens plus moi d'une certaine façon, ce qui montre sans doute que ça n'allait pas dans mon couple. Et j'ai décidé de rester au lac Tahoe. Je cherche un emploi… C'est pourquoi je ne pouvais pas venir plus tôt aujourd'hui. J'ai eu des entretiens toute la journée. J'avais oublié à quel point c'est une petite ville, ajouta-t-elle en fronçant les sourcils. Il n'y a pas grand-chose en dehors des postes de croupier. J'espère trouver un emploi rapidement parce que retourner vivre chez mes parents à vingt-six ans ne me branche pas des masses, s'esclaffa-t-elle.

– Non, c'est sûr, dit Emily songeuse. Quel genre d'emploi recherchez-vous ?

– J'ai une licence de sociologie avec une spécialisation en sciences de la petite enfance, et j'ai travaillé dans un centre associatif pour les femmes et les enfants. En ville, à part enseignante suppléante, j'ai identifié quelques associations et un ou deux programmes sociaux intéressants.

Emily se pencha en avant.

– *Vraiment.* Eh bien, vous savez, le Club Tahoe a un poste à pourvoir d'urgence. Ce n'est sans doute pas l'idéal et le salaire n'est pas très élevé, mais il concerne les enfants. Je suppose que vous ne seriez pas intéressée à candidater pour diriger notre programme Club Kids ? Il connaît une croissance exponentielle et on a besoin d'une personne de confiance ayant de bonnes compétences organisationnelles. Le salaire augmentera quand le programme sera finalisé et opérationnel.

Le Club Tahoe ne faisait pas partie du champ de prospection de Kaylee. Wes ne serait sans doute pas ravi qu'elle travaille ici… Mais elle avait parcouru les petites annonces pendant des jours et il n'y avait pas grand-chose.

– Je suis très intéressée, en fait.

– Merveilleux, jubila Emily qui se leva et tendit à Kaylee sa carte de visite. Envoyez-moi votre CV par email et nous en discuterons plus en détail.

Ce qui aurait dû être totalement déprimant – entériner l'annulation de son mariage – se révéla… curieusement revigorant.

Travailler au club ?

Wes détesterait cela.

Mais il y avait pire comme lieu de travail. Le Club Tahoe était un paradis comparé à certains endroits où elle avait bossé dans le passé. Et si elle s'occupait d'enfants, ce ne serait pas mal du tout. Ce n'était pas exactement la carrière qu'elle envisageait, mais elle avait besoin d'une activité pour se remettre sur pied.

Chapitre Treize

— Tu as embauché qui ?

Pendant une seconde, Wes crut qu'Emily disait qu'elle avait engagé Kaylee au Club Tahoe.

— Tu as bien entendu, Wes. Et je ne veux pas le moindre commentaire de ta part, menaça Emily, debout à côté du bureau de Levi.

Cette fois, Wes s'était annoncé. Il avait retenu la leçon. Il avait frappé avant d'ouvrir la porte. Mais c'était inutile, car Levi et Emily étaient effectivement en train de travailler.

— Tu n'es pas le seul à te démener pour que le club soit prêt pour le tournoi, dit-elle. On a besoin de quelqu'un pour gérer le Club Kids et Kaylee est la candidate idéale. En fait, elle est même surqualifiée pour le poste. Mais si tout se passe bien, je pourrai la convaincre de rester. Ces deux dernières semaines, elle a réussi à mettre sur pied un programme qui a fonctionné avec un budget serré. Et il va sans dire que les parents l'adorent.

— Deux semaines ?

Comment avait-il pu ne pas le voir ? Ah ouais, il avait été occupé à organiser un tournoi du circuit pro.

Évidemment, les parents adoraient Kaylee. En apparence, elle était belle, douce et gentille avec les petites créatures comme les enfants et les chiots. Mais se faire broyer le cœur, même par des doigts de fée, n'était pas quelque chose qu'un homme oubliait facilement.

Wes jeta un regard à Levi, qui souriait à Emily.

– Je vois que ta main de fer est en pleine action.

– Tu n'imagines pas à quel point, dit fièrement Levi. Et si on arrive à préparer le site à temps pour le tournoi, tu pourras en remercier Emily.

Elle tapota sur sa tablette.

– Ce n'est pas vrai. Tout le monde y aura contribué. Surtout toi, dit-elle en regardant Levi avec amour.

– Parce que tu le mènes à la baguette, marmonna Wes.

Emily sourit.

– J'avoue que ça ne me déplaît pas.

– Bébé, ne sape pas toute mon autorité, dit Levi. Tu sais combien j'aime jouer les gros bras par ici.

– Et c'est indispensable. Ce chef fêtard donne encore du fil à retordre à Bran. Tu pourrais lui parler ?

Levi se cala au fond de son siège et croisa les bas.

– *Macon* ? Je me ferai un plaisir de m'assurer que ce beau gosse fait correctement son travail. En fait, peut-être que Bran devrait promouvoir le second de Macon. On en a tous marre que les activités nocturnes extra-professionnelles de Macon affectent le fonctionnement de la cuisine.

– Je suis on ne peut plus d'accord, déclara Emily en posant des papiers sur le bureau de Levi. Signe ça, s'il te plaît. Ils doivent partir au service financier.

Wes cligna des yeux et se frotta le front. La discussion avait déraillé.

— Pour en revenir à Kaylee, tu penses vraiment que c'est une bonne idée qu'elle travaille ici ?

— Oui. Et ça ne ferait pas de mal que tu prennes de ses nouvelles. Elle est confrontée à un changement de vie majeur.

— C'est mon *ex*. Pourquoi je prendrais de ses nouvelles ?

— Parce que tu l'aimes bien ? dit Emily avec douceur.

Bon sang, c'était vrai. Mais ça ne lui plaisait pas que ses proches le sachent. Et il n'avait pas aimé l'air entendu d'Emily quand elle avait abordé le sujet. Comme si Kaylee et lui allaient se remettre ensemble — ce qui n'arriverait jamais.

Il aimait bien Kaylee, mais elle l'avait bousillé. Il avait eu assez de déceptions dans sa vie pour ne pas endurer une nouvelle déconvenue avec son ex. Même si elle était belle. Et douce et fougueuse, tout ce qu'il aimait chez une femme.

Ces dernières années, toutefois, il avait préféré le genre facile et pas compliqué. Des filles d'un soir. Et cela faisait plus d'un mois qu'il n'avait pas couché avec l'une d'elles…

Mince, ce n'était peut-être pas l'organisation du tournoi qui lui mettait le cerveau en ébullition. Il avait juste besoin de tirer un bon coup pour évacuer la glaise mentale qui avait pris forme dans son corps et son esprit surmenés, façonnée par une trop grande interaction avec son ex.

— Je l'ai vue pendant les cours, et elle semble aller bien, dit-il.

Mais Wes n'en était pas si sûr. Elle était plutôt mal en point quand il lui avait rendu visite après l'infidélité de Ducon.

Emily posa sa tablette et le regarda.

— J'ai invité Kaylee à prendre un verre au bar de l'hôtel avec nous ce soir. On a annulé la semaine dernière, mais un moment de détente serait bénéfique à tout le monde. Si on ne le fait pas, on sera grillés avant le début du tournoi.

Pas faux. À un détail près…

— Ces réunions hebdomadaires concernent les *frères* Cade.

— Et Emily, dit sèchement Levi.

— Et j'ai invité Kaylee, renchérit Emily. Elle ne connaît personne en ville et je la trouve très sympa. Elle est gentille et intelligente. Et elle m'aide beaucoup. Tu n'es pas obligé de venir si tu n'as pas envie, Wes, mais Kaylee est invitée.

Wes jeta un regard noir à Levi.

— Depuis quand les femmes passent-elles avant la fratrie ?

Levi tira Emily vers lui et lui enlaça la taille.

— Emily fait partie de la famille. Il faut t'y habituer.

Wes leva les mains en l'air.

— Vous n'êtes même pas mariés. Adam a une excuse pour amener Hayden aux soirées bière. Ils sont fiancés.

— Ce n'est qu'une question de temps, dit Levi.

Emily rougit au regard d'adoration que Levi lui adressa.

Cette scène donna envie de vomir à Wes.

— Je me casse, dit-il en se dirigeant vers la porte.

— Tu viens ce soir ? s'enquit Levi.

Wes ouvrit la porte et se retourna vers lui.

— Je viens, mais ne croyez pas que je vais changer mes habitudes parce que mon ex est ici. Si ça ne lui plaît pas de me voir au bras d'autres femmes, elle n'a qu'à se trouver d'autres amis pour sortir.

— Tu es bien présomptueux, Wes, déclara Emily. Comment sais-tu que Kaylee se soucie de toi ?

Parce que *Wes* se souciait d'elle. Mais il n'allait pas l'admettre devant ces deux-là.

— Je le sais, c'est tout.

Il disparut dans le couloir.

C'était sans doute mieux que Kaylee le voie avec d'autres femmes. Cela éviterait toute ambiguïté si elle devait travailler au Club Tahoe.

———

— Et celle-là ? demanda Kaylee en montrant du doigt une belle rousse à l'autre bout du bar lounge.

Wes grinça des dents. Ce n'était pas ce qu'il avait en tête. Pas. Du. Tout.

Levi, ce crétin, avait balancé que Wes cherchait une femme ce soir, et Kaylee avait eu la brillante idée de l'aider.

Putain. De. Merde.

Il la foudroya du regard.

— Je n'ai pas besoin de ton aide.

— J'ai un goût infaillible pour les femmes. Pas tellement pour les hommes.

Étant donné qu'elle l'avait choisi à un moment donné, Wes ignora ce commentaire sarcastique.

Kaylee sourit — un très joli sourire.

— Je peux identifier une nana psychopathe d'un seul coup d'œil.

— Et si j'aimais les nanas psychopathes ?

Aucun mec n'aimait les folles, mais cette conversation lui échappait et il dirait n'importe quoi pour qu'elle arrête de « l'aider ».

Elle lui fit signe de se taire.

— Ce serait débile. Les psychopathes finissent par te harceler et tuer ton chat quand tu as le dos tourné.

— Je n'ai pas de chat.

Ce n'est pas ainsi qu'il avait imaginé la soirée bière

avec ses frères. Ce moment était censé le détendre, pas lui causer un surcroît de stress.

— Je peux trouver une nana tout seul, Kaylee.

Il lui fit un sourire qui devait s'apparenter à celui d'un prédateur à en juger par le tressaillement de Kaylee.

Il avait couché avec un paquet de filles depuis leur rupture. Non pas qu'il s'en vante. C'était purement une question de survie, pas quelque chose dont il était fier. Un jour, il aurait à nouveau envie d'avoir une petite amie.

Une fille pas compliquée.

Une fille qui ne larguait pas son mec du jour au lendemain.

— Je gère la situation, conclut-il. Ne t'inquiète pas pour moi.

Mais en réalité, le fait que Kaylee lui choisisse une fille lui avait coupé toute envie. Il regarda ses frères, autour de la table, qui intervinrent dans la discussion comme s'il s'agissait d'un sitcom.

— Je ne sais pas, Wes, dit Hunt. Tu devrais écouter Kaylee. J'aimerais bien l'avoir comme rabatteur.

Les yeux de Hunt glissèrent vers le t-shirt de Kaylee qui épousait ses jolies formes. Elle n'était pas bien habillée, mais c'était inutile. C'était une belle femme, et Hunt était accro aux belles femmes.

Wes jeta un regard noir à son frère, et Hunt sourit sournoisement, l'enfoiré.

— Rabatteuse, le corrigea Kaylee en souriant. Et je serais ravie de te brancher avec une fille, Hunt.

Wes mata d'un air suspicieux le verre dans sa main. C'était sa quatrième bière… non pas qu'il les comptait. Mais elle avait aussi pris un shot avec Emily pour s'échauffer à leur arrivée. D'après ses souvenirs, son ex serait bientôt ronde comme une queue de pelle si elle n'arrêtait pas de boire.

Kaylee fit signe à la serveuse et commanda un cocktail Long Island.

Bon sang, qu'essayait-elle de faire ? Se noyer ?

Il tendit la main vers le verre que la serveuse apportait.

— Tu devrais lever le pied. J'ai vu ce qui arrive quand tu es ivre.

Kaylee plissa les yeux.

— Je suis célibataire, Wes. Je n'ai pas de chaperon, et je n'en cherche pas.

— Bien dit ! s'exclama Emily en lui tapant dans la main, mais c'était le geste d'une fille saoule ; leurs paumes faillirent se rater, ce qui les fit hurler de rire.

Wes regarda Levi.

— Ne me fais pas ce regard, dit Levi. Tu crois que j'ai mon mot à dire ?

Putain. Wes ne pensait pas voir le jour où une fille tiendrait son frère aîné par les couilles.

— Tu me déçois. Énormément.

Pour toute réponse, Levi embrassa sa copine dans le cou. Pendant ce temps, Hunt avait récolté une fille sur les genoux – d'où elle venait, Wes n'en avait pas la moindre idée –, et Adam se leva pour prendre congé.

— Je m'en vais, dit Adam. Hayden et moi on a du pain sur la planche. Vous avez tous appris qu'on avançait le mariage ?

Bran toucha la visière de sa casquette de baseball. Les autres avaient renoncé à cet accessoire puéril, mais pas Bran. S'il ne ressemblait pas autant à ses quatre frères, Wes se demanderait s'ils étaient bien du même sang. Ce type pourrait être un moine.

— Je pensais que le mariage avait lieu au printemps ?

Adam jeta un regard embarrassé à Kaylee.

— C'était l'idée, mais… comme un mariage a été annulé, on a pu l'avancer, dit-il en s'excusant du regard auprès de Kaylee. Je suis désolé. J'espère que ça ne t'embête pas.

Kaylee fit un signe évasif de la main — un geste d'ivrogne.

– Mieux vaut toi que moi.

Il fallait réserver un an à l'avance pour se marier au Club Tahoe, même en automne et en hiver. Kaylee avait dû réserver la date il y a un an. Et la place s'étant libérée, Adam et Hayden avaient sauté dessus.

Elle pouvait faire croire le contraire, dire des conneries et jouer les rabatteuses, vu la quantité d'alcool qu'elle avait ingurgitée ce soir, Wes doutait fortement que Kaylee soit remise de ses fiançailles rompues.

Il ne savait pas pourquoi ça le perturbait, mais c'était le cas.

Chapitre Quatorze

En général, quand Wes voulait lever une fille pour la nuit, il était obnubilé par son objectif. Mais ce soir, il était distrait parce qu'il voyait les choses sous un angle différent : celui d'une *femme* à la recherche d'un coup facile.

Un gros connard en costard de luxe ne lâchait pas Kaylee, lui postillonnant dessus. Quelle que soit la nature de sa relation avec Kaylee, il était hors de question que Wes la laisse partir avec ce type alors qu'elle était saoule.

Et si elle avait été sobre ? Peut-être.

Bon d'accord, ça lui poserait aussi un problème, mais ivre morte, jamais.

Il se leva et jeta des billets sur la table.

– Je m'en vais.

Bran envoyait un texto, Adam était parti il y a une heure, et Hunt s'était envolé avec la femme qu'il avait sur les genoux plus tôt.

Levi leva les yeux de sa conversation avec Emily.

– Déjà ?

Wes savait ce qu'insinuait son frère. Il n'avait pas

encore dragué, et il ne rentrait jamais seul chez lui quand il avait décidé de lever une fille. Mais peu importe. Après cette semaine consacrée aux préparatifs de la compétition de golf, il avait plus besoin de son lit que d'un corps de femme. Bran devait déteindre sur lui. N'était-ce pas le plus déprimant ?

– On se voit demain. Huit heures, c'est ça ?

Levi opina.

– On sera ici de bonne heure. Travailler le week-end sera la norme jusqu'aux Masters de Tahoe.

Wes acquiesça, son regard dérivant vers Kaylee à quelques mètres de là. Le type avait la main sur sa hanche, et les muscles de Wes se contractèrent.

Levi suivit son regard.

– On va s'assurer qu'elle rentre bien chez elle.

– Pas la peine. Je m'en occupe.

Il alla voir Kaylee et fit une chose qu'il paierait plus tard, mais il s'en fichait. Il enroula un bras autour de sa taille et colla son torse contre son dos.

– Bébé, il est temps de partir.

Elle tourna le cou, le regard lointain comme si elle balayait l'horizon en mer.

– Hein ?

Il n'aurait jamais pu la laisser seule alors qu'elle était ivre morte, même avec la promesse de Levi de veiller sur elle. Il lui prit la main et l'entraîna vers la sortie. Heureusement, elle n'essaya pas de protester ni de l'en empêcher. Le type à qui elle parlait se plaignit, mais Wes fit comme s'il n'existait pas.

– Qu'est-ce qui se passe ? bredouilla-t-elle.

Il attendit qu'ils soient dans le hall d'entrée pour s'arrêter et la regarder dans les yeux.

– Je te ramène chez toi.

Elle gloussa.

– Si je comprends bien, tu peux chercher une nana toute la soirée, mais je ne peux pas ramener un mec chez moi ?

Elle croisa les bras et vacilla, son beau visage affichant une expression bornée.

– Je suis célibataire, et je ne suis la propriété de personne, dit-elle, un accent de vulnérabilité dans la voix.

– Tu ne rentres pas chez toi avec un homme alors que tu es bourrée.

Il ne lui avoua pas qu'il l'aurait éloignée de ce type même si elle était sobre. Parce qu'il ne pouvait pas le justifier.

– Je suis une adulte. Tu n'as pas le droit… *pas le droit !*

Elle avait une expression indignée, mais il sentait que sa révolte cachait autre chose. Elle était blessée. Tout ça à cause de Ducon ? Elle avait failli épouser ce mec, mais pour lui, elle l'avait échappé belle, se barrant avant qu'il ne soit trop tard.

Il fourra les mains dans ses poches et détourna le regard, laissant échapper un soupir excédé.

– Tu veux vraiment ramener un inconnu chez toi ?

Elle déglutit, sans le regarder.

– Je ne sais pas. Je n'ai jamais eu d'aventure d'un soir. Je ne veux rien de sérieux, alors j'ai pensé que ce serait agréable de me sentir désirée le temps d'une nuit.

Il grinça des dents. Imaginer Kaylee avec ce type lui soulevait le cœur. Il n'avait jamais été possessif envers les femmes. D'où sa facilité à s'éloigner d'elles. Enfin, à l'exception de Kaylee. Et il en serait peut-être toujours ainsi. C'est pour ça que vivre dans la même ville, *travailler ensemble*, n'allait pas être possible. Mais il avait trop de pain sur la planche en ce moment pour y remédier.

– Crois-moi, tu ne rates rien.

À la façon dont son regard s'adoucit, il craignit qu'elle se fasse des idées.

— Si c'est si mal de coucher avec des inconnus, pourquoi tu le fais ?

— Par ennui ? Parce que ça me démange ?

C'était plus compliqué en réalité. Il ne voulait pas d'une relation régulière avec une femme, et les aventures d'un soir l'empêchaient de se demander pourquoi.

Elle fit la moue.

— Tu devrais voir un médecin pour cette démangeaison. Elle a l'air malsaine.

Il ricana.

— Je suis aussi clean qu'une pluie printanière.

— Pourquoi j'en doute ?

— Mon âme a beau être sombre, disons que je sors toujours « couvert ».

— Ce n'était pas toujours le cas avec moi.

Il se raidit. Pas parce qu'ils parlaient de préservatifs. Mais parce qu'il ne s'attendait pas à ce qu'elle évoque le passé. Eux. Leurs *relations sexuelles*.

Des visions de Kaylee et lui en train de faire l'amour envahirent son cerveau. Et la bouffée de chaleur qui lui avait écrasé la poitrine plus tôt, après l'avoir vue avec ce mec sordide, l'envahit de nouveau, brûlante et étouffante.

— On faisait attention… la plupart du temps.

Il lui fit un sourire insolent. Elle pâlit.

— Je dois y aller, bafouilla-t-elle.

Elle partit avec précipitation, trébuchant en passant devant lui.

Il la rattrapa.

— Attends. J'ai dit que je te ramenais chez toi. Tu ne conduis pas dans ton état.

— D'accord.

D'accord ? Pas de protestation ?

On aurait dit que l'évocation de leur vie sexuelle passée donnait envie de vomir à Kaylee. Mais pourquoi ?

Mince, si Wes n'était pas aussi sûr de sa virilité, la réaction de Kaylee aurait pu lui filer un complexe. Heureusement qu'il ne doutait pas de lui à ce niveau-là.

Il la guida jusqu'à sa voiture et ouvrit la portière côté passager, la surveillant de près. Elle s'installa en titubant dans le siège du Range Rover, et il eut le sentiment que son mal-être n'était pas seulement dû à l'alcool.

Il fit le tour du véhicule, s'assit au volant et mit le contact.

C'était ce qu'il voulait. La ramener chez elle. Alors pourquoi cette montée d'adrénaline et ce tremblement des mains ? Rien à voir avec la bouffée de chaleur de tout à l'heure. Quelque chose contrariait Kaylee et cela le mettait à cran.

– Kaylee, dit-il en descendant la longue allée menant à l'entrée du Club Tahoe – elle avait la tête inclinée sur l'appuie-tête et regardait par la fenêtre. Pourquoi tu t'es énervée quand j'ai dit qu'on faisait attention ? Parce que je te jure que j'ai été fidèle, contrairement à ce connard…

Il inspira à fond et relâcha son souffle.

– Ce que je voulais dire, c'est que j'étais un mec bien à l'époque. Alors pourquoi ce regard amer ?

Son visage se tordit et elle le cacha entre ses mains, marmonnant quelque chose qui ressemblait à *bébé*.

– Qu'est-ce que tu dis ?

Ses sens se mirent soudain en alerte. Elle n'avait pas un comportement normal. Même pour une fille bourrée.

Elle baissa les mains et les fixa.

– J'ai perdu notre bébé.

Elle avait dit cela avec légèreté malgré le poids des mots.

Wes dévissa la tête vers elle et fit une embardée, menaçant de verser dans le fossé.

– *Pardon ?*

– Notre bébé.

Elle avait les yeux brillants, le visage tordu par la douleur. Les larmes se mirent à dévaler la peau lisse de ses joues. Elle détourna la tête et se recroquevilla dans le coin entre le siège et la porte.

Le regard de Wes oscillait fébrilement entre Kaylee et la route.

– De quoi tu parles ?

Mais il était trop tard pour obtenir d'elle une réponse cohérente.

Jamais il ne l'avait vue secouée de sanglots si violents ; son corps se convulsait tandis qu'elle se repliait sur elle-même.

Sa tête roula contre le siège, les mots s'échappant de ses lèvres comme une logorrhée d'ivrogne.

– Je ne peux pas en parler. Je croyais pouvoir. Que si je venais ici, ça effacerait la culpabilité et le malaise que je ressens. Mais c'est toujours là, gémit-elle en appuyant le poing sur son ventre.

Putain de merde… Wes hésita à se garer sur le bas-côté. C'était dingue. Kaylee parlait comme une folle. Devait-il la conduire à l'hôpital ? Parce qu'elle allait vraiment très mal.

Mais ils se trouvaient au milieu de nulle part, et sa maison n'était plus qu'à cinq minutes.

Quand ils arrivèrent au chalet, Kaylee était endormie, le corps secoué par le hoquet mourant de ses sanglots.

Wes se passa une main lourde sur le visage et cligna des yeux. Il sortit de la voiture et traversa l'allée pour chercher la clé cachée sous un gros rocher en stuc qui se trouvait là quand il sortait avec Kaylee. Il ouvrit la porte et remit la clé dans sa cachette, puis il se dirigea vers le Range Rover.

Il contempla le petit corps recroquevillé sur le siège passager. Les bras de Kaylee étaient enroulés autour de ses genoux, et ses cheveux sombres et soyeux lui tombaient sur le visage. Sa poitrine se serra et son regard s'adoucit brièvement. Merde. *Merde.* Ce qu'elle avait dit n'avait aucun sens. C'était des paroles d'ivrognes. Ce n'était pas la réalité.

Il ouvrit la portière avec précaution et détacha la ceinture, relâchant ses épaules. Elle marmonna, mais ne se réveilla pas. Il glissa un bras sous ses genoux et l'autre derrière son dos, puis il la souleva et la berça contre sa poitrine.

Il referma la portière du pied et la porta dans la maison.

Il balaya l'endroit des yeux, songeant qu'il allait la monter dans sa chambre et l'allonger sur son lit, mais il se ravisa. Il avait besoin de lui parler, et pas dans une chambre.

Wes se dirigea vers le grand canapé et la déposa délicatement sur les coussins. Il trouva un plaid qu'il mit sur elle, puis il lui enleva ses escarpins et borda ses pieds dans la couverture.

Kaylee ne se réveilla pas. Sa poitrine se soulevait et retombait à un rythme régulier, son hoquètement s'étant calmé.

Il soupira. Il n'allait pas la laisser toute seule, c'est sûr. Pas alors qu'elle avait perdu conscience. On pouvait mourir d'un empoisonnement à l'alcool. Il pensait qu'elle n'avait pas assez bu pour causer de sérieux dégâts, mais les mots qui sortaient de sa bouche étaient délirants, et tout était possible.

Wes se rendit dans la cuisine pour prendre un verre d'eau. Il le posa sur la table basse près de sa tête, puis il enleva ses chaussures et marcha jusqu'à la fenêtre pour contempler le jardin de ses parents. Ils avaient un bel endroit, niché dans les bois, mais proche de la ville.

Il se frotta le front et jeta un coup d'œil au corps immobile de Kaylee. Mon Dieu, il espérait qu'elle avait raconté des conneries au sujet de cette histoire de bébé. Parce que sinon, ça voudrait dire qu'elle lui avait menti tout ce temps.

Et que la raison pour laquelle elle l'avait quitté était bien plus grave qu'il ne l'avait imaginé.

Chapitre Quinze

Quand le martèlement dans son crâne devint insupportable, Kaylee ouvrit les yeux. Il faisait jour et elle était… sur le canapé ?

– Bonjour.

Son regard bondit vers la silhouette assise près de ses pieds.

– Wes ? Que fais-tu là ?

Des bribes de la nuit lui revinrent en mémoire. Le type qu'elle avait envisagé de ramener chez elle, juste pour mettre le passé derrière elle. Se sentir désirée alors qu'elle ne ressentait qu'un grand vide, une béance en elle.

Wes l'avait éloignée du mec. Et puis, sur le trajet du retour…

– Oh, mon Dieu.

Elle s'assit et le regretta immédiatement. La pièce se mit à tourner et son estomac se souleva.

– Il y a de l'eau juste derrière toi, dit-il d'un ton patient teinté de colère.

Kaylee prit le verre et but à petites gorgées, pour ménager son estomac nauséeux. Elle lui jeta un regard par-dessus le bord du verre. Wes était tendu et il avait l'air de ne pas avoir dormi. Comme s'il était resté assis toute la nuit, à la regarder.

— Pourquoi tu es resté ?

— Tu étais ivre morte.

— Pas à ce point.

Un rictus déforma la bouche de Wes.

— Tu as perdu connaissance, alors si, tu étais ivre morte.

— Très bien. J'ai trop bu. Je n'ai pas pris une cuite depuis l'université. Je manque un peu d'entraînement.

Malgré ce qu'elle avait dit à Wes la veille, elle n'aurait jamais ramené cet homme chez elle. Lui donner son numéro ? Bien sûr. Elle était célibataire, et rester là à se morfondre de ses fiançailles rompues n'était pas le meilleur moyen de rebondir. Elle ne voulait pas d'une histoire sérieuse, mais sortir avec un mec sympa ne serait pas si mal. Même s'il lui faudrait du temps avant de pouvoir à nouveau faire confiance à un homme.

Wes se pencha en avant, ses larges épaules lui mettant la pression alors qu'elle était loin de lui.

— Tu te souviens de ce que tu m'as dit avant de tomber dans les vapes ?

Elle était revenue au lac Tahoe pour se marier, mais aussi pour pouvoir parler du bébé à Wes. Pour se débarrasser de la culpabilité, de la honte et de la tristesse, et lui expliquer enfin ce qui s'était passé il y a quatre ans. Et puis, elle avait revu Wes et il lui en voulait encore tellement.

Elle ne pouvait pas lui parler. Pas alors qu'il la haïssait. C'était peut-être une erreur de revenir ici. Mais Wes l'avait ramenée chez elle hier soir, par pure gentillesse. Il lui avait rendu visite après la découverte de l'infidélité d'Eddy juste pour s'assurer qu'elle allait bien. Il y avait peut-être encore de la tension entre eux, mais il se souciait d'elle, même s'il ne l'admettait pas.

Elle s'était presque convaincue qu'il valait mieux qu'il ne connaisse pas le passé. Qu'elle pouvait tout garder pour elle sans faire rejaillir la peine sur Wes. Et puis, un moment d'ivresse et elle avait tout balancé. Le passé qui ne la quitterait jamais — qui la rongeait de l'intérieur et avait changé sa vie pour toujours.

Elle avait enfin dit la vérité sur sa grossesse, parce qu'au fond d'elle-même, elle avait égoïstement besoin qu'il sache. Elle ne voulait pas porter seule ce poids.

Kaylee se frotta les yeux et posa les pieds par terre.

– Je peux me brosser les dents et me changer avant qu'on discute ?

Il l'autorisa d'un geste évasif à vaquer, mais tous les muscles de son corps semblaient tendus.

Kaylee monta dans sa chambre et se brossa les dents dans la salle de bain, puis elle se changea, tout en cherchant comment dire à Wes ce qu'elle aurait dû lui avouer il y a des années. Mais il s'agissait de son corps. C'est elle qui en avait subi les dommages irréparables. Alors même s'il avait le droit de savoir, elle était trop bouleversée et vulnérable pour lui dire à l'époque.

Elle prit une boîte de comprimés contre la migraine et en avala un, puis elle se passa un gant de toilette chaud sur le visage. Elle se regarda dans la glace. De l'extérieur, elle ressemblait beaucoup à la fille dont Wes était tombé amoureux à l'université, sans les longs cheveux, mais rien n'était plus pareil à l'intérieur.

Kaylee redescendit dans le salon et trouva Wes devant les grandes fenêtres de la salle à manger, en train de contempler les pins et les montagnes. C'était aussi son endroit préféré de la maison.

Se déplaçant pieds nus sans faire de bruit, elle entra

dans la cuisine et fit du café, suivant un rituel précis et lent. Pour retarder l'inévitable. Lui raconter les détails de la grossesse n'allait pas être facile, même après avoir passé du temps ensemble.

Kaylee emporta deux mugs au salon et en tendit un à Wes.

Il leva la tête et cligna des yeux comme s'il était perdu dans ses pensées, puis il accepta le café.

– Merci.

Elle s'enfonça dans le canapé et enroula les mains autour du mug, tirant autant de force que possible de la chaleur.

– À propos de ce que j'ai dit hier soir. Je suis désolée que ça soit sorti comme ça. Quand je suis arrivée ici, j'avais une idée très précise de la façon dont j'allais te le dire. Et puis tout est parti en vrille. Et en fin de compte, j'ai pensé qu'il valait mieux laisser le passé là où il était.

Il secoua vigoureusement la tête.

– Cette histoire délirante était vraie ? Tu as eu un… un *bébé* ? Et tu ne me l'as pas dit ?

Même après tant d'années, ses larmes n'avaient pas tari.

– Non. Il n'y a pas de bébé.

Wes se passa les doigts dans les cheveux, faisant tomber ses belles mèches brunes sur son front.

– J'ai passé toute la nuit à essayer de comprendre ce que tu pouvais bien vouloir dire. Je veux que tu m'expliques tout depuis le début.

Elle ferma les yeux.

– Avant ton tournoi de qualification pour le circuit pro, la dernière année d'université, j'étais malade. Tu t'en souviens ?

Il la fixa d'un œil vide.

— Non, bien sûr, tu ne t'en souviens pas. Tu étais trop occupé à ce moment-là.

Elle posa son mug sur la table basse et se frotta le haut des cuisses.

Il oscilla la tête, comme s'il fouillait dans sa mémoire.

— Tu étais… fatiguée. Plus que d'habitude.

— Oui. J'ai cru que c'était le stress du milieu de trimestre. Les cours m'épuisaient. Je dormais beaucoup. Je n'avais pas d'appétit… Et puis, j'ai commencé à saigner. Tu sais, j'avais un cycle irrégulier. J'ai cru qu'il s'agissait de mes règles. Mais les saignements sont devenus très douloureux.

Sa mâchoire se crispa et il la fixa, dans l'attente de la suite.

— Je suis allée au dispensaire de l'université et on m'a dit que je faisais une fausse couche.

Wes baissa la tête et elle inspira à fond, désirant apaiser le tremblement de sa voix.

— J'étais enceinte de trois mois.

— Merde, lâcha-t-il, puis après un long moment, il leva les yeux. Pourquoi tu ne me l'as pas dit ?

— Te le *dire* ? Je ne savais pas que j'étais enceinte. Et quand étais-je censée mentionner la fausse couche ? Quand je saignais à mort — le jour même où tu m'as dit que tu ne pouvais te concentrer sur rien avant la fin du tournoi ? Ou quand j'ai dû subir une intervention d'urgence pour aspirer le bébé qui était mort dans mon ventre ? dit-elle en réprimant ses larmes. Non, Wes, je ne t'ai rien dit. J'étais en état de choc, j'avais peur pour ma santé mentale.

Ses épaules s'affaissèrent et il cacha son visage dans ses paumes.

— Je suis désolé.

Une larme coula sur sa joue et elle pinça les lèvres.

— Tu n'étais pas disponible. Tu étais dans un autre État pour suivre un entraînement intensif. Je suis rentrée à la maison pour récupérer, mais je souffrais toujours. J'ai consulté le médecin local, et il a dit…

Elle se couvrit le visage, trempé de larmes maintenant.

— Il a dit qu'il y avait tellement de tissu cicatriciel dû à l'intervention en urgence que je ne pourrais plus jamais tomber enceinte.

Elle ne le vit pas bouger. Ne l'entendit pas. Mais l'instant d'après, Wes la prenait dans ses bras puissants et la tirait sur ses genoux. Il lui frotta le dos tandis qu'elle sanglotait sur son épaule, caressant ses cheveux d'une main tremblante.

— J'étais égoïste. Jeune et con. Je ne me rendais pas compte de ma chance, dit-il. Je ne savais pas ce qui était important.

Depuis qu'elle avait perdu le bébé, et sa capacité d'enfanter, rien n'avait pu soulever le poids de ses épaules. Rien jusqu'à ces mots tendres de Wes. C'était ce dont elle avait besoin. De son soutien. Son réconfort. Bon sang, elle avait tellement aimé cet homme. Une partie d'elle l'aimait encore.

Elle glissa de ses genoux, y laissant juste ses jambes. Il lui saisit la cheville, refusant de la laisser partir.

— J'étais en colère contre moi. Contre toi. Il y a autre chose dans la vie que d'avoir des enfants, mais à l'époque, je voulais t'épouser et porter tes enfants, dit-elle en lui faisant un sourire plein d'autodérision. J'avais l'impression que ma vie était finie. Je n'aurais pas pu supporter de voir la déception dans tes yeux. J'ai sombré dans une profonde dépression et j'ai dû partir.

— Je comprends, dit-il doucement. Et tu avais tous les droits de prendre du temps pour toi. Mais pourquoi ne pas me l'avoir dit une fois que tu te sentais mieux ? Pourquoi tu m'as quitté sans jamais revenir ?

Elle souleva les jambes de ses genoux et les laissa pendre au bord du canapé.

— C'est ça le truc. Je croyais que *tu* allais *me* quitter. J'ai voulu me préserver. Tu te montrais distant, et c'était une nouvelle dévastatrice. Je n'aurais pas supporté que tu rompes avec moi, dit-elle en essuyant du revers de la main les larmes qui roulaient sur ses joues. J'étais anéantie. Même si tu étais resté, tu ne m'aurais jamais plus regardée de la même façon.

Le visage de Wes se renfrogna.

— Putain, Kaylee, je *t'aimais*. Rien de ce que tu aurais pu me dire n'aurait changé ça.

La sincérité de sa voix lui coupa le souffle.

— Je ne savais pas. Je… je pensais que je t'aimais plus que toi. Que tu me quitterais en apprenant ce qui s'était passé.

Il se leva brusquement en lâchant un chapelet de jurons.

— Tout ce temps, dit-il en secouant la tête. Je suppose qu'on ne saura jamais ce qu'on aurait fait.

Il se dirigea vers la porte.

— Wes.

Kaylee se leva d'un bond, une horrible sensation de naufrage lui oppressant la poitrine.

Il ouvrit la porte et se retourna, le regard dans le vide.

— On se croisera dans le coin.

La porte claqua et ses jambes lâchèrent. Elle s'effondra sur le sol, pleurant en silence.

Elle avait redouté il y a des années qu'il la quitte en apprenant la vérité, mais visiblement, elle s'était trompée.

Et si c'était le cas, elle avait perdu beaucoup plus qu'elle ne l'avait cru.

Chapitre Seize

Il faisait nuit. Quelle heure pouvait-il être ? Wes en était à son huitième seau de balles sur le practice, après une journée consacrée à la préparation du tournoi et une partie de golf désastreuse. Il était qualifié d'office, mais merde, il fallait quand même qu'il prouve qu'il méritait sa place sur le green.

Wes voyait encore à peu près où allaient les balles. Du moins leur trajectoire. Pas besoin de savoir précisément où elles atterrissaient tant que sa position était parfaite et que la ligne de jeu et l'arc de swing étaient bons. Il était parti dans tous les sens sur le parcours de golf cet après-midi, et son niveau actuel ne suffisait pas pour les Masters de Tahoe. Il ne pouvait pas merder. Même s'il était dans un sale état après la bombe que Kaylee lui avait lâchée dessus ce matin.

Elle avait fait une fausse couche… et elle ne lui avait pas dit. Pire, ça l'avait meurtrie à vie. Physiquement, mais aussi émotionnellement.

Il avait le front trempé de sueur, des douleurs aux lombaires et l'impression que des crampons lui piétinaient le cerveau. Il serra si fort le club que ses articulations blanchirent. Jamais il n'aurait pu imaginer un secret aussi dévastateur. Et il ne savait pas quoi faire. Elle lui avait volé son pouvoir d'action, à vrai dire, en décidant qu'il n'avait pas besoin de savoir pour le bébé. Même s'il ne pouvait pas lui reprocher.

Il *était* égocentrique à l'époque. Et peu de choses avaient changé. Le golf gouvernait toujours sa vie.

Wes plaça une nouvelle balle et prépara son swing. Kaylee ne croyait pas en lui. Pas assez pour lui dire qu'elle avait perdu leur enfant. Ce manque de confiance…

— Wes.

Son coude retomba et il pivota vers la voix.

Bran enjamba la chaîne qui fermait l'accès au practice.

— Qu'est-ce que tu fais ici ? Ton téléphone est mort ou quoi ? Levi a essayé de te joindre tout l'après-midi.

Wes repositionna son club et frappa vers le bas, giflant les pointes de l'herbe, et envoya la balle voguer dans l'univers obscur.

— J'ai eu son message. On est dans les temps.

Bran poussa un soupir sévère.

— Mec, tu ne peux pas disparaître de la planète. Pas maintenant. Pas quand l'avenir du club repose sur ton rôle dans cet événement sportif.

La chose qui pilonnait la tête de Wes se transforma en marteau-piqueur ; il avait la poitrine si oppressée qu'il crut qu'elle allait se craqueler. Il pesta et balança son club dans un grand arc de swing qui le catapulta dans la nuit. Il se tourna vers Bran, dont un sourcil était arqué.

— Je ne peux pas m'occuper de cette merde maintenant ! *Pas. Maintenant.*

Il s'agrippa la tête et arpenta le practice.

Bran aurait pu avoir le réflexe de le laisser tranquille, mais non, son frère ôta sa casquette de baseball et se gratta la tête, ses cheveux blonds foncés bouclant aux extrémités.

— C'est le tournoi qui t'énerve autant ?

— Non.

Le menton de Wes tomba sur sa poitrine et il se pinça l'arête du nez.

— Alors c'est quoi ?

Wes contempla le ciel, couvert d'étoiles.

— Kaylee. Elle… j'ai merdé, Bran. Je suis un connard.

Il entendit son frère soupirer.

— Tu n'es pas un connard volontairement, dit Bran en ignorant le regard noir de son frère. Kaylee le sait, ou elle ne serait pas sortie avec toi.

Wes déglutit.

— Je ne peux pas réparer mes conneries. Et c'est ma faute. Elle était enceinte. À l'université. Je n'étais pas là pour la soutenir et elle a perdu le bébé.

Une sensation de brûlure lui embua les yeux et il les frotta. Il ne pleurait pas. Perdre une chance de jouer le tournoi pouvait le faire pleurer, mais pas cette histoire remontant à plusieurs années. Non, ses yeux étaient irrités par le pollen, voilà tout.

Son frère étouffa un juron.

— Wes, je doute que tu aies pu changer la conclusion. Perdre un bébé arrive à beaucoup de couples, sans raison particulière.

Il y avait quelque chose dans le ton de Bran…

Wes leva les yeux et surprit une expression sombre qu'il n'avait jamais vue sur le visage de son frère auparavant.

— Ça t'est arrivé ?

Après un instant d'hésitation, Bran hocha la tête.

— Au lycée. Ce n'était pas tout à fait la même chose, mais j'étais encore plus con que toi à l'époque, si tu peux l'imaginer.

Wes eut un mouvement de recul. Comment pouvait-il ne pas le savoir ? Et venant de Bran ? Jamais, dans ses rêves les plus fous, Wes n'aurait pu prédire que ces mots viendraient de ce frère-là, le célibataire invétéré.

— Pourquoi n'as-tu jamais rien dit ?

Bran se mit à arpenter l'aire d'entraînement.

— Parce que j'étais un connard fini et que j'ai mal géré la situation ? Parce que je n'avais personne à qui parler, à part Levi, et qu'il m'aurait botté le cul dans toute la ville s'il avait su.

Il s'arrêta de marcher et fixa le ciel étoilé.

— Elle a avorté.

Wes se détourna.

— Qu'est-ce qui ne va pas chez nous ? Pourquoi est-ce qu'on foire autant ?

— On s'est pratiquement élevés nous-mêmes. Ça doit être lié. Mais Levi et Adam me donnent de l'espoir. Ces deux-là ont bien tourné.

Wes lâcha un rire sans humour.

— Parce qu'ils ont rencontré Emily et Hayden, qui leur ont donné des coups de pied aux fesses jusqu'à ce qu'ils filent droit. Adam n'était pas un saint et Levi était aussi égocentrique que nous tous, jusqu'à ce qu'il fréquente Emily.

— C'est vrai, dit-il en souriant, puis son sourire s'effaça. Kaylee va bien ?

— Non. Je pense qu'elle va mal. Elle a dit qu'elle était dans un sale état après la fausse couche et qu'elle… (sa voix se coinça dans sa gorge). Qu'elle ne peut plus avoir d'enfants à cause de ça.

— Bon sang. Je suis désolé.

Un sentiment de vulnérabilité lacéra la poitrine de Wes.

– Je ne sais pas quoi faire. Je ne sais pas comment réparer les dégâts.

– Comment pourrais-tu réparer ce qui s'est passé il y a des années ? Elle ne t'avait jamais parlé du bébé jusqu'à présent, si ?

Wes s'écroula sur le banc derrière le terrain d'exercice.

– Elle dit qu'elle ne savait pas qu'elle était enceinte avant qu'il soit trop tard. J'étais concentré sur mon entraînement et je l'ai envoyée bouler.

Il leva les yeux.

– Elle était enceinte de trois mois, Bran, et je ne le savais pas. Je ne voulais pas savoir parce que mes conneries étaient plus importantes. Elle était malade, et je me suis dit qu'elle allait bien. Quel genre d'homme fait ça ? Je l'aimais plus que n'importe quelle femme, et je lui ai brisé le cœur.

Il fixa ses mains — grandes, même pour un homme, belles comme celles de son père. Il n'avait pas été présent pour Kaylee, comme son père n'avait pas été présent pour lui.

– C'est peut-être ma faute si elle a perdu le bébé.

Bran se frotta le front.

– Ça ne marche pas comme ça — non pas que je sois un expert. Tu ne peux pas te culpabiliser pour quelque chose qui ne dépend pas de toi.

Wes le dévisagea.

– Tu as cessé de te culpabiliser ? Tu as bien changé depuis le lycée, et pourtant tu regardes à peine les filles.

Bran remit sa casquette, la posture raide.

– Il ne s'agit pas de moi. Tu as retrouvé Kaylee. Si tu veux d'elle.

Wes ricana sombrement.

– Tu t'es déjà demandé pourquoi je ne m'engage jamais dans une relation sérieuse avec une femme ?

– Parce que tu es un coureur de jupons ?

Il fusilla Bran du regard.

— Parce que j'étais tellement furieux que Kaylee m'ait quitté que j'ai puni toutes les femmes qui ont suivi. Je ne me suis jamais ouvert à elles, et je me suis bien assuré qu'elles savaient où elles mettaient les pieds. J'ai fait porter le chapeau à Kaylee alors qu'elle n'y était pour rien. Tout ce temps, c'était ma faute. C'était moi le problème.

Bran leva les yeux au ciel.

— Bon, je ne le dirai qu'une fois parce que je déteste flatter ton ego. Tu es un mec bien, Wes. Un gentleman. Tu n'as jamais eu de relation sérieuse depuis Kaylee, mais je ne t'ai jamais vu être méchant. Si tu as fait souffrir Kaylee, ce n'était pas intentionnel. Et, étant donné que tu viens juste d'apprendre pour ce bébé, elle a aussi des choses à se reprocher sur la tournure qu'a pris votre relation.

— Non, c'est faux. Elle a traversé cette épreuve toute seule. Et puis elle a appris qu'elle ne pourrait pas avoir d'enfants. Je suis responsable de cette merde.

Wes enfouit la tête dans ses mains, les coudes sur les cuisses.

— Y a-t-il quelque chose que je puisse faire ?

— Occupe-toi de Levi. Dis-lui que j'ai les choses en main, dit-il en soutenant sa tête. Tous les fournisseurs à qui j'ai parlé de l'événement font des pieds et des mains pour m'obtenir tout ce dont j'ai besoin. Personne ne veut être exclu d'une opération aussi lucrative.

Bran opina.

— Pareil pour moi. J'ai suffisamment de stands de repas en plein air pour nourrir un hameau… Très bien, je vais dire à Levi que je t'ai parlé. Je suppose que tu ne veux pas lui dire pour Kaylee et le bébé ?

— Putain, non. Mais je dirais à Kaylee que je t'en ai parlé. Désolé d'avoir vidé mon sac. Tu m'as cueilli au mauvais moment.

Bran lui claqua l'épaule.

– Toujours là pour toi.

Wes et ses frères avaient beau s'être débrouillés seuls et être indépendants, ils se soutenaient mutuellement. Ils se disputaient et jouaient les gros bras, mais ils étaient là quand Wes avait besoin d'eux.

Il se leva et scruta l'obscurité. *Abruti.* Maintenant, il devait retrouver son club préféré, qu'il avait balancé dans la nuit.

– Quelle heure est-il ?

– Une heure. Rentre chez toi et dors un peu. Tu es sûr que ça va aller ?

Non.

– Oui.

– Quitte à crécher chez un de mes frangins, je préfère le canapé de Levi, dit Bran, mais je dormirai sur le tien si tu n'as pas envie d'être seul.

– Ça va. Mais… tu as vu Kaylee aujourd'hui ? Elle va bien ?

– Je l'ai vue sur la plage avec sa bande de gamins. Elle est cool avec eux.

Évidemment. Elle aurait pu être maman… La gorge de Wes se serra.

– Tant mieux.

Il alluma la torche de son smartphone et fouilla la nuit à la recherche de son club.

– Wes, appelle-moi si tu as besoin de quoi que ce soit. Et essaie de parler à Kaylee. Mon petit doigt me dit que tu ne lui as pas fait part de ton désarroi au sujet du bébé et de ce qu'elle a vécu.

Wes lui lança un regard noir par-dessus l'épaule.

– À ton avis ?

– C'est bien ce que je pensais. Tu devrais lui dire. Ça pourrait lui faire du bien, et à toi aussi.

– Rien de bon ne peut ressortir de ce que j'ai fait à cette fille.

– Ce n'est plus une fille. Et elle appréciera sans doute qu'un homme fasse preuve d'humilité. Surtout un homme qui l'aime encore.

Wes faillit trébucher. Le dernier endroit qu'il voulait fouiller, c'était le champ de ses sentiments pour Kaylee. Et le fait qu'elle l'avait quitté non parce qu'elle ne l'aimait plus, mais parce qu'il n'était jamais là pour elle.

Sans son comportement, ils seraient peut-être toujours ensemble. Et c'était quelque chose qui lui arrachait le cœur. Parce que pour être honnête avec lui-même, il ne s'était jamais remis du départ de Kaylee.

Chapitre Dix-Sept

Kaylee regardait les enfants construire des châteaux de sable en suivant les instructions de Hunt. Le terme *instructeur* devrait être ici utilisé au sens large, car Hunt était à peine plus mature que les enfants.

– Pas de bataille de sable ! cria-t-elle en secouant la tête.

Hunt, à l'autre bout de la plage, leva les mains innocemment. Mais Kaylee venait juste de le voir jeter une poignée de sable dans le dos d'un enfant.

– Ne te fatigue pas, ça ne sert à rien.

Kaylee tourna la tête et vit Emily qui avançait maladroitement sur la plage perchée sur ses talons aiguilles, observant Hunt en faisant la moue.

Elle réussit à rejoindre Kaylee et loucha sur la mêlée de gamins autour des châteaux de sable.

– Hunt est un enfant en version grand format, dit-elle en penchant la tête. Vu de loin, tu pourrais même le prendre pour l'un d'eux. Mais ils sont en sécurité sous sa garde.

– C'est vrai, admit Kaylee en observant la « construction de châteaux de sable » : en gros, deux cents dollars de matériel, du sable, et tout un tas de bâtisseurs inexpérimentés qui creusaient et jetaient du sable partout.

— Il s'époumone dans son sifflet quand les enfants s'approchent trop près de l'eau. Il est un peu parano avec ça, à vrai dire.

— Si tu savais, soupira Emily. Hunt a insisté pour avoir deux maîtres-nageurs sur la plage. C'est excessif, mais Levi a accepté, car ça sécurise la baignade.

Kaylee jeta un coup d'œil aux personnes en service et pouffa.

— J'imagine que Hunt les a choisies ?

Emily la regarda d'un air très sérieux.

— Évidemment.

Les personnes engagées par Hunt excellaient dans leur travail, Kaylee pouvait en témoigner. Et elle n'était pas une grande nageuse. Mais Hunt avait choisi des *femmes* sauveteuses, une blonde et une brune. Les deux avaient la taille fine et une poitrine volumineuse, une longue chevelure et un beau visage. Elles ne devaient pas avoir plus de dix-neuf ans, et elles étaient incroyablement sportives. Bref, elles avaient un corps parfait.

Kaylee n'était pas en surpoids, mais c'était une femme normale. Elle avait de la peau d'orange à l'arrière des cuisses. Si ces sauveteuses avaient une once de cellulite sur leur corps d'athlète, Kaylee voulait bien avaler une poignée de sable. Elles avaient une peau lisse et épilée à la perfection.

Kaylee donna un petit coup de coude à Emily.

— Tu crois qu'il les a auditionnées en bikini avant de les engager ?

Emily pouffa.

— Sans aucun doute. Enfin, tu imagines Hunt Cade

laisser passer une occasion de voir des filles à moitié à poil ?

Elles rirent ; cela faisait du bien. Depuis que Kaylee avait parlé à Wes de sa fausse couche, il y a quelques jours, elle avait l'impression d'avoir perdu quelque chose. Or elle croyait n'avoir plus rien à perdre. Pas après avoir dû recommencer sa vie à zéro. Deux fois. Mais en voyant Wes partir de chez elle brutalement après avoir appris la vérité, elle avait réalisé qu'il lui restait quelque chose à perdre.

Qu'elle l'admette ou non, Wes et elle avait renoué une amitié. Elle n'avait pas réalisé à quel point cela comptait pour elle. Elle craignait maintenant d'avoir détruit ce qui aurait pu exister entre eux.

— On ne peut même pas l'accuser de harcèlement sexuel, déclara Emily en parlant de Hunt. Il a mentionné le test de natation et de sauvetage en mer dans le descriptif du poste. Tous les candidats, homme ou femme, devaient se présenter en maillot de bain.

Kaylee acquiesça pensivement.

— Il est rusé dans ses tentatives de ravir de jolies filles pour son harem secret.

Emily sourit, puis ses yeux s'écarquillèrent. Elle se baissa une fraction de seconde avant qu'une boule de sable ne frappe Kaylee à l'arrière de la tête. Ses cheveux furent projetés vers l'avant et du sable atterrit sur son visage.

— Qu'est-ce que…

Kaylee se tourna et vit Hunt taper dans la main de Bella.

— Je vous ai vus ! cria-t-elle.

Hunt balança un objet en plastique sur son épaule. Comme la machine à faire des boules de neige qu'elle avait achetée pour les enfants.

Kaylee s'essuya le visage et secoua ses cheveux.

– Désolée, s'esclaffa Emily. Je l'ai vue arriver et mon réflexe a été de me baisser et me protéger.

– Tu as bien fait. Je n'aurais jamais dû acheter ces trucs à boule de neige que Hunt insistait pour mettre sur la liste du matériel indispensable. Mais il trouve toujours des activités amusantes pour les enfants, c'est pourquoi je supporte des désagréments comme le sable dans les cheveux.

Emily se mordit la lèvre, semblant inquiète.

– Alors tout va bien ? Tu te plais ici ?

Malgré les raisons qui avaient poussé Kaylee à venir au lac Tahoe, et les retombées de l'anéantissement de ses projets, elle était heureuse d'avoir choisi de rester. Peu importe comment les choses s'étaient terminées avec Wes, c'était la première fois depuis des années qu'elle avait l'impression de pouvoir respirer. En partie parce qu'elle avait enfin avoué la vérité à Wes, peu importe les conséquences. Et en partie parce qu'elle travaillait au Club Tahoe. Les frères Cade avaient beau tâtonner un peu en essayant de diriger le complexe hôtelier, le fait est qu'ils avaient apporté quelque chose de magique dans cet endroit, une énergie qui touchait tous ceux qui venaient ici.

– J'aime mon travail au Club Kids. Ce ne sont pas les services sociaux, mais j'ai quand même l'impression de faire quelque chose d'utile. Peu importe ce que vivent ces enfants, ils peuvent mettre leurs soucis de côté et venir ici, un lieu sûr pour découvrir qui ils sont, et le monde qui les entoure.

Bella se détacha du groupe et se fraya un chemin jusqu'à elle. Elle avait passé une grande partie de l'été ici et Kaylee se réjouissait de l'avoir régulièrement au Club Kids. Wes s'était occupé d'elle et l'avait entraînée au golf, mais Bella semblait gagner en assurance depuis que le Club Kids avait ouvert.

Emily poussa un soupir.

– Je suis tellement contente de savoir que tu es heureuse avec nous, jubila-t-elle en lui tendant un bout de papier. C'est un chèque de prime. Je l'ai fait établir par le service financier au lieu de le virer directement sur ton compte. Je voulais t'annoncer la bonne nouvelle en personne.

– La bonne nouvelle ?

Kaylee prit le rectangle de papier, en regardant Emily.

– Le chiffre d'affaires du programme pour enfants a doublé depuis qu'on a commencé, et tu as contribué largement à son bon déroulement, et surtout, à son essor commercial. Les parents t'aiment, les enfants t'aiment, et je t'aime. Alors on a décidé de te donner une augmentation. Ne nous quitte jamais, dit-elle en étreignant Kaylee.

Kaylee rit. Elle aurait pu pleurer si elle n'avait pas été devant les enfants. Emily n'avait aucune idée de tout ce que lui avaient apporté ce programme et leur gentillesse à tous depuis qu'elle s'était installée au lac Tahoe.

– Je n'ai pas l'intention de partir.

– Eh bien, au cas où tu aurais d'autres projets, cette augmentation devrait t'inciter à rester.

Kaylee finit par regarder le montant du chèque.

– Waouh. Emily, tu n'étais pas obligée de faire ça. Mais c'est cool de savoir que je peux payer un loyer si je dois déménager de chez mes parents. Merci beaucoup.

– Tout le plaisir est pour moi. On dirait que les enfants ont besoin de toi, ajouta-t-elle en regardant au loin. Je te laisse à ta bataille de sable. Enfin, je veux dire à l'activité « construction de *châteaux de sable*. »

Emily se dépêcha de partir quelques secondes avant que Bella n'arrive près d'elle.

– Lâcheuse ! s'écria Kaylee.

Bella lui enlaça la taille de ses petits bras sablonneux en riant.

– Pourquoi tu ris ? J'ai vu comment tu as encouragé Hunt à me lancer du sable. Et depuis quand est-il permis de jeter du sable ?

Elle fit semblant de recracher des grains, déchaînant de nouveaux rires de la fillette.

– C'était l'idée de Hunt.

Kaylee plissa les yeux en direction de Hunt.

– Ça ne m'étonne pas. Mais on ne jette plus de sable. On ne veut pas que ça pique les yeux des enfants.

Bella regarda derrière Kaylee et lâcha sa taille.

– Wes ! s'écria-t-elle en partant à toute allure.

Wes traversait la plage, une main enfoncée dans son pantalon de golf, en arborant une expression soucieuse. Son regard se posa sur Bella et s'adoucit quand la fillette arriva en bondissant vers lui.

Le cœur de Kaylee s'emballa et son estomac se noua. Raconter à Wes sa fausse couche – et sa conséquence : elle ne pourrait plus avoir d'enfants – ne s'était pas passé comme elle l'avait prévu. La vérité l'avait cueilli par surprise ; elle s'en était rendu compte. Même s'il l'avait réconfortée un moment, il avait fait la chose qu'elle redoutait le plus : partir. Et elle n'avait pas eu de ses nouvelles depuis.

Bella sauta dans les bras de Wes, qui la serra brièvement. Il était grand, plus d'un mètre quatre-vingt-cinq. Et Bella était minuscule. Wes s'agenouillait toujours pour lui parler, comme maintenant.

Il lui chuchota quelques mots à l'oreille et lui tendit une enveloppe. Bella hocha la tête avec enthousiasme.

– Comment ça se passe au Club Kids ? lui demanda-t-il suffisamment fort pour que Kaylee entende.

– Super ! Hunt vient d'envoyer une boule de sable dans la tête de Kaylee.

La bouche de Wes se tordit.

— C'est vrai ? Je suppose que je vais devoir donner à Hunt une leçon de lancer de boules de sable après le travail. Tu vas bien ? demanda-t-il à Kaylee.

— Rien de plus agréable que de mâcher des grains de sable toute la journée.

— Je vais toucher deux mots à Hunt.

Elle chassa sa proposition d'un revers de la main.

— Non, pas la peine, je vais bien. C'était plutôt marrant. Les enfants adorent Hunt.

Wes se redressa et posa la main sur l'épaule minuscule de Bella.

— C'est parce qu'il est comme eux.

Kaylee sourit.

— C'est exactement ce qu'on se disait avec Emily.

Les coins de la bouche de Wes s'étirèrent tandis que son expression s'adoucissait. Et ce simple geste la soulagea. Elle avait besoin de savoir qu'ils n'étaient pas fâchés.

Il baissa les yeux vers Bella.

— Alors ? Qu'en penses-tu ?

Elle brandit l'enveloppe qu'il lui avait donnée.

— Regarde, Kaylee. Wes dit que je peux aller au grand tournoi de golf avec mes parents.

— C'est merveilleux, Bella. J'y serai aussi, et je ne manquerai pas de vous chercher dans la foule.

Bella retourna vers le groupe en courant, agitant les mains et l'enveloppe. Elle parla avec animation aux autres enfants, leur faisant sans doute part de la nouvelle.

Kaylee regardait les enfants, mais elle sentit Wes se mettre à côté d'elle.

La peau le long de ce côté de son corps s'électrifia — comme si elle anticipait avec joie un contact accidentel, un effleurement de son bras.

Elle avait espéré que le fait de parler à Wes de la grossesse et des raisons de son départ lui permettrait de clore leur histoire et tourner la page. Mais rien n'était fini. Et la tension entre eux n'avait pas complètement disparu.

Entre son corps qui anticipait le contact de Wes et sa colère contre lui pour être parti l'autre jour, c'était sacrément confus ; un beau mélange d'attraction et de répulsion.

Il désigna Bella d'un signe du menton

— J'offre à quelques élèves doués un pass pour le tournoi. Je voulais que Bella y assiste pour qu'elle puisse voir où elle sera un jour.

— Et si elle décidait de se mettre au piano ?

Il lui jeta un regard perplexe.

— Tu vas vraiment recommencer ?

Elle réprima un sourire.

— C'est possible.

Un grognement monta lentement de sa poitrine.

— Peu importe ce qu'elle fera plus tard… je l'encouragerai, dit-il à contrecœur, et elle ne put s'empêcher de rire.

— Tu n'as qu'une seule idée en tête, Wes Cade.

Son visage se décomposa. Elle ne s'était pas rendu compte qu'il lui souriait jusqu'à cet instant. Que la tension s'était atténuée pendant une seconde avant de revenir au galop.

Il détourna le regard.

— Je suis désolé, Kaylee. D'avoir été obsédé par le golf à la fac au point d'oublier tout le reste. Excuse-moi de ne pas avoir été là pour toi.

Il lui saisit la main et la pressa, la prenant par surprise.

Elle fixa leurs mains jointes, puis de nouveau ses yeux, plus clairs au soleil. Un bleu royal et non les sombres et mystérieux abysses marins de l'autre soir.

Elle hocha la tête, la gorge serrée. C'était la conversation qu'elle avait voulu avoir avec lui. Le partage mutuel de la perte qu'elle n'avait pas pu exprimer il y a des années.

– Je m'excuse de n'avoir rien dit quand c'est arrivé. La dépression… elle s'est emparée de moi et je ne voyais pas comment m'en sortir. J'étais complètement perdue.

Il contempla le lac.

– C'est ma faute. Je ne t'ai pas facilité la tâche, dit-il en reportant les yeux sur elle. Mais tu peux me parler de tout à partir de maintenant, d'accord ?

Il assumait la responsabilité, mais ce n'était pas entièrement de sa faute. Elle s'était complètement effondrée à l'époque, et c'était en grande partie à cause d'une perte extraordinairement douloureuse, contre laquelle il n'aurait rien pu faire.

Elle étudia son beau visage, ses cheveux noirs qui tombaient sur son front, ses yeux si sincères. Ils étaient comme avant. Comme lorsqu'ils étaient tombés amoureux…

Avaient-ils enfin tourné la page ? Mis le passé derrière eux ? Il ne lui avait pas lâché la main. Et elle aimait vraiment, vraiment sentir sa main autour de la sienne, chaude et forte.

Et puis, il la lâcha.

– Je ferais mieux d'y retourner.

Il se balança d'un pied sur l'autre, hésitant.

– Autre chose, dit-il. Adam et Hayden vont t'inviter à leur mariage. Je voulais te prévenir. Ne te sens pas obligée d'y aller. Si c'est difficile ou…

Elle sourit.

– Ça va. Je ne suis pas déprimée par le mariage. J'aurais dû larguer Eddy il y a des années, mais on y voit toujours plus clair avec du recul.

Il plongea les yeux dans les siens. Maudites soient ces terminaisons nerveuses érogènes. La chair de poule et la sensation de picotement étaient partout cette fois — des follicules pileux de son crâne sablonneux jusqu'au bas de ses jambes nues.

Son cœur se mit à battre la chamade, ses joues à rougir, et elle tourna la tête vers les enfants.

Bella sauta sur le dos de Hunt, et Kaylee sourit. Cette fillette aimait les frères Cade. Elle ne pouvait pas l'en blâmer. Comment ne pas les aimer ?

– Il y a toujours de la place pour l'amour et les rêves. Je revivrai ça un jour.

– C'est sûr.

Il lui caressa le bras et s'éloigna.

Kaylee faillit défaillir à ce simple attouchement, et elle inspira à fond. Wes était Wes. Il lui avait toujours fait perdre la tête. Ça ne voulait rien dire.

Il avait eu le temps de se calmer et ils étaient à nouveau en bons termes, c'était le principal. Après être sortie de sa dépression, elle avait souhaité que les choses s'arrangent entre eux. Et elle venait de toucher au but.

Chapitre Dix-Huit

Wes sourit en voyant Levi, en smoking, tirer sur le col de la chemise qui l'étranglait.

— Je déteste ces trucs, maugréa Levi.

Wes saisit une coupe de champagne sur le plateau d'un serveur.

— Ah bon ? Tu en portes tellement souvent ces temps-ci que je pensais que tu t'y étais habitué.

Ce n'était pas uniquement en raison de son rôle protecteur au sein de sa famille que Levi avait choisi de devenir pompier à l'origine. Il était du genre à porter des jeans et des t-shirts. Être pompier correspondait à son look décontracté. La flanelle soyeuse était trop tape-à-l'œil à son goût. Mais tout cela avait changé lorsqu'il était devenu le PDG du Club Tahoe.

Levi avait dû rehausser son jeu en matière d'élégance. Le résultat était drolatique. Oh, il était aussi beau que n'importe lequel d'entre eux en costume, mais Levi détestait en porter. Il râlait, il geignait — c'était tordant à voir.

— Toujours pas habitué aux habits de pingouin… mais

Emily aime que je sois bien sapé, dit Levi, un soupçon de pudeur lui teintant les joues.

— Alors le gant de fer fait des miracles sur toi.

— Fermez-la, intima Adam dans leur dos, en se pinçant l'arête du nez. Vous tous.

L'ordre concernait tout le monde, y compris Hunt et Bran qui étaient restés silencieux jusqu'à présent.

Dire que le futur marié était un chouilla nerveux était un euphémisme.

— Bon sang, Adam, protesta Bran, exprimant les pensées de Wes. Tu te maries aujourd'hui. Pourquoi tant d'agressivité ?

Le visage d'Adam prit une teinte grisâtre.

Wes fit marche arrière. Adam n'avait pas l'air dans son assiette.

— Ça va, mon vieux ? Je n'aurais jamais pensé que tu aurais la trouille le jour de ton mariage.

— La trouille ? s'insurgea Adam, manquant manifestement d'humour. Imbécile. Je n'ai absolument pas peur d'épouser Hayden. Elle est la meilleure chose qui me soit jamais arrivée. Si je le pouvais, je l'emmènerais loin de ce… *cirque*, grommela-t-il en matant les décorations rococo incrustées de rubis et de perle du hall.

Adam et Hayden allaient échanger leurs vœux au centre de l'île que le père de Wes avait aménagée lorsqu'il avait bâti le complexe touristique. Les invités les regarderaient de la rive de la rivière intérieure qui l'entourait.

— Et loin de vous quatre. Vous me stressez.

Le visage d'Adam passa du gris au pourpre.

— Si l'un de vous a le moindre geste hostile ou regard de travers, je jure que… je me barre d'ici avec Hayden et je ne vous parle plus jamais.

Il tira sur le bas de sa veste. Le smoking d'Adam était identique à celui de ses frères, à l'exception de la rose rouge épinglée à son revers, là où les autres avaient une rose blanche.

— Avancer le mariage de huit mois a bouffé tout notre temps, et je vous tuerai si vous gâchez la joie de Hayden.

Hunt fit la moue.

— Ben merde, tu parles d'une façon de parler à tes parents les plus proches le jour de ton mariage. Tu ne crées pas une ambiance très romantique.

Adam serra les poings contre ses hanches.

— C'est une putain de journée romantique. Alors, assure-toi qu'elle le reste, espèce d'enculé.

Levi posa délicatement une main sur l'épaule d'Adam, qui broncha en retour.

— Calme-toi, Adam. Personne ne va gâcher ton mariage.

Il les regarda tour à tour sévèrement, sans qu'Adam le voie, comme pour signifier : *Pigé les gars ?*

— Emily est aux manettes, tu te souviens ? ajouta-t-il pour rassurer son frère. Alors, ça veut dire que tout va bien se passer.

Adam poussa un soupir.

— Dieu merci, putain, sinon on serait tous dans la merde.

Hunt secoua la tête.

— Il lâche des gros mots comme si c'était son style. Non, il n'est pas nerveux. Pas du tout.

La tête d'Adam virevolta et il se dirigea vers Hunt.

Adam, d'habitude si calme et poli, n'était pas lui-même aujourd'hui. Il endossait le rôle de Levi, quand leur frère aîné voulait jouer à l'alpha mâle de la famille. Ou quand Wes était d'une humeur massacrante — ce qui arrivait souvent.

Mais la mauvaise humeur de Wes s'était tempérée depuis que Kaylee avait largué son fiancé. Et encore plus depuis qu'il avait pris le temps de réfléchir à leur rupture, à sa fausse couche, et à la façon dont il l'avait laissée tomber. Wes s'en était voulu après que Kaylee lui avait expliqué les raisons de son départ. Il était facile de lui reprocher son silence initial, mais après réflexion, il avait réalisé que c'était en partie sa faute si elle n'avait pas pu lui parler, fieffé connard qu'il était. Ce qu'il lui avait fait subir, la pauvre… Ça lui donnait envie de démolir les murs de son studio-chalet. Mais au moins, il savait maintenant ce qu'il avait fait de mal et il pouvait réparer les dégâts. Ou essayer.

Wes n'était plus le même homme qu'à l'époque. Et il allait le prouver à Kaylee. Parce que d'une certaine façon, il tenait vraiment à lui montrer qu'il avait changé et mûri.

Il s'était excusé, et ils étaient en bons termes, mais ça ne suffisait pas. Il voulait plus avec Kaylee.

Cette envie de reconquérir son ex ne s'était pas imposée comme une révélation lumineuse. Il en avait pris conscience progressivement depuis le jour où il avait posé les yeux sur elle dans la boutique pro, il y a plusieurs mois. Il avait alors résolu de se rapprocher d'elle et de découvrir pourquoi elle l'avait quitté. Il pensait que le savoir lui permettrait d'enterrer le passé et de retrouver son jeu au golf.

N'importe quoi, mon gars. En vérité, Wes voulait savoir pourquoi elle l'avait quitté parce qu'il n'avait jamais cessé de l'aimer. Bien sûr, il ne l'avouerait jamais à un autre être humain, mais il n'était pas aveugle au point de ne pas l'admettre au fond de lui.

D'accord, il lui avait fallu des années pour l'admettre, mais il avait fini par y arriver. Même les hommes des cavernes avaient su évoluer.

Levi s'interposa entre Adam et Hunt, empêchant effectivement Adam de coller un œil au beurre noir à Hunt.

— Je vois les demoiselles d'honneur arriver, dit Levi en

poussant Adam vers elles. Elles se préparent à descendre l'allée. On ferait mieux de prendre nos places.

— Bordel, jura Bran une fois que Levi et Adam s'étaient éloignés. Rappelle-moi de ne jamais me marier. On devrait laisser tomber notre plan pour la réception, dit-il à Hunt. Adam est d'une humeur de chien.

— Mais non, protesta Hunt. Adam flippe, c'est tout. Une fois les vœux prononcés, il sera comme neuf. Il va adorer ce qu'on a préparé.

Wes lui lança un regard incrédule.

— Levi et toi vous êtes battus au milieu de sa fête de fiançailles. Tu ne peux pas lui reprocher d'avoir peur que tu gâches son mariage aussi.

Hunt se renfrogna.

— C'était il y a une éternité. Et ce qu'on lui réserve pour la réception va le mettre sur le cul.

— Ou lui donner envie de nous tuer, marmonna Bran.

Hunt regarda les centaines d'invités qui s'installaient face à l'île.

— Nan, dit-il avec confiance. Hayden va adorer. Donc Adam aussi.

Et si ce n'est pas le cas, songea Wes, *que Dieu les préserve de la colère d'Adam.*

———

C'ÉTAIT la première fois qu'un de ses frères se mariait, et c'était une pensée effrayante pour Wes. Ils étaient presque tous dans la vingtaine, mais quand même. S'approchait-il sérieusement de l'âge du mariage ? Ses couilles allaient-elles commencer à pendre, aussi ? Et où était Kaylee dans ce grand bazar ? Maintenant qu'il avait compris qu'il voulait lui prouver qu'il était digne d'une seconde chance, elle était introuvable. Typique.

Kaylee était censée assister au mariage, mais Wes ne l'avait pas vue depuis son arrivée. Ça n'aidait pas qu'Adam et Hayden aient invité cinq cents millions de personnes à ce machin ni qu'un buisson de sauge obstrue la vue sur le hall de l'endroit de l'île où il se tenait en attendant le début de la cérémonie.

Wes changea de jambe d'appui. Ce fichu sable qui rentrait dans ses godasses. Qui avait eu l'idée de se marier sur l'île, d'ailleurs ?

Le quatuor qui se trouvait près de lui entonna les accords de la marche nuptiale et la foule se tut. Puis Hayden, vêtue d'une robe blanche cintrée qui épousait ses formes s'avança sur le pont menant à l'île. Elle progressait au bras de son père, ses cheveux châtain clair se soulevant, ses yeux bruns et chauds rivés sur Adam.

Et Adam… *Merde*, Adam pleurait ?

Ouaip, c'était indéniablement une larme qu'il venait d'écraser sur sa joue.

Bon, ce n'était pas la chose la plus virile à avouer, mais chaque fois que l'émotion étranglait l'un de ses abrutis de frères, cela avait tendance à faire suffoquer Wes. Il ne pleurait pas, non. Il avait juste besoin de prendre une grande respiration.

Et de bloquer l'air à l'intérieur.

Et… ahhh, *voir Kaylee.*

Enfin.

Elle était là, en face, dans une robe longue émeraude, ses cheveux sombres et soyeux tirés en arrière, révélant des boucles d'oreille étincelantes — tout cet apparat étant pâle comparé à sa putain de beauté.

Wes ressentit le besoin de respirer à fond pour différentes raisons. Il avait oublié à quel point sa présence enflammait son corps comme un feu d'artifice.

L'officiant prononça les vœux, Levi remit les alliances à

Adam et, avant que Wes ne réagisse, Adam tripotait sa jeune épouse comme s'ils étaient seuls et non entourés de centaines de personnes. Bon d'accord, il exagérait, mais bon sang, il y avait des hôtels pour ça.

Adam se tourna vers la foule, tenant la main de sa femme, et poussa un cri de triomphe.

Classe. Wes secoua la tête, tout sourire. Et dire qu'Adam était son frère le plus discret.

Des applaudissements et acclamations jaillirent de la foule. Quand le brouhaha se calma, les mariés traversèrent le pont et Wes se mit en quête de Kaylee. Mais elle ne se trouvait plus à l'endroit où il l'avait vue.

Où diable était-elle allée maintenant ?

Wes félicita les jeunes mariés, embrassa un millier de grands-mères et de tantes et serra la main de deux mille amis de la famille. Quand il estima qu'il avait rempli son rôle de garçon d'honneur, il partit à la recherche de Kaylee pour s'assurer qu'assister seule à un mariage ne la peinait pas trop.

Un mariage qui aurait dû être le sien.

Bon sang, ses abrutis de frères auraient pu y penser avant de l'inviter. Elle s'était sans doute sentie obligée de venir puisqu'elle travaillait ici. Wes voulait qu'elle soit au mariage, mais pas si ça la bouleversait.

Il accéléra le pas et demanda à plusieurs employés du Club Tahoe s'ils l'avaient vue. Mais ce n'est pas avant que les mariés aient ouvert le bal que Wes repéra Kaylee.

Tous les invités étaient assis à leur table pour voir le jeune couple danser, quand Wes aperçut Kaylee au fond de la salle. Elle parlait avec animation à un invité, le charmant visiblement, avec un sourire radieux et authentique.

Les épaules de Wes se détendirent. Il ne s'était pas rendu compte qu'elles étaient tendues avant d'avoir vu Kaylee sourire.

L'homme se pencha vers elle. Il était beau, cet enfoiré, avec ses cheveux courts noirs et son costard de marque. Kaylee rit à ses paroles. Instinctivement, Wes voulut foncer vers eux et virer le mec de la chaise qu'il avait trop approchée de Kaylee.

Wes se montrait possessif envers Kaylee, et seulement envers elle. Depuis toujours.

Il regarda ailleurs dans l'espoir de se calmer. Il tenta même de discuter avec la demoiselle d'honneur à sa droite. Mais rapidement, ses yeux se reposèrent sur Kaylee, car il ne pouvait pas s'en empêcher.

M. Costard Chic était appuyé sur le coude, empiétant sur l'espace personnel de Kaylee, qui semblait lui raconter une histoire. Le type fit signe à un serveur d'approcher et de resservir du vin à Kaylee.

Essayait-il de l'enivrer ?

Ça suffit. Wes en avait vu assez. Le type agissait peut-être par politesse, mais Wes s'en fichait.

Il se leva et se dirigea vers Adam qui matait les seins de sa jeune épouse.

– On passe aux choses sérieuses ?

Adam leva les yeux, interloqué.

– De quoi tu parles ? Ce mariage est parfait, notamment parce que vous vous comportez bien, les gars.

– Trop bien. Ça va changer.

Wes fit un signe de tête à Levi, qui opina et fit signe au DJ.

L'allegro *Printemps* de Vivaldi mourut et *Booty Wurk* de T-Pain retentit.

Tous les frères Cade à l'exception d'Adam (bouche bée, yeux écarquillés d'effroi) se levèrent d'un bond et marchèrent jusqu'au centre de la salle.

Ils s'alignèrent face à Adam et Hayden. Dès que le

refrain arriva, Wes et ses frères levèrent les poings et balancèrent les hanches en rythme.

C'était une idée de Hunt de faire une chorégraphie sur une chanson du film *Magic Mike* au mariage d'Adam. Qui d'autre que Hunt aurait pu avoir une idée pareille ? Mais une fois qu'ils s'étaient mis à en parler autour de deux (ou peut-être sept) bières, même Bran avait trouvé l'idée bonne.

Ils n'avaient plus de parents. Seulement eux. La façon dont Wes et ses abrutis de frères exprimaient leur amour n'était sans doute pas classique – bagarres, engueulades, chorégraphies de *Magic Mike* –, mais personne ne s'attendait à ce que les fils Cade soient conventionnels. Ce n'est qu'à la mort de leur père qu'ils avaient commencé à s'assagir et à mettre de l'ordre dans leur vie.

Hayden se leva et se déhancha en rythme. Elle mit ses mains en porte-voix et hua tandis qu'ils effectuaient un autre roulement de hanche — maudit Hunt et sa foutue chorégraphie. Adam secouait la tête, mais il souriait. Comment résister ? Toute la salle acclamait les danseurs.

Les cris et sifflets étaient une forme de louange tout à fait acceptable.

Hunt, l'enfoiré, fit un salto arrière, puis Wes et ses frères se retournèrent et se mirent à danser pour les invités assis derrière eux. Pour Kaylee. Dont la mâchoire pendait.

Wes fit mine d'empoigner les hanches d'une femme invisible et de lui donner des coups de queue – encore un des chefs-d'œuvre chorégraphiques de Hunt –, mais Wes fixa Kaylee en le faisant, imaginant son corps nu contre le sien.

Cette image mentale lui valut une demi-érection, mais ça en valait la peine pour le regard qu'il reçut d'elle en retour.

Kaylee battit des cils et ses yeux se posèrent sur sa

taille. Puis elle fit la chose la plus sexy et inconsciente qui soit. Elle se lécha les lèvres.

Bon sang, oui. *C'est ce que je veux.*

Wes s'était convaincu toutes ces années qu'elle était la méchante. Celle qui avait détruit sa vie. Mais Kaylee n'avait jamais été la méchante. Simplement Wes n'avait jamais pu l'oublier, et il était plus facile de la blâmer que d'accepter la vérité.

Kaylee était toujours la fille adorable qu'il avait connue, mais elle avait vécu une tragédie et elle en était sortie plus forte. Elle ne laisserait jamais ce drame changer la belle personne qu'elle était intérieurement. Elle était toujours gentille et généreuse. La façon dont les enfants du Club Kids l'aimaient en témoignait.

Wes ne réparerait pas ses erreurs passées du jour au lendemain, mais il pouvait commencer. Qui savait ce qui allait se passer maintenant ? Si seulement il n'avait pas cette envie pressante de passer de zéro à cent.

Voir Kaylee se lécher les lèvres et lever vers lui son regard sensuel… putain, ce qu'elle était bandante. Et elle était célibataire. Son cerveau reptilien pensait *Pourquoi attendre ?* Wes avait beaucoup de choses à se faire pardonner si jamais elle le laissait entrer dans son intimité. Et c'était un grand *si*. Mais rien de tout cela n'avait d'importance pour le moment. Soudain, son cerveau reptilien lui sembla être le plus intelligent des trois cerveaux, et c'est lui qui était aux commandes.

La musique se termina sur un tonnerre d'applaudissements et Adam et Hayden rejoignirent la piste de danse, leur donnant des accolades et des tapes dans le dos tandis que démarrait un autre morceau.

– C'était génial ! s'exclama Hayden. Quand avez-vous eu le temps de vous entraîner ? Vous êtes en pleine préparation du tournoi, bande de cinglés !

Levi se colla contre Emily qui les avait rejoints sur la piste.

– Après le travail. Hunt connaissait les mouvements. On l'a suivi.

Adam secoua la tête.

– Pourquoi ça ne me surprend pas que Hunt soit l'instigateur de ce numéro ?

– Car ça n'a rien d'étonnant, dit Wes, tentant d'apercevoir Kaylee.

Mais une blonde qu'il connaissait depuis des années, et qu'il avait hélas connu intimement, s'approcha et lui bloqua la vue de la fille à qui il voulait vraiment parler.

– C'était incroyable, dit-elle en lui serrant le biceps et glissant le bras autour de sa taille.

Elle était magnifique. Et Wes n'en avait absolument rien à foutre d'elle. Pourtant, il avait couché avec elle, comme avec beaucoup d'autres femmes. Pour passer le temps. Essayer de ne pas penser au passé ou à tout ce qu'il avait perdu. Ce qu'il ne retrouverait peut-être jamais.

Wes lui échappa.

– Excuse-moi, je dois parler à mon frère.

– Charmant, dit Bran quand Wes le rejoignit.

Wes haussa les épaules.

– Elle ne m'intéresse pas. Pas la peine de lui donner de faux espoirs.

Wes voulait trouver Kaylee et refaire la chorégraphie. Avec elle. Nue dans ses bras. Nulle autre.

Les yeux de Bran s'arrondirent.

– Vingt-deux.

Pendant une seconde, Wes crut que la blonde l'avait suivi. Mais quand il se tourna, il vit une rousse en robe noire se diriger vers Bran, et elle n'avait pas l'air de plaisanter.

– Je crois que tu lui plais.

– Elle m'a maté toute la soirée, grogna Bran.

– Jolie.

Il lui jeta un regard noir.

– Ouais, eh bien, je ne suis pas intéressé.

– Par les jolies filles ?

Bran secoua la tête et regarda autour de lui.

– Je dois y aller.

Il décampa avant que la rousse n'arrive jusqu'à eux.

Elle fronça les sourcils et changea de direction — manifestement, son assurance en avait pris un coup.

Bran s'était approché de l'une des nouvelles serveuses qu'ils avaient engagées et lui parlait timidement. La pauvre fille en était tout ébahie.

Bran était beau, le salaud. Il pouvait avoir toutes les femmes qu'il voulait. Il devait s'agir là d'attirance, car la serveuse en question était assez ordinaire. Mais il n'y avait pas que le physique qui comptait.

Wes avait couché avec un tas de belles filles, mais celle qui l'obsédait aurait pu être vêtue d'un sac à patate avec les cheveux hirsutes, il la désirerait encore. Car la beauté de Kaylee n'était pas qu'extérieure.

L'attirance était plus que le physique. C'était ce truc qui vous faisait vibrer malgré les apparences et la logique. Qu'on appelle ça phéromones ou autre, cette saloperie était puissante. Et les phéromones de Kaylee affolaient le cerveau reptilien de Wes.

Il comprenait maintenant pourquoi Kaylee avait mis fin à leur relation à l'université. Il pensait que le savoir l'aiderait à retrouver son jeu au golf, mais ça le rapprochait surtout de la femme qu'il avait aimée.

Il était temps de passer à l'action.

Chapitre Dix-Neuf

— Tu danses ?

Wes saisit la main de Kaylee pour la lever vivement de sa chaise et l'entraîner sur la piste de danse.

Qu'est-ce qui lui prenait ?

Kaylee tourna la tête vers le charmant voisin de table à qui elle parlait et s'excusa d'un sourire penaud.

— Ai-je le choix ? répondit-elle en trébuchant derrière Wes.

Il la serra contre lui et lui enlaça la taille, puis ils ondulèrent sur un slow des années 80.

— Non.

— Bon à savoir.

Elle inspira. Mon Dieu, il sentait bon. Pourquoi fallait-il que son ex sente si bon ?

Elle avait toujours aimé danser avec Wes. Heureusement pour lui, sinon il se prendrait un grand coup dans le tibia pour l'avoir traînée comme une poupée en chiffon.

Elle pencha la tête sur le côté.

— Impressionnants, les mouvements que tu as exécutés

tout à l'heure. Je ne savais pas que tu pouvais te déhancher autant.

— Il y a beaucoup de choses que tu ne sais pas sur moi. Je ne suis plus le même homme.

Elle réprima un sourire.

— Pour preuve, la souplesse de tes reins.

Il leva les yeux comme s'il réfléchissait.

— Pour preuve de mes talents annexes, oui. Mais pour découvrir ce qui a changé en profondeur… susurra-t-il, son regard bleu nuit lui caressant le corps. On devra passer plus de temps ensemble.

Il plissa les yeux et le cœur de Kaylee se mit à battre la chamade.

— Je pensais qu'on avait passé pas mal de temps sur le practice. Tu sais, toutes ces heures d'entraînement exténuantes que tu m'as fait subir ?

Il rigola.

— Nan, c'était juste des heures où je me marrais de voir Bella essayer de t'apprendre à faire un swing.

— Hé !

Elle lui tapa sur l'épaule et y reposa la main. Essayant de ne pas le tripoter.

Wes avait toujours été beau et sexy, mais aujourd'hui, il était musclé et viril ; une barbe naissante lui ombrait déjà la mâchoire bien qu'il ait dû se raser avant le mariage. Ses hormones de célibataire aimaient un peu trop à son goût cette version plus âgée de Wes.

— Bella est une enfant prodige, dit-elle. Et il est indélicat de faire remarquer qu'une enfant de cinq ans joue mieux que moi.

Il sourit.

— Toutes mes excuses. Mais j'aimerais passer plus de temps avec toi. En dehors du terrain de golf.

Le sourire de Kaylee s'effaça et elle étudia son visage. Il était sérieux ?

— Pourquoi ? On vient à peine de clarifier les événements passés, et tu ne semblais pas ravi de ma présence à la soirée bière de tes frères.

Le visage de Wes se durcit.

— C'est parce que tu flirtais avec un autre homme.

— Tu étais *jaloux* ?

Il resserra son bras autour d'elle.

— Jaloux aussi du gars qui t'a bavé dessus pendant tout le dîner.

Elle pouffa.

— Inutile de l'être. Je viens juste de rencontrer Ted. Je le connais à peine.

— Il te veut.

Elle secoua la tête. Même si elle était attirée par son ex, céder à la tentation n'était pas forcément une bonne idée.

— Qu'est-ce que ça peut te faire ?

Il sembla cataloguer ses traits, son regard glissant de ses yeux à son nez, jusqu'à ses lèvres.

— Tu as besoin d'un dessin ?

— Oui.

Wes était… Wes. Il était beau comme un dieu, sûr de lui, et elle ne blaguait pas avec ce déhanchement sensuel. C'était diablement érotique et lui évoquait plein *d'autres images*. Mais elle ne voulait pas succomber. Elle pinça les lèvres et sa voix devint glaciale.

— Tu me souffles le chaud et le froid depuis que je suis en ville. Qu'est-ce que tu veux, exactement ?

Il lui empoigna les fesses et la souleva, lui scellant les lèvres par un baiser fugace et brûlant.

— Essayons encore une fois, Kaylee, souffla-t-il, sa bouche flottant au-dessus de la sienne.

Wes la fit basculer en arrière vers la piste, tout en la tenant fermement contre sa poitrine et ses cuisses.

Sa respiration s'accéléra. Elle essaya de répondre, c'est-à-dire de l'envoyer furieusement paître, mais ses mains sur ses fesses la déconcentraient.

Elle recula de quelques précieux centimètres.

– Tu es cinglé ?

Son regard s'attarda sur ses lèvres, comme s'il allait lui dévorer la bouche.

– Pas le moins du monde.

Elle ne put s'en empêcher : elle éclata de rire. C'était absurde.

– Pourquoi tu ris ? Tu trouves drôle que je sois attiré par toi ?

Le sourire de Kaylee disparut et une grande lassitude l'envahit.

– *Tragique.* Je trouve tragique qu'on soit éternellement attirés l'un par l'autre. C'est cruel de la part de l'univers.

Il pencha la tête et lui souffla dans l'oreille :

– Non, pas tragique. C'est peut-être le destin.

Elle recula brusquement.

– La vache ! C'est la réplique la plus ringarde qui soit jamais sortie de ta bouche.

Il haussa une épaule.

– Qu'y puis-je si la poésie jaillit de ma bouche quand tu es près de moi ?

Elle rit.

– Je n'appellerais pas ça de la poésie.

Il fronça les sourcils et lui pelota les fesses. Heureusement, la piste était bondée, sinon ils se donneraient carrément en spectacle.

– Oh là, doucement. Dis-moi, tu le veux vraiment ?

Elle l'observa avec méfiance, tout en s'imprégnant en silence de la chaleur de son corps, *parce que... ben Wes, quoi.*

Kaylee avait toujours été attirée par cet homme. Rien n'avait changé à cet égard. C'est tout le reste qui avait changé.

— On est plus âgés et matures, dit-il comme s'il lisait dans ses pensées.

— Exactement. Donc on devrait s'éviter de jouer les lots de consolation et les redites.

— Ce n'est pas moi qui cherche une consolation, dit-il en l'entraînant au bord de la piste de danse au moment où commençait une chanson rapide. Et tout allait très bien quand on sortait ensemble. On a juste été victimes d'un mauvais timing et d'un manque de communication.

Elle tira sur sa main pour qu'il s'arrête et la regarde.

— Rien n'allait bien, dit-elle. Ça a foutu ma vie en l'air.

Il lui serra la main.

— Mon plus grand regret est d'avoir été absent quand tu vivais ce drame. Mais tout n'était pas négatif entre nous. On ne pouvait pas empêcher ce qui est arrivé. Ça, c'était vraiment tragique, mais le reste… dit-il en la regardant dans les yeux. Je n'ai jamais ressenti pour quelqu'un ce que je ressens pour toi.

Ressens. Il avait dit *ressens* — au présent.

Wes glissa la main au bas de son dos et la guida vers la sortie de la salle de bal. La seule raison pour laquelle il réussit à l'entraîner, c'est parce qu'elle était encore sous le choc de sa déclaration de « sentiments ».

— Ça ne suffit pas, réagit-elle enfin, tentant de s'éclaircir les idées.

L'un d'eux devait garder la tête froide, car elle se voyait facilement retomber amoureuse de Wes. Et c'était une perspective effrayante.

Tomber amoureuse de Wes avait failli la tuer la première fois.

Elle jeta un regard derrière elle.

— Où m'emmènes-tu ?

Il lui fit un grand sourire.

— Dehors.

— Mais le mariage…

— Est terminé. Il ne reste plus que le bal.

— Exactement. Le bal. La réception ? Ton frère ne sera pas fâché ?

Il haussa mollement les épaules.

— Sans doute. Mais seulement jusqu'à ce qu'il parte avec Hayden. Bizarrement, ce mariage le stresse à mort.

— Les mariages peuvent stresser.

Il la regarda d'un air préoccupé.

— Tu es triste ? Ce jour aurait dû être celui de ton mariage.

Elle secoua lentement la tête.

— Non. Je suis soulagée. Découvrir qu'Eddy me trompait m'a épargné un divorce. Son infidélité n'a rien changé à ce qui clochait déjà. Ça n'a jamais été bien entre nous ; je le sais maintenant.

Wes opina et se remit en marche. Ils franchirent les portes de derrière et longèrent la rivière lente. Ils bifurquèrent vers un coin à moitié caché avec deux chaises longues à proximité d'un feu de camp. L'endroit offrait une vue imprenable sur le lac et les lumières de South Lake Tahoe.

À l'évidence, Wes connaissait chaque centimètre carré du complexe hôtelier. Y compris les recoins cachés super cool avec une vue magnifique. Elle se demanda s'il avait emmené beaucoup de femmes ici.

Il lui fit signe de s'installer sur l'un des transats.

— Tu veux quelque chose à boire ? Du champagne ?

Elle leva la main.

— Non, merci. Je modère ma consommation depuis la

soirée avec tes frangins au Fireside Lounge. Visiblement, l'alcool me saoule vite en ce moment.

Il déboutonna sa veste de smoking et s'assit sur la chaise longue près de la sienne, puis il s'allongea, les bras repliés derrière la tête.

— Je suppose que ce soir-là nous a permis d'y voir plus clair. Ce que tu m'as dit aurait fini par t'échapper un jour, et je suis content que ça soit sorti plus tôt que prévu. J'ai toujours voulu savoir ce qui s'était passé.

— J'aurais dû te le dire il y a des années.

Il contempla le paysage.

— Les choses sont ce qu'elles sont. On est ici maintenant. C'est tout ce qui compte.

Elle sentit son regard se poser à nouveau sur elle. La chaleur de ce regard. Son poids.

— En parlant d'ici et maintenant, dit-il. Pourquoi ne pas venir plus près de moi ?

Elle baissa le menton.

— Tu es vilain. Je n'arrive pas à croire que tu m'as embrassée devant tout le monde.

— Voyons, Kaylee. Ce baiser couvait depuis des semaines. Il était inévitable.

C'était vrai, même si elle rechignait à l'admettre. Et il faisait froid dehors. L'automne avait rapidement remplacé l'été et l'air frais lui filait la chair de poule.

Qui se souciait de ce qu'ils faisaient ? Surtout maintenant qu'il n'y avait plus de secrets. Ils étaient célibataires tous les deux…

— Très bien. Mais garde tes mains dans tes poches.

— Je suis un gentleman. Je ne toucherais jamais une dame. À moins qu'elle me le demande.

Kaylee perçut l'humour dans sa voix. Vit sa bouche s'étirer. Elle leva les yeux au ciel, mais se glissa néanmoins sur sa chaise longue.

Évidemment, il ne lui laissa pas de place, ce qui signifiait qu'elle était écrasée contre lui, pratiquement assise sur ses genoux.

– Tu peux mettre tes bras autour de moi. Il fait froid. Et ça m'empêchera de tomber du transat vu que tu me laisses de la place pour une demi-fesse.

Elle lui lança un regard mécontent par-dessus son épaule.

C'était juste pour le principe, car elle aimait être collée contre Wes. Il disait qu'il n'avait jamais ressenti pour quelqu'un ce qu'il ressentait pour elle. Eh bien, elle n'avait jamais aimé quelqu'un comme elle l'avait aimé.

Wes se redressa et enleva sa veste pour la couvrir. Il lui enlaça la taille et posa son menton sur sa tête.

Sa main lui caressa paresseusement le bras.

– C'est mieux ?

Mieux ? C'était incroyable. Comme si les bras de Wes étaient le seul endroit où elle aurait dû se trouver tout ce temps. Mais ça ne pouvait pas être bien. Ce n'était pas réel. Le passé, lui, était réel — viscéral.

Elle se tourna pour lui faire face, écrasant sa poitrine contre lui.

– Pourquoi le golf était-il plus important que moi ?

Le baiser, traîner ensemble, ça n'allait nulle part, même si Wes l'attirait. Elle ignorait pourquoi elle ressentait le besoin de remuer le passé, mais elle le faisait.

D'accord. Elle envisageait de le revoir, mais plus comme un ami, depuis qu'il avait posé les lèvres et les mains sur elle, déclenchant toutes sortes de pensées coquines. Et s'il la faisait fantasmer, elle avait besoin de savoir ce qui s'était passé dans le cerveau de ce mec borné quand ils étaient sortis ensemble.

Wes ajusta ses bras à leur nouvelle position, mais les

laissa enroulés autour de sa taille. Elle le sentit secouer la tête au-dessus de la sienne.

– Le golf n'a jamais été plus important. Tu étais…

Elle leva le menton pour voir en partie son visage.

– J'étais quoi ?

Il se pencha en arrière et baissa les yeux.

– Tout.

Chapitre Vingt

Wes leva le menton de Kaylee et embrassa doucement ses lèvres. Comme elle ne protestait pas, il glissa une main au bas de son dos et la rapprocha de lui, puis il écrasa la bouche sur la sienne, lui entrouvrant les lèvres.

Son cœur battait à tout rompre, son corps s'échauffait. La sensation de sa langue contre la sienne suffisait à l'enflammer. Mais elle s'écarta soudain.

— Comment ça, j'étais tout ? Manifestement, je ne l'étais pas, sinon je n'aurais pas rompu avec toi.

Il se passa une main sur le visage.

— Dans ma tête, tu étais tout. Seulement… je ne savais pas ce que je faisais. Tu sais que j'ai grandi sans avoir de mère. Et mon père n'était pas très présent. J'ai appris ce qu'était l'affection au contact de mes frères, dit-il en souriant. Au royaume des aveugles… La seule chose que nous avions pour nous, c'était d'être loyaux. Mais il y avait pas mal de rivalité. Le besoin de gagner et de prouver sa valeur — ou je n'aurais jamais été comme ça.

Il sonda la profondeur de ses pupilles.

– Je pensais avoir besoin de réussir au golf pour te mériter. Ce n'est que lorsque tu es revenue que j'ai compris que je n'avais besoin que de toi.

Les yeux de Kaylee s'élargirent.

– Sois maudit, souffla-t-elle.

Puis elle lui baissa la tête et attaqua sa bouche à coup de langue, de lèvres et de dents.

Il lui inclina le menton du pouce et de l'index pour manger sa jolie bouche pleine avec le bon angle d'attaque. Pour la goûter et la vénérer comme il l'avait fantasmé en secret ces dernières semaines.

Il s'était dit qu'elle habitait ses rêves nocturnes parce qu'elle était la femme avec qui il passait le plus de temps. Celle qu'il matait quand elle regardait ailleurs, hypnotisé par sa beauté.

Mais c'était des conneries.

Il la désirait.

Il était sincère. Le golf n'avait jamais été plus important que Kaylee. Mais qu'était-il sans son sport ? Il n'avait jamais été bon à rien, sauf au golf. Et il pensait n'être pas assez bien pour elle sans le golf. Mais merde. Si elle était prête à rester dans le coin, il allait faire le maximum pour la rendre heureuse.

Il avait touché le jackpot quand cette belle fille s'était pointée à une fête étudiante et s'était révélée être la femme parfaite pour lui. Il avait cru qu'il lui suffisait de leur construire une jolie vie. Mais à un moment donné, il avait perdu de vue ce dont *elle* avait besoin. Et puis, il l'avait perdue entièrement.

Maintenant, Kaylee était de retour. Et il ne laisserait pas partir si facilement.

Elle enroula les bras autour de son cou, et il en profita pour glisser sa main sur sa hanche. Il remonta le tissu de sa robe et promena ses doigts sur la peau soyeuse de sa cuisse. Puis il passa sa jambe sur la sienne, l'attirant contre lui.

Kaylee gémit, et ses yeux faillirent se révulser à la sensation de sa chaleur pressée contre son érection.

Sa queue était dans son paradis personnel, si proche de Kaylee et pourtant pas assez proche. Mais pas de problème. Wes pouvait supporter cette forme de punition. C'était la douleur qu'il avait ressentie après son départ qu'il ne voulait pas revivre.

Il lui embrassa le cou et le haut des seins.

– Tu veux qu'on aille dans un endroit plus intime ?

Douleur ou pas, Wes avait des idées. Des idées moites et nues. Pourquoi pas ? C'était *sa* copine, la seule qu'il n'ait jamais revendiquée.

Il baissa son soutien-gorge et darda la langue vers son mamelon.

Elle lui tira les cheveux, en se frottant contre lui.

– Hein ?

– On est en public, ici. N'importe qui pourrait nous voir.

– Qu'est-ce que tu proposes ?

Sa voix était essoufflée et un peu aigüe, comme lorsqu'elle était excitée.

Ça le fit bander encore plus.

Il l'embrassa longuement et passionnément.

– C'est un oui ?

Elle hésita juste assez longtemps pour lui faire craindre un refus.

– Oui.

Il sourit et la tira sur ses pieds.

– Wes, souffla Kaylee en essayant de suivre son allure, peut-être un peu rapide. Où va-t-on ?

Elle jeta un regard derrière elle en direction des transats qu'il avait installés là pour son usage personnel.

Très peu de personnes connaissaient cet endroit secret. Les chaises longues étaient dissimulées à l'abri des regards, et il s'y rendait quand il avait besoin d'un moment à lui. De temps en temps, un de ses frères le rejoignait. C'était un coin discret, mais pas assez pour ce qu'il avait en tête.

— Je peux te porter si tu as mal aux pieds, dit-il. Tu montes sur mon dos ?

— Oh, ou sinon, j'ai une idée, railla-t-elle. Tu pourrais ralentir ton allure.

Était-ce sa faute s'il était pressé ? Ils allaient le faire, et il n'était pas question qu'il gâche cette occasion inespérée.

— Pas le temps. Je veux reprendre le plus vite possible là où on en était, sourit-il en se retournant. Tu t'es déjà mise à poil sur un terrain de golf ?

— Tu es bien présomptueux.

— Idéaliste. Mais réponds à la question.

— Non. Tu sais bien que non. Avec qui d'autre que toi aurais-je pu faire des cochonneries sur un golf ?

— C'est vrai, dit-il en lui pressant la main. Remédions à cela.

Elle tira sur son bras.

— Je ne veux pas que tu m'emmènes dans ton spot de baise favori, Wes Cade.

Il posa l'autre main sur son joli petit cul et la poussa pour la faire avancer.

— Je n'ai jamais baisé sur un green.

— Jamais ?

Il sentit son regard perçant.

— Pas une seule fois ?

— Non. Ce sera une première. Et ça a du sens.

Elle serra autour d'elle le bras qu'il ne tenait pas. La température descendait vite. Même Wes sentit le froid. Il lui avait donné sa veste, mais elle portait une robe fine.

— En quoi cela a-t-il du sens ?

– Parce que je ferai l'amour pour la première fois sur un terrain de golf, avec la seule femme que j'ai aimée.

Kaylee s'arrêta et poussa un gros soupir, mais elle lui serrait la main et regardait sa bouche.

– Hyper présomptueux.

– L'espoir fait vivre, Kaylee.

– Je n'ai jamais pu te résister. Et maintenant, tu sors la grosse artillerie avec ces belles paroles.

Il prit son visage entre ses mains.

– Je veux qu'on essaie… si tu me donnes une autre chance ?

Elle cligna des yeux plusieurs fois, en l'étudiant.

– Commençons par le sexe et on verra après.

Il sourit et la serra contre son flanc, la soulevant du sol.

– Je préfère toujours commencer par là.

———

Kaylee poussa un glapissement aigu.

– Wes ! Tu viens de me casser une côte.

– Pardon, s'excusa-t-il en la reposant doucement. Attends ici, d'accord ?

Et Kaylee vit, sidérée, Wes courir en petite foulée vers la boutique pro.

Il ne ferait pas ça, n'est-ce pas ?

– Wes, si tu vas chercher tes clubs pour frapper des balles, je te jure devant Dieu que tu te retrouveras sans ta paire de balles préférée !

Wes s'immobilisa, la main sur la poignée de la porte.

– Merde, Kaylee, ne me mets pas cette image dans la tête alors qu'on est sur le point de s'envoyer en l'air.

Mais il souriait en se faufilant dans la boutique. Il ressortit quelques secondes plus tard avec ce qui ressemblait à un plaid dans un plastique transparent.

Wes le coinça sous son bras et lui prit la main.

— Une couverture. Et d'autres choses indispensables, ajouta-t-il en brandissant une boîte de préservatifs.

Il remua les sourcils d'un air entendu.

Allait-elle vraiment le faire ? Coucher avec son ex ?

— Vous vendez des capotes dans la boutique pro ?

— Les hommes jouent au golf, Kaylee. Parfois, ils ont besoin de quelques articles essentiels avant de partir.

— Je suis une femme et je joue au golf.

— J'avoue, vendre des capotes était mon idée, dit-il avec un sourire narquois. C'est pratique.

Elle roula des yeux.

— Tu croyais vraiment que je prendrais mes clubs après tout ce qu'on a vécu ?

Il semblait réellement froissé.

Elle le regarda du coin de l'œil.

— Tu l'as déjà fait.

Il s'arrêta et la tourna lentement face à lui.

— Et j'ai retenu la leçon. Il n'y a rien — *rien* — que je désire plus en ce moment… que toi, dit-il avec un sourire lubrique.

Kaylee lui frappa la poitrine.

— Ce n'est pas romantique ! râla-t-elle, puis elle rit parce qu'il lui embrassait le cou et lui chatouillait les côtes.

— Tu as dit que tu ne voulais que du sexe, dit-il en la soulevant et la jetant sur son épaule. Je suis ton homme.

Elle aimait la légèreté de Wes. Elle n'était pas prête pour une histoire sérieuse. Pas après ses fiançailles rompues. Mais elle voulait bien s'amuser.

En théorie, elle ne voulait pas du tout d'une relation. Mais elle était ridiculement attirée par Wes, et il n'allait pas lui déclarer sa flamme ou autre. Il semblait pleinement se satisfaire d'un plan cul. Et ça convenait à Kaylee, car elle se sentait en sécurité avec lui.

L'estomac écrasé sur son épaule, elle baissa les yeux vers la boîte dans sa main.

— Tu sais, tu n'en auras pas besoin.

Il ricana.

— Tu essaies de me piéger ?

— Tu es vraiment un connard ! Je ne peux pas tomber enceinte, tu te souviens ? Il n'y a que toi pour te moquer de mon malheur.

Ses paroles étaient sérieuses, mais pas son ton. Les mecs étaient assez nuls en matière de cycles féminins, et Wes se montrait sans doute juste prudent.

Il lui pinça la cuisse.

— Je ne me moquais pas.

Il fit glisser son corps le long de sa poitrine, mais sans chercher à la séduire. Il l'immobilisa les pieds dans le vide, à hauteur de ses yeux.

— Je suis tellement désolé, putain, Kaylee. Je m'en veux que tu ne puisses pas avoir d'enfants à cause de moi.

Elle passa son pouce sur la pulpe de sa lèvre inférieure.

— Ce n'était pas ta faute. Tu n'aurais pas pu empêcher ce qui est arrivé. Mais tu n'as vraiment pas besoin de ces capotes. À moins que tu aies fait des choses crades. Mon Dieu, à quand remonte ton dernier test ?

Il jeta la boîte de préservatifs et la remonta sur son épaule.

— Je t'ai dit, je suis aussi clean qu'une pluie printanière. J'ai fait des tests il y a quelques semaines. En plus, je n'ai pas baisé sans capote depuis qu'on était ensemble. Putain de merde, j'ai trop hâte d'être en toi.

Il se mit à courir. *Courir.*

— Ralentis ! hurla-t-elle, ballottée sur son épaule. As-tu la moindre idée de l'inconfort de ma position ?

— Impossible de ralentir. Je vais t'emmener dans un

endroit discret et t'enlever ta robe avant que tu changes d'avis.

— Je ne t'ai rien promis ! Tu n'as pas honte ?

— Nan.

Il la fit descendre, et cette fois un sourire arrogant lui retroussait les lèvres tandis qu'elle glissait le long des creux et bosses de son corps ferme et musclé.

Quand ses orteils touchèrent le sol, il se pencha et l'embrassa doucement, mais elle était étourdie et son corps la picotait à des endroits stratégiques. Il l'avait bien sûr fait exprès pour la rendre folle.

Wes resta debout un moment sans faire un geste, se contentant d'étudier son visage et de sonder son regard. Il se secoua la tête.

— Kaylee. Je n'arrive pas à croire que tu sois de retour.

C'était trop. Ce n'était pas seulement du sexe pour Wes, et pour elle non plus, mais elle ne voulait rien d'autre pour le moment. C'était la seule façon pour elle de se laisser aller et de profiter de sa présence.

Elle plaqua la paume sur son érection et posa une main sur sa nuque, le tirant vers le bas pour lui mordiller la lèvre.

— Enlève ton pantalon, murmura-t-elle.

Wes grogna d'aise et vira ses chaussures. Il baissa son pantalon tout en essayant de l'embrasser.

Elle rit en le voyant en caleçon et chemise blanche.

— Merde, t'as vraiment envie, s'esclaffa-t-elle.

Il dénoua son nœud papillon et enleva sa chemise par le haut, se retrouvant en caleçon devant elle. Et soudain, elle ne riait plus.

Wes était musclé et sexy à mort, et il la regardait comme s'il voulait lécher chaque centimètre de son corps.

La respiration de Kaylee devint irrégulière.

Il l'enlaça et l'attira contre lui, puis il lui embrassa

l'épaule en descendant la fermeture éclair au dos de sa robe, le plus doucement possible.

— Tu es tellement belle. Aucune femme n'est plus belle que toi.

Elle promena les mains sur son torse chaud. *Du sexe.* Ce n'était que du sexe. Avec un homme qu'elle aimait sincèrement, même si cet amour s'imbriquait avec son passé. Elle prendrait son corps et ce qu'il était prêt à lui donner parce qu'elle avait envie de lui. Mon Dieu, elle avait envie de lui depuis si longtemps.

Wes fit glisser la robe le long de ses jambes, puis déchira le sachet en plastique et en sortit une couverture. Il l'étala sur le green du dix-huitième trou, qui était étonnamment loin de tout la nuit, s'allongea sur le dos, puis il prit sa main et la tira vers lui jusqu'à ce qu'elle tombe sur sa poitrine.

Il la serra et la tint dans ses bras, peau contre peau, caressant du bout des doigts son dos et ses fesses. Il poussa un gros soupir.

— Tu es incroyablement douce.

— Tu dis ça juste parce que tu veux avoir une relation sexuelle sans capote.

Il s'immobilisa.

— *Putain.* Ne me parle pas de ça. Je n'en suis qu'aux préliminaires.

Son sexe tressautait contre son ventre, et elle l'empoigna et le caressa.

— Est-ce qu'il a grossi depuis qu'on sortait ensemble ? Tu ne prends pas de compléments alimentaires, j'espère ?

Il dégrafa son soutien-gorge et plana au-dessus d'elle, la chaleur de son corps l'empêchant étonnamment d'avoir froid malgré la fraîcheur nocturne.

— Arrête de plaisanter. Je suis sérieux au sujet de mon

envie d'être en toi. Et non, ma queue n'a pas grossi, elle a toujours été énorme.

Elle leva les yeux au ciel tandis qu'il lui enlevait d'autorité sa petite culotte, avant de l'embrasser juste au-dessus de la jonction de ses jambes.

— Arrête de frimer, haleta-t-elle d'un ton qui se voulait léger, mais elle était troublée par l'homme qui la dévorait des yeux.

Wes lui embrassa le côté d'une cuisse, faisait courir sa main sur l'autre.

— Ta peau a toujours la même odeur, noix de coco et miel, dit-il en plongeant son regard bleu nuit dans le sien. Ça me donne envie de te lécher.

— Cochon.

Il lui fit un nouveau sourire lubrique.

— Tu n'as pas idée.

Et il lui écarta les jambes et lécha son intimité, ses doigts caressant le pourtour de la zone où sa langue opérait sa magie.

Oh, bon sang.

— Tu sembles avoir… acquis de nouvelles compétences.

Il émit un grognement, puis tourna la tête et sa langue fit des sortes d'entrechats qui lui arrachèrent des gémissements gênants.

— *Chut*, Kaylee, dit-il doucement, sensuellement, son souffle caressant ses chairs sensibles. Ce serait dommage que quelqu'un nous trouve ici.

Puis il replongea la tête et reprit le manège de sa langue sur le côté, lui déclenchant immédiatement des mini-orgasmes qui allumèrent un feu d'artifice dans sa tête et firent se contracter son intimité, préambule à une violente explosion.

Elle lui empoigna la tête dès que les étincelles se

calmèrent dans la sienne, et le tira par les oreilles vers le haut.

– Prends-moi. Maintenant.

– Tu es sûre de le vouloir ?

Bon sang, elle ne comprenait pas sa question. Si elle voulait qu'il la prenne ? Oui, bien sûr. Elle espérait qu'il ne faisait référence à rien de plus.

– Oui.

Wes enleva son caleçon, prit appui sur ses avant-bras et la pénétra.

Sa mâchoire se serra et il expira lentement.

– OK, on va y aller doucement pour que je ne me mette pas la honte. J'avais oublié à quel point c'était bon d'être en toi.

Il laissa sa tête tomber en avant, son souffle brûlant lui frôlant l'oreille.

Décidant d'ignorer sa demande parce qu'elle était excitée et impatiente, Kaylee balança les hanches, ce qui le fit grogner.

Il dut réussir à se contrôler parce qu'il se mit à la pénétrer, ses hanches effectuant de petits cercles précis qui transformèrent ses mini-orgasmes en l'annonce d'une puissante explosion de plaisir.

– Ne change pas d'angle ni d'allure, ordonna-t-elle. Continue de bouger comme ça. C'est trop bon.

En bon soldat qu'il était, Wes garda le même rythme, la même position, jusqu'à ce qu'elle jouisse d'une telle force que sa tête projetée en arrière heurta le sol sous la couverture.

Wes glissa la main sous son crâne et s'enfonça plus loin en elle, tapant le point qu'il venait de travailler.

Ses mouvements n'étaient plus du tout doux, et dans un dernier coup de reins vigoureux, il l'emplit de sa semence, poussant un gémissement rauque en jouissant. Il effectua quelques ultimes va-et-vient lents, le corps encore secoué de légers spasmes.

Il lui embrassa la joue, la bouche, puis laissa tomber sa tête à côté de la sienne, le souffle lourd et haché comme s'il venait de faire un sprint d'un kilomètre.

— Tu es sûre que tu ne peux pas tomber enceinte ? Parce que je crois que je viens de t'engrosser.

Elle sourit.

— Ce n'est pas drôle.

Mais ça l'était, parce que c'était Wes et que ce n'était pas dit méchamment.

Kaylee avait les jambes écartées, son premier amour la remplissait et il lui caressait la tempe avec son pouce. Elle n'était même pas sûre qu'il se rendait compte de ce qu'il faisait.

Il passa une main sous ses fesses, l'autre derrière son dos, et la fit rouler sur lui alors qu'il était encore au fond d'elle.

— Tu dois le savoir, je ne sortirai pas de ton corps. C'est mon coin de paradis.

— La fête de mariage risque de tourner court s'ils nous trouvent dans cette position.

— Rien à cirer. Je t'ai, et je ne te laisserai pas partir cette fois.

Chapitre Vingt-Et-Un

Kaylee souleva sa tête posée sur la poitrine de Wes.

— Tu ne me laisseras pas partir, hein ?

— Nan, déclara-t-il en rabaissant sa tête sur son torse. Considère-toi sous les verrous.

— La vache. Tu es devenu possessif depuis qu'on est sortis ensemble.

Mais elle aimait qu'il apprécie et désire sa compagnie. Eddy avait toujours fait passer ses amis en premier.

Puis elle se souvint que Wes faisait passer le golf en premier.

— J'ai toujours été possessif, poursuivit-il, ignorant les pensées qui lui traversaient l'esprit. J'ai fait une erreur stupide, je me suis laissé distraire par le golf, et tu m'as échappé. Je ne referai pas cette erreur.

Elle se releva de nouveau et le regarda, car elle devait lui dire la vérité, même si ses paroles lui faisaient plaisir.

— Je viens de rompre mes fiançailles. Je suis heureuse que tu aies mûri depuis la fac, mais ça, dit-elle en faisant un geste circulaire entre eux, n'ira pas plus loin.

Il se força à sourire.

– Bien sûr. Mais je pourrai repasser à l'attaque plus tard.

Elle laissa échapper l'air coincé dans ses poumons et retomba sur son torse.

– D'accord, très bien. Repasse à l'attaque. Tant que ce n'est que du sexe.

Kaylee était une fille qui aimait les relations stables. Elle n'avait jamais imaginé, jusqu'à récemment, avoir un plan cul. C'était sans doute lié à son partenaire. Wes n'était pas un inconnu. Et elle le croyait quand il disait qu'il n'avait jamais voulu lui faire de mal.

– Un plan cul, ça me va. Surtout depuis que tu es devenu un dieu du cunnilingus, ajouta-t-elle.

– Un dieu ? répéta-t-il un sourire dans la voix. Cool. Mais Kaylee ?

Il attendit qu'elle relève le menton.

– Ce n'était qu'un avant-goût de ce qui va suivre.

Son ventre se contracta. Il n'en fallait pas plus – la voix basse et suave de Wes lui promettant des orgasmes futurs – pour qu'elle se liquéfie.

Il lui pinça les fesses.

– Viens. Retournons à la fête manger quelque chose. Je meurs de faim.

Manger ? Oui, manger. Cela ferait diversion. Parce qu'elle ne pouvait quand même pas penser à un deuxième round si tôt. Si, totalement. Elle ne pensait qu'à ça.

Il ramassa sa robe tandis qu'elle se relevait, et lui tendit.

Kaylee regarda Wes remettre son smoking. Elle adorait sa façon de se mouvoir. L'assurance dans ses gestes. Il se fichait de sa chemise froissée ou de ses cheveux ébouriffés. Il se recoiffa avec les doigts et glissa la main dans la poche de son pantalon de smoking tout en la regardant avec un sourire sensuel. Il est viril, déterminé et pourtant si attentionné. Mince, même sa langue était attentionnée. Et ses mains…

Kaylee se pencha afin d'enfiler ses souliers — et se cacher le visage pour qu'il ne la voie pas rougir. Wes était arrogant. Pas besoin de flatter davantage son ego. Dieu seul sait ce qu'il adviendrait alors.

Elle se redressa et lissa sa robe.

— Je te laisse le soin d'expliquer à Adam où on était.

Il lui prit la main et lui embrassa les doigts.

— Pas de soucis. Je m'en charge.

———

Dès qu'ils retournèrent dans la salle de réception, Kaylee se rendit aux toilettes.

Wes aperçut Adam qui parlait à Hayden, puis il vit son frère se diriger vers lui d'un pas déterminé. Il l'attrapa par le bras et l'entraîna dans un coin tranquille. Wes aurait pu, bien sûr, se dégager de la poigne de son frère. Ils faisaient la même taille et le même poids. Quand ils se battaient, la victoire se jouait toujours à pile ou face.

— Où étais-tu, bordel ? Tu as été absent pendant toute la réception !

— Pas toute la réception. Seulement la partie dansante.

Adam fronça les sourcils et grinça des dents.

— Adam, déclara Wes, prends des pilules si le mariage te fait cet effet. Qu'est-ce qui t'arrive ? Tu es aussi agressif qu'un taureau de Pampelune.

Adam poussa un soupir dépité et détourna le regard.

— Hayden me prive de sexe parce qu'elle veut que la nuit de noces soit inoubliable.

Wes arqua un sourcil.

— Depuis combien de temps ?

— Quatre semaines.

— *Bon sang*, s'exclama Wes en cherchant l'un ou l'autre de ses frères d'un air dramatique. On doit t'emmener à l'hôpital.

— Ne sois pas ridicule. Je ne suis pas comme Hunt et toi. Je n'ai jamais eu besoin d'une fille différente chaque soir.

— Oh vraiment ? Et comment va ta libido maintenant que tu as Hayden dans ta vie ?

Adam déglutit.

— J'avoue que ça me rend nerveux de la voir sans pouvoir l'*avoir*.

— Alors qu'est-ce que tu fais encore ici ? Va remplir ton devoir conjugal.

La pommette d'Adam remonta pour esquisser un sourire, puis il se renfrogna.

— Impossible, gémit-il en se passant une main sur le visage. J'ai promis à Hayden un after avec pizzas et cock-tails. Il y a tellement d'invités qu'elle voulait organiser quelque chose de spécial pour nos meilleurs potes.

— Je ne dirai rien si vous vous éclipsez. Mec, fais-le avant d'imploser.

— Je n'aurais pas envie d'imploser si vous n'étiez pas une belle bande d'enfoirés.

— Si, tu aurais envie.

— Oui, j'aurais envie, dit-il en regardant Wes d'un air suppliant. Comment la faire sortir d'ici sans la contrarier ?

Wes posa la main sur l'épaule de son frère et se pencha vers lui

— Voilà ce que tu vas faire…

Quelques minutes plus tard, Kaylee revint.

— As-tu vu Hayden ? demanda-t-elle en balayant la salle des yeux. Je voulais la féliciter, mais je ne la trouve nulle part.

– Normal, j'ai aidé Adam à l'exfiltrer avant la fin des réjouissances.

Elle le dévisagea.

– Tu as fait ça ?

Il haussa les épaules.

– Il voulait commencer la lune de miel. Et je suis un grand romantique.

Elle croisa les bras.

– Et ça n'a rien à voir avec le fait qu'Adam soit contrarié par notre disparition momentanée ?

– *Excessivement* contrarié. Il n'aurait pas été aussi énervé si Hayden ne l'avait pas privé de sexe jusqu'à la nuit de noces.

Le visage de Kaylee se détendit.

– Oh, c'est mignon. Elle veut que ce soit romantique.

Il la regarda d'un air horrifié.

– Pourvu que ça ne te donne pas d'idées.

– Wes, tu ne seras pas à mon mariage, alors ne t'inquiète pas de ce que je ferai ou pas.

Si, j'y serai, pensa-t-il.

Il déglutit. C'était dingue. Il voulait juste sortir avec Kaylee, rien de plus. Il était peut-être prêt pour une relation sérieuse – plus qu'elle –, mais pas pour se passer la corde au cou.

– Comment as-tu aidé Adam à la faire partir plus tôt ?

– Je lui ai dit de dire à Hayden qu'il avait un cadeau pour elle dans la suite présidentielle qui ne pouvait pas attendre.

– Et c'est quoi ?

Wes montra sa queue d'un geste vague.

Elle plissa les yeux.

– Tu veux rire ? Hayden sera furieuse quand elle découvrira qu'il a inventé ce bobard juste pour qu'elle se déshabille.

— Probablement. Mais seulement jusqu'à ce que mon frère lui donne du plaisir au lit.

— S'ils arrivent au lit avant qu'*elle le trucide*, dit-elle en secouant la tête. Vous, les Cade, vous êtes vraiment terribles, tu le sais ?

Il lui enlaça la taille.

— Tu le dis comme si c'était bien. Partons d'ici. On parlera à mes frères plus tard. Ce n'est pas comme si on ne les voyait pas tous les jours. En plus, je suis prêt pour le deuxième round, ajouta-t-il en glissant un regard sous la ceinture.

— Ah !

Il se pencha jusqu'à ce que sa bouche soit à un millimètre de son oreille.

— Ma langue a envie de se dégourdir un peu.

Il l'entendit déglutir.

— J'imagine qu'on pourrait partir maintenant, dit-elle d'une voix rauque.

Wes sourit.

— Tout ce que tu veux, Kaylee. Tes désirs sont des ordres.

Chapitre Vingt-Deux

Wes ne pouvait pas reprocher à Kaylee sa frilosité en matière de relation. Il l'avait laissée tomber, puis Ducon avait débarqué et mis le bordel dans sa vie. Mais c'était la seconde chance de Wes avec la femme qu'il n'avait jamais cessé d'aimer. Il allait sortir le grand jeu.

Il repéra Kaylee à une table au bord de la piscine, qui souriait aux enfants dans l'eau. Il traversa la terrasse et tira la chaise à côté d'elle avec le pied. Il s'assit et brandit deux sandwichs emballés dans du papier.

– Jambon ou dinde ?

Kaylee saisit le paquet de chips qu'il avait coincé sous son bras.

– Tu t'en es souvenu !

Elle déchira le sachet joyeusement et montra du doigt le sandwich à la dinde.

Il lui donna avec un air perplexe.

– Tu pensais que j'avais oublié ta malbouffe préférée ? s'offusqua-t-il en rapprochant sa chaise de la sienne. J'ai failli perdre un bras le jour où j'ai pris la dernière chips du paquet. Ce n'est pas une leçon qu'un homme oublie facilement.

Il feignit de trembler.

— Ne vole jamais la nourriture d'une femme quand elle tient un couteau.

Kaylee porta la main à sa bouche, masquant son rire et la bouchée qu'elle mâchait.

— Tu aurais mérité que je t'étrangle ! Je ne volerais jamais le dernier réglisse rouge. Je n'arrive pas à croire que tu aies pris cette chips.

Il secoua la tête.

— Tu ne me le pardonneras jamais, hein ?

— Non.

Mais elle souriait.

Wes aurait fait rire Kaylee toute la journée s'il l'avait pu. Pour lui, quand Kaylee était heureuse, les fleurs s'ouvraient, les inconnus s'étreignaient, et l'agressivité au volant disparaissait. Il avait le sentiment de pouvoir conquérir le monde. Mais le tournoi approchait, et Wes avait peur de foutre en l'air leur relation, comme il l'avait fait à l'université.

La préparation d'une compétition de cette ampleur était monstrueuse, et il ne voulait pas gâcher leur relation naissante en s'investissant ailleurs. Bien que Kaylee ne considère pas cela comme une relation. Elle était catégorique : ce n'était que du sexe. Et il était heureux de satisfaire ses désirs. Mais les rencards au déjeuner qu'il avait réussi à glisser ces dernières semaines allaient au-delà de la simple histoire de cul. Il n'allait évidemment pas le faire remarquer à Kaylee. Wes s'arrangeait pour passer ses moindres moments de liberté avec elle. Malheureusement, ils étaient rares.

Il se démenait pour organiser les préparatifs du grand événement, sacrifiant même les séances d'entraînement au profit de son travail et des minutes volées avec Kaylee. C'était une première. Il n'avait jamais rien fait passer avant le golf.

Wes était prêt à renoncer à quelques séances d'entraînement, mais il ne pouvait pas laisser tomber ses frères et devait contribuer au bon fonctionnement du club. Le tournoi était crucial pour remonter la pente après qu'un avocat pourri avait détourné de l'argent et des clients. Cela avait eu lieu juste après qu'ils avaient repris la direction du Club Tahoe et malheureusement, cela leur avait coûté des contrats importants avec de gros clients. Ils avaient besoin des revenus générés par le tournoi de golf.

Si seulement il pouvait convaincre Kaylee qu'être en couple avec lui était la meilleure chose qui soit. Il pourrait alors la persuader de tenir bon jusqu'à la fin du tournoi, moment où ils pourraient passer plus de temps ensemble. Mais elle était braquée sur la nature purement sexuelle de leur relation, à laquelle elle trouvait une foule d'avantages.

Libre à Kaylee de croire qu'elle ne voulait rien de plus que du sexe.

Wes mordit dans son sandwich au jambon et l'observa du coin de l'œil.

– Dis-moi, je me disais que je pourrais quitter le travail un peu plus tôt ce soir. Barbecue pour madame. J'ai des steaks au frigo qui arrivent à la date de péremption.

Des steaks achetés en réalité au supermarché après minuit hier, en rentrant chez lui, pour l'attirer dans son repaire. Mais elle n'avait pas besoin de le savoir.

– Qu'en dis-tu ?

Elle approuva d'un hochement de tête.

– Miam. J'apporterai une salade.

Il secoua la tête.

– Non, je m'occupe de tout.

Elle le regarda avec suspicion.

– J'aime bien passer du temps avec toi, mais… tu n'essaierais pas de me séduire, par hasard ?

Il s'esclaffa et pencha sa chaise en arrière, feignant la désinvolture.

– Préparer à dîner pour quelqu'un, le séduire n'est pas.

– Tu parles comme Yoda ?

Bon sang, il était nerveux. Et sa mécanique de drague était rouillée.

– Je dis simplement que j'ai compris. Ne t'inquiète pas : c'est purement sexuel.

Wes prit une chips et la leva en l'air pour obtenir son approbation. Elle sourit et opina. Il fourra la chips dans sa bouche et s'essuya les doigts sur une serviette.

– Demande à mes frères. Ça fait des années que je ne veux pas de relation sérieuse. Pourquoi je commencerais aujourd'hui ?

– D'accord, c'est bon.

La bouche de Wes se tordit. Elle regardait dans le vide et se tripotait la cuisse.

Avait-elle des doutes ? Voulait-elle en réalité être en couple, mais elle avait trop peur pour se jeter à l'eau ?

Bon sang, c'était chiant de devoir avancer à la vitesse d'un escargot.

Il attendit qu'elle finisse son sandwich. Puis il ramassa les déchets et les jeta dans la poubelle voisine.

Kaylee jeta un coup d'œil à son téléphone et le rangea dans sa poche.

– Je ferais mieux d'y retourner. C'est Hunt qui surveille les enfants, grimaça-t-elle. Si je le laisse trop longtemps, je vais retrouver des engins piégés.

Wes sourit.

– Tu m'étonnes. Alors, je passe te prendre à sept heures ?

– Parfait.

Gagné. C'était un rencard. Même si Kaylee l'ignorait.

———————

Wes passa chercher Kaylee chez elle et la conduisit dans son studio-chalet sur Pioneer Trail. Elle aurait pu s'y rendre avec sa voiture, mais ainsi, il passait plus de temps avec elle. D'ailleurs, elle était tellement occupée à se demander si le dîner avait un motif caché qu'elle n'avait pas protesté quand il avait proposé de passer la prendre.

Wes rapporta de la cuisine du fromage à tartiner et des crackers, ces autres aliments dont Kaylee raffolait. Il la rejoignit à la table haute de bistrot et lui tendit, ainsi qu'une bière, pendant que les grillades marinaient.

Il tambourina des doigts et observa Kaylee étaler du fromage sur son cracker, des soupirs d'aise s'échappant de sa gorge comme un avant-goût à d'autres activités.

La table occupait un quart de la pièce, le lit presque la moitié. Ce qui était parfait, car c'était là que la magie se produisait. Et s'il avait de la chance… il aurait de la *chance*. Avec la femme dont il…

N'était pas *amoureux*.

Qu'il aimait bien. Inutile de perdre la tête comme Adam avec Hayden, ou même Levi avec Emily.

Bon sang. Ce n'est pas parce que ses frères aînés s'étaient casés que Wes devait viser le long terme. Il voulait verrouiller sa relation avec Kaylee, certes, mais pas pour toute la vie.

Il fronça les sourcils. S'il ne s'engageait pas de façon définitive avec Kaylee, elle sortirait un jour avec quelqu'un d'autre… et ça ne lui plaisait pas. Pas. Du. Tout.

Il se secoua mentalement. Ne pas aller par là. Continuer d'essayer de la convaincre d'être son mec attitré.

– Il y a quelque chose qui me perturbe, dit-il en tentant

de comprendre ses réticences à avoir une relation sérieuse avec lui.

Il supposait que leur passé influençait son choix, mais il devait y avoir autre chose.

– Tu as mentionné que Ducon…

Elle fit les gros yeux.

– Eddy.

– … était là pour toi après notre rupture.

Elle secoua la tête.

– Il m'a fallu presque un an pour me sentir assez bien pour sortir, et c'est alors que j'ai rencontré Eddy.

La mâchoire de Wes se crispa. Il balança un cracker dans sa bouche et respira à fond par le nez. Imaginer Kaylee traverser seule tous ces trucs médicaux lui donnait envie de casser quelque chose.

– Bien. Alors pourquoi es-tu sortie avec lui plutôt qu'un autre ? Tu n'as jamais supporté les abrutis comme *Eddy*.

Elle vola le cracker qu'il avait mis plusieurs secondes à tartiner de fromage et en croqua une bouchée.

– Il était gentil au début. Et Eddy n'est pas désagréable à regarder.

– Si tu t'attaches à ce genre de détails, marmonna Wes.

– Mais tu as raison.

Il leva les yeux.

– Ah bon ?

Elle reposa le cracker, et Wes porta sa bière à ses lèvres, attendant impatiemment qu'elle développe.

– Eddy n'est pas le genre d'homme que je fréquenterais normalement. Je pense qu'on a accroché parce qu'il ne peut pas non plus avoir d'enfants.

Wes faillit recracher sa bière.

– Pardon ?

Elle haussa les épaules.

— Il s'est blessé au hockey en jouant sans les protections adéquates. La crosse a sectionné ses…

Wes abattit sa bouteille sur la table.

— Stop. Je n'ai pas besoin des détails. Le simple fait de t'entendre parler de couilles et de blessure me donne la nausée.

Elle secoua la tête, exaspérée.

— Je n'ai pas parlé de *couilles*.

— C'était implicite.

Elle soupira et fourra le reste du cracker dans sa bouche.

Il serra le poing. Il ne savait pas pourquoi ce lien avec Eddy l'énervait, mais c'était le cas.

— Donc vous vous compreniez.

— Aucun des deux n'aurait été déçu que l'autre ne puisse pas avoir d'enfants, alors oui. Du moins, c'est ce que je pensais. Mais maintenant… Maintenant je doute qu'Eddy soit le genre d'homme à avoir des enfants de toute façon. Je ne pense pas que sa stérilité signifiait autant pour lui que pour moi. Je me demande même s'il ne s'en est pas servi pour…

— Pour se rapprocher de toi ?

— Oui.

Vu le genre d'homme qu'était Eddy, Wes parierait sa couille gauche que c'était le cas. Non pas qu'il était prêt à sacrifier l'un de *ses* petits gars.

— Parfois…

Elle pinça les lèvres.

— Parfois ?

Elle avala une gorgée de bière.

— Je me demande parfois s'il est sorti avec moi parce que j'étais vulnérable et facile à manipuler. J'étais tellement désireuse d'être avec quelqu'un qui comprenait ce que je vivais, que je n'ai pas voulu voir les problèmes dans notre couple, confia-t-elle en mettant sa tête dans ses mains. J'ai appelé quelqu'un de nos amis communs… Eddy avait un sacré harem. J'ai été tellement conne de ne pas m'en apercevoir.

Il lui prit la main et elle leva les yeux.

— Kaylee, ce n'est pas ta faute. Il est comme ça. Ça n'a rien à voir avec toi.

Elle hocha la tête, mais retira lentement sa main, et enroula ses bras autour de sa taille.

Wes se leva pour aller lui chercher une autre bière dans le frigo. Il remplaça la bouteille qu'elle avait presque finie. Il n'aurait jamais dû aborder ce sujet, mais cela expliquait beaucoup de choses.

— En fait, tu n'as jamais été sur un pied d'égalité avec ce type. Et maintenant, tu as peur que la même chose se produise avec nous.

Elle se raidit.

— Tu m'as humiliée toi aussi.

Il posa les mains sur la table et se pencha en avant.

— Non, jamais. Tu as toujours été la seule qui comptait. Je n'ai jamais couché avec une autre femme. Je te l'ai dit.

— On n'était pas sur un pied d'égalité les six derniers mois de notre relation. J'avais manifestement des problèmes physiques. J'étais malade. Et tu n'en avais aucune idée.

— C'est parce que j'étais con. Je te l'ai expliqué.

Elle détacha ses bras de sa taille et redressa le dos.

— Je ne me mettrai plus jamais dans une position où je ne suis pas une priorité.

— Et tu as bien raison.

Il songea à tout le boulot qui l'attendait pour le tournoi, puis chassa cette pensée. Il pouvait concilier Kaylee et ses horaires de travail. Il devait y arriver.

— Oui, ça n'arrivera plus. Parce que je ne nous laisserai

jamais aller plus loin. J'ai tiré les leçons de notre passé, dit-elle avec un sourire tremblant. Juste un plan cul, d'accord ?

Putain non, mais il n'était pas assez stupide pour la contredire. Peu importe ce qu'elle disait, ils étaient plus qu'un plan cul.

– Pour le moment.

Avant qu'elle ne puisse répondre, il referma sa bouche sur la sienne et l'embrassa jusqu'à ce qu'elle se pende à son cou. Il écarta brièvement la tête.

– Il y a plus pour nous, Kaylee.

Chapitre Vingt-Trois

Wes disait n'importe quoi. Il n'y avait rien de plus pour eux. C'était trop risqué, et Kaylee n'allait pas sacrifier une autre partie d'elle-même qu'il lui serait insupportable de perdre. Elle ne changerait pas d'avis sur la question et Wes le comprendrait bien assez tôt.

Wes lui caressa les épaules, puis il la prit par les coudes et la fit lever.

— Et le dîner ? demanda-t-elle quand sa bouche atterrit dans son cou.

Elle pencha la tête en arrière, car ses lèvres étaient incroyables.

Il la guida vers l'immense lit, difficile à manquer étant donné qu'il vivait dans une boîte à chaussures.

Il n'y avait qu'un fils de riche pour habiter dans une cabane de quarante mètres carrés.

À en juger par son intérieur, le lit de Wes était la plus belle chose qu'il possédait. Mais elle ne pouvait pas s'en plaindre puisqu'elle profitait actuellement des avantages de son investissement dans une bonne literie.

L'arrière de ses genoux toucha le matelas moelleux, et Wes promena ses mains sur sa cage thoracique en direction du sud et s'arrêta sur ses hanches.

– J'aime l'idée de t'avoir dans mon lit.

Jusqu'à présent, ils avaient passé leurs moments coquins chez elle.

Il la souleva à quelques centimètres du sol et la jeta sur le lit.

– Wes ! s'indigna-t-elle.

Mais elle rit en se protégeant quand il bondit sur elle, soutenant son poids avec ses bras.

– Oui, Kaylee ?

– On n'a pas mangé. Je croyais que tu me faisais à dîner.

Il plongea le nez dans son cou et fit tournoyer sa langue sur sa peau.

– Oh, j'ai bien l'intention de te nourrir. Mais c'est un matelas tout neuf.

Il caressa la couette d'un geste sensuel, la bouche et le nez enfouis dans son cou, et murmura contre sa gorge :

– L'étrenner devrait être notre priorité numéro un, tu ne penses pas ?

Il lui pelota les seins, tandis qu'elle lui empoignait les fesses. Elle avait oublié à quel point le sexe pouvait être amusant et sexy jusqu'à ces deux dernières semaines, quand elle avait commencé à voir Wes en cachette au Club Tahoe.

– J'aime bien coucher avec toi, soupira-t-elle.

Il la regarda et arqua un sourcil, souriant.

– Et j'aime bien coucher avec *toi*.

Il embrassa le bout de son téton à travers le coton de la chemise, lui déclenchant des gerbes d'étincelles dans le bas-ventre.

Elle le tira par les cheveux, noirs et soyeux, pour le faire remonter.

– Oui ? dit-il en accentuant le mot avec humour tandis qu'il croisait son regard.

– Je veux dire que je me sens belle avec toi. Quand on est ensemble…

L'envie d'avouer qu'elle se sentait bien pour la première fois depuis des années lui brûlait la langue, mais elle ne pouvait pas dire ça. Il l'interpréterait. Elle ne voulait pas plus que ces moments de plaisir partagé.

– Tu es spécial à mes yeux. C'est tout. Je voulais juste que tu le saches.

Le sourire de Wes s'évanouit. Elle était sûre qu'il allait dire quelque chose – probablement qu'ils étaient plus que des copains de baise –, alors elle rompit le charme en le poussant.

Wes roula sur le dos et Kaylee lui grimpa dessus, à cali-fourchon.

Ses mains atterrirent sur ses seins.

– La fille au-dessus, ça me va bien.

Heureusement que Wes était facilement distrait par les nichons.

Elle promena les mains sur son torse, soulagée que la conversation n'ait pas trop dévié dans la mauvaise direc-tion. Elle lui caressa le ventre, glissant la main sous son t-shirt pour toucher ses abdos en béton. Elle fit traîner le bout de ses doigts jusqu'à ses hanches, suivant les sillons de ses muscles ciselés qui se rétrécissaient en un V tellement sexy.

Wes tressauta — du moins son érection. Il devenait un homme très malléable sous ses doigts.

– Un peu plus bas et je te retourne comme une crêpe, dit-il. Mais que cela ne t'empêche pas de poursuivre ton exploration.

Il croisa les bras derrière la tête et sourit quand elle dégrafa son soutien-gorge. Puis ses mains rappliquèrent de nouveau sur ses seins et son visage se teinta de sérieux.

— J'aime ces deux-là pour toujours, Kaylee. Ils sont à moi.

Elle rit.

— Tu es ridicule.

— La seule chose ridicule, c'est que tu aies encore ton pantalon.

Ignorant sa remarque, elle déboutonna le jean de Wes, ouvrit sa braguette et baissa le pantalon sur ses cuisses.

Ses paupières se baissèrent à moitié.

— Ne t'arrête pas. S'il te plaît, ne t'arrête pas. Je te donnerai du plaisir, avec ma langue, cinq fois par jour si tu continues.

— Ce n'est pas une négo. Tu le ferais de toute façon.

Il rouvrit les yeux.

— C'est vrai. J'adore ton goût.

Une vague d'excitation déferla au creux de son ventre, et elle glissa le long de ses jambes, soudain avide de la suite.

— Je me souviens aussi de ton goût…

Elle sortit son long sexe épais, et il grogna quand elle enroula les doigts autour.

— Dans ma bouche, ajouta-t-elle avec un sourire grivois.

Wes l'observa, clignant à peine des yeux, passer sa langue sur le bout de son érection. Elle le prit aussi profond qu'elle le put, en faisant tournoyer sa langue, et en le suçant.

Sa respiration s'accéléra et ses mains se crispèrent le long de ses flancs.

— *Putain.*

Sa tête retomba en arrière, et elle eut le loisir de le regarder tout en le caressant. Elle aurait souri aussi en voyant son plaisir évident si elle n'avait pas la bouche si pleine. Elle ne plaisantait pas en disant qu'elle trouvait son membre plus gros. Wes était bien monté. Ou mieux monté que ce à quoi elle était habituée ces dernières années.

Kaylee le fit coulisser dans ses paumes, sa bouche et sa langue jusqu'à ce qu'elle sente son corps être soulevé.

Wes la tira vers lui et la retourna, puis il se mit sur elle. Et soudain sa bouche fut sur elle, brûlante de désir.

Kaylee n'avait pas cessé d'aimer Wes — ne cesserait peut-être jamais. Mais ça ne signifiait pas que son cœur lui faisait confiance. Ce n'était pas très judicieux de faire l'amour alors qu'elle ne voulait pas que ça aille plus loin, mais elle ne pouvait pas résister. Il était persuasif, et elle tenait beaucoup à lui.

Il cessa de l'embrasser le temps de se débarrasser vite fait de leurs derniers effets. Puis il fut en elle et il la pénétra en la regardant dans les yeux comme s'il la chérissait et l'aimait.

Si on avait demandé à Kaylee il y a quatre ans la recette d'une belle relation amoureuse, elle aurait décrit ce moment. Pas le sexe, mais la façon dont Wes la regardait, cherchait sa compagnie, la touchait avec tant de dévotion. Mais elle était plus mature et plus sage aujourd'hui. Elle avait besoin de plus que ce qu'il lui offrait actuellement. Besoin d'être la priorité d'un homme.

Wes ne voyait pas d'autres filles (Kaylee le connaissait assez pour le savoir exclusif), mais en raison de leur passé, elle n'avait pas confiance en sa capacité à reléguer son ambition professionnelle au second plan. Et c'était bien le problème. Elle *voulait* que Wes réalise son rêve ; elle l'avait toujours voulu. C'est pourquoi leur relation avait duré si longtemps à la fac. Elle l'avait laissé se consacrer au golf sans se plaindre. Mais pour finir, négliger ses propres besoins l'avait presque détruite.

Elle ne prendrait plus ce risque.

– Tu es distraite, dit-il en fronçant les sourcils. À quoi peux-tu penser dans un moment pareil ? Je suis au bord de l'explosion, mais je veux te faire jouir d'abord.

– Je pense à toi.

Il plissa les yeux.

– Et à l'imminence de ton orgasme, j'espère.

Il la serra dans ses bras et les fit basculer pour qu'elle se retrouve sur lui. Son pouce massa son bouton gonflé d'un lent mouvement circulaire, accélérant la pulsation de plaisir qui battait là.

Elle gémit et appuya les mains sur sa poitrine en se balançant sur lui, laissant monter l'extase toujours plus haut. Son sexe tapait dans le mille, et chaque fois qu'elle s'empalait, le plaisir tourbillonnait en elle. Ses muscles se contractèrent et un cri guttural lui échappa.

Wes la laissa chevaucher la vague, puis il lui empoigna les hanches et s'enfonça en elle. Il jouit quelques secondes plus tard, puis ses mouvements ralentirent et sa respiration se calma.

Kaylee se recroquevilla sur lui, sentant les battements de son cœur contre sa peau.

– Jouir en toi, je ne m'en lasse pas.

– Contente que tu sois heureux.

Mais Kaylee était convaincue que cette nouvelle forme de relation la comblait plus que Wes. Il était si désireux de lui faire plaisir. Quelle fille refuserait ce traitement ?

Il pressa sa large paume au creux de son dos et la serra contre lui.

– Pourquoi je ne serais pas heureux ? C'est toujours agréable de passer du temps avec toi : rire, faire l'amour sur le golf, te regarder t'occuper des tyrans que sont les enfants du Club Kids. Et tu t'imbriques parfaitement bien dans mon corps. C'est le pied.

Elle ferma les yeux. Pourquoi était-il le mec parfait alors qu'elle était devenue si méfiante maintenant ?

– Tu es un chic type, Wes.

Il s'immobilisa, puis il dit :

– Je le suis pour toi.

Chapitre Vingt-Quatre

Wes avait compris qu'il était trop insistant dans son entreprise de reconquête de Kaylee. Il avait fait marche arrière. De justesse. Il avait arrêté de parler d'amour et s'était concentré sur la façon de lui montrer. Jusqu'à présent, elle semblait plus détendue, au point qu'elle avait cessé de se préoccuper de ce que les autres pensaient et accepté de l'accompagner en soirée comme s'ils sortaient ensemble. Même si en théorie – *selon elle* –, ils n'étaient pas ensemble.

— Tu es sûr que tu veux que je vienne ? demanda Kaylee alors qu'ils se changeaient chez elle.

Ils étaient passés au chalet familial après le travail pour se rafraîchir. Bon d'accord, elle était rentrée chez elle pour se laver et il était rentré dans la douche pour la séduire. Il enfila un t-shirt, puis un polo Henley à manches longues.

— Tout à fait sûr. Les Masters commencent demain et on va passer en revue les derniers détails. Pas d'alcool fort. On doit tous être au top demain matin.

— Et toi, es-tu au top de ta forme ? s'enquit-elle en enfilant un jean et des bottines. Tu ne t'es pas beaucoup entraîné. Ça ne t'inquiète pas ?

Il fronça les sourcils.

– Ça ne me stressait pas jusqu'à ce que tu en parles.

Elle sourit.

– Désolée. Seulement… c'est ce que tu as toujours voulu.

Il s'assit au bord du lit et laça ses chaussures.

– C'*était*. J'aime beaucoup travailler au club. Je n'aurais jamais cru dire ça un jour, s'esclaffa-t-il. Quand j'ai accepté de m'occuper du golf après la mort de notre père, je m'ennuyais comme un rat mort et j'avais envie de me barrer tous les jours. Ça peut paraître bizarre, mais tout a changé quand j'ai donné des cours à Bella.

Il finit de lacer ses chaussures et s'appuya sur ses cuisses.

– C'était incroyable de voir une fillette déchirer autant. Le talent à l'état pur. J'ai toujours été athlétique, mais Bella a quelque chose de magique. C'est la première fois que je me suis passionné pour la carrière de quelqu'un d'autre. Entraîner Bella m'a fait comprendre à quel point le coaching peut être gratifiant. Mais j'avoue que je n'ai pas beaucoup de plaisir à enseigner aux nuls.

– Comme moi.

Il lui fit un sourire ravageur.

– Tu es une exception.

– Parce que je me mets à poil devant toi ?

– Exactement.

Elle lui lança un oreiller.

– Tu es méchant.

Il fit dévier l'oreiller d'un mouvement de karaté théâtral.

– Bref, comme je le disais avant d'être interrompu brutalement, il a sans doute fallu le décès tragique de mon père pour que j'essaie quelque chose de nouveau, mais c'était un réveil salvateur. Je ne me fais pas d'illusions avec cette qualification d'office pour le tournoi. C'est une formidable chance, mais ça ne débouchera pas sur une carrière professionnelle. Je n'ai jamais obtenu un score assez bas pour me faire une place sur le circuit. Je vais jouer et m'éclater comme jamais, mais il y a d'autres rêves qui me motivent aujourd'hui.

– Entraîner la petite Bella ?

Il se mit debout et tira Kaylee sur ses pieds.

– Entraîner Bella et d'autres enfants comme elle est l'un de mes rêves.

Il l'embrassa sur la bouche et lui prit la main avant qu'elle ne puisse s'enquérir de ses autres rêves.

Kaylee ne voulait pas en entendre parler. Mais un jour, espérait-il, cela changerait.

– Viens, ils nous attendent. On ferait mieux d'y aller.

———

– Redis-moi pourquoi on se voit au Blue Casino plutôt qu'au Fireside Lounge ?

Kaylee étudia le sol du casino. Un bleu néon avant des accents orange décorait la zone de jeux bruyante.

Adam et sa jeune épouse Hayden travaillaient à la direction du Blue, mais ils rentraient tout juste de leur lune de miel. Kaylee ne pensait pas que Hayden était déjà retournée au travail, et elle avait entendu dire qu'Adam aidait Levi et Emily pour le tournoi toute la semaine. Le fait qu'Adam travaillait au Blue Casino et était copropriétaire du Club Tahoe représentait-il un conflit d'intérêts ? En tout cas, ça ne semblait pas déranger son employeur.

Wes posa la main au bas de son dos alors qu'elle

montait la volée de marches menant au lounge-bar Monte Belle, où ses frères et leurs chéries les attendaient.

— Ils offrent deux bières pour le prix d'une jusqu'à dix-neuf heures. On ne pouvait pas passer à côté.

Elle le dévisagea.

— Tu es sérieux ? Vous êtes probablement les hommes les plus riches de la ville et vous voulez profiter d'une promo ?

— Qui n'aime pas un bon « deux pour le prix d'un » ?

Elle écarta les mains.

— Euh… les milliardaires, en principe.

— Pas sûr que le terme milliardaire soit correct. Multi-millionnaire, peut-être. Ça fait plus de dix ans que je n'ai pas vérifié le montant.

Elle trébucha sur le tapis.

— Pardon ?

Wes s'arrêta et tourna le dos à ses frères.

— Tu sais que je ne me suis jamais intéressé à ce genre de choses.

— Je sais que tu te fiches de la fortune des autres et que tu n'es pas snob. Mais qui ne sait pas combien d'argent il a ?

Il se frotta la nuque.

— Je sais combien j'ai, mais pas combien mon père a placé dans un fonds qui m'est destiné. Ça a toujours été son argent, pas le mien.

— Il te l'a donné. Wes, il y a des gens nécessiteux qui tueraient pour une fraction de la somme que ton père t'a léguée. Si tu n'en veux pas, fais-en don.

Il soupira.

— Je t'entends et je vais y réfléchir. Pour le moment, Levi puise dans notre héritage pour faire tourner la boutique. Après… je réfléchirai à quoi faire de cet argent.

Elle passa la main sous son bras musclé et ils se

remirent en marche vers le groupe. C'était tout Wes. Le multimillionnaire qui vivait dans une cabane et qui allait à des soirées deux bières pour une. Il n'était pas matérialiste. Il n'était pas infidèle. Et il tenait à elle. Il faisait tout pour qu'il soit sacrément difficile de ne pas retomber amoureuse de lui.

Elle soupira et afficha un sourire pour le groupe élargi de ce soir.

Emily se leva et embrassa Kaylee.

– Heureuse que tu aies pu venir.

Elle regarda Kaylee et remua les sourcils en direction de Wes.

– On est amis, précisa Kaylee, lisant dans les pensées d'Emily.

Tous les frères de Wes et leurs compagnes faisaient des suppositions sur Kaylee et Wes, mais elle refusait de définir leur relation.

– Si tu le dis, déclara Emily, qui ne la croyait manifestement pas. Laisse-moi te présenter quelques amis. Voici Jaeg et sa fiancée Cali, et Ireland, la cousine de Cali. Ireland vient de commencer à travailler au Blue Casino.

La jolie rousse assise à côté de la fiancée de Jaeg lui fit un signe de la main.

– Ravie de te rencontrer.

Son regard glissa vers Bran.

Pauvre Bran. Personnellement, Kaylee pensait que Wes était le plus beau des Cade, mais il y avait des femmes qui n'arrivaient pas à détacher les yeux de Bran. Malheureusement, le frère de Wes était un grand timide.

Kaylee et Wes saluèrent le reste du groupe et prirent place autour des trois tables rondes rapprochées pour accueillir tout le monde. Les frères Cade avaient un physique imposant. Ajoutez Jaeg à l'équipe et vous obteniez une table de rugbymen.

— Quelles sont les consignes pour demain ? demanda Kaylee. Comment puis-je aider ? En éloignant les enfants du terrain de golf ?

— En fait, répondit Emily, je pensais qu'on pourrait les faire venir. La plupart des parents qui vivent en ville seront présents à l'événement. Nous n'aurons peut-être pas beaucoup d'enfants au Club Kids ce jour-là, mais ceux qui seront là pourront profiter du tournoi. Adam nous donne un coup de main toute la semaine. Ça ne te dérange pas d'organiser un pique-nique pour le Club Kids, n'est-ce pas ? demanda-t-elle à l'intéressé, qui avait le bras autour de la taille de Hayden et paraissait fou amoureux de sa femme.

— Je suis à ton service.

Hayden lui sourit.

— Je vais t'aider aussi. Je prends ma journée demain. Le Blue sait que mentalement, on n'est pas encore rentrés de notre lune de miel, et ils nous laissent une grande marge de manœuvre cette semaine.

— Excellent. Donc, c'est réglé pour les enfants, le merchandising et les tentes des sponsors sont installées, les stands de nourriture et les restaurants sont prêts.

Elle regarda Bran qui confirma.

— Les employés du terrain de golf et du tournoi se sont mis d'accord grâce à Wes et Levi… On devrait être bons. À moins que quelque chose ne tourne mal. Ce qui est toujours le cas, gémit Emily en plongeant le front dans sa main et fermant les yeux.

Levi lui frotta le dos.

— Ça va ? s'enquit Kaylee.

— Oui, dit Levi — et Emily leva la main pour confirmer. Elle est stressée, c'est tout.

— Pas toi ?

Il haussa les épaules.

— Emily stresse assez pour nous deux. Mon rôle est de la rassurer.

Wes ricana et Kaylee le regarda.

— Il veut dire dans la chambre, dit Wes.

Levi lui lança un regard noir.

— Peut-on faire quelque chose pour vous aider ? demanda Cali.

— C'est un événement majeur, dit Jaeg. On sera là pour donner un coup de main.

— Absolument, confirma Cali. En fait, je ne serais pas surprise que mon patron et toute l'équipe de construction prennent une semaine de congé pour assister au tournoi. Ce n'est pas souvent qu'un tel événement arrive en ville.

Wes avait dit à Kaylee sur le trajet que des amis se joignaient à eux ce soir. Cali travaillait pour un ami de Jaeg et Adam, propriétaire d'une entreprise de construction locale.

— Et moi aussi, je serai là, déclara Ireland.

Cette fois, elle ne regarda pas Bran, mais Kaylee le surprit à froncer les sourcils. Il n'aimait vraiment pas cette fille. Et c'était absurde. Elle était très jolie et semblait douce.

— Je compte m'installer dans les environs, précisa Ireland. J'aimerais m'impliquer davantage dans la vie locale.

Bran broncha et les épaules d'Ireland se raidirent en l'entendant, mais elle s'efforça de sourire.

— J'ai de l'expérience dans beaucoup de domaines, car j'ai travaillé un peu partout pour payer mes études au lycée et à l'université.

Bran lui jeta un regard, cette fois empreint de surprise. Peut-être même d'admiration. Mais cette lueur disparut rapidement et il reporta son attention sur ses frères.

– Tant qu'on n'a pas d'intoxication alimentaire, tout devrait bien se passer.

– Tu plaisantes ? intervint Hunt qui vérifiait son téléphone sans arrêt. Tout peut merder, et merdera sans doute.

Emily avala sa salive, les yeux ronds.

Levi fronça les sourcils.

– Ferme-la, Hunt. Tu n'aides pas.

– Dans ce cas, on a fini ? J'ai d'autres projets pour la soirée. N'hésite pas à venir avec moi, dit-il à Ireland. Ne te sens pas obligée de rester avec les couples.

Elle rougit et jeta un regard à Bran.

– Tout le monde n'est pas en couple.

Hunt secoua la tête.

– Qui, Bran ? Tu ne le verras jamais avec une fille.

– J'ai beaucoup de copines, grommela Bran. Mais pas du genre de celles avec qui tu sors.

Il regarda Ireland comme si elle en était un exemple parfait.

Ses joues devinrent écarlates comme ses cheveux. Elle baissa les yeux.

– Non merci. Je passe la soirée avec ma cousine.

Cali lui donna un coup de coude par solidarité.

Aïe. Le commentaire de Bran et le regard qu'il avait jeté à Ireland ? Dur.

Ireland était vraiment jolie. Fascinante même avec sa chevelure rousse et sa peau claire. Et elle avait des formes généreuses. Bref, le genre de femme qui faisait baver la plupart des mecs. En y pensant, Kaylee s'attendait à ce que Wes bave sur elle aussi, mais il était trop occupé à rapprocher discrètement la main de sa cuisse. Il n'arrêtait pas aussi de se pencher vers elle et de renifler ses cheveux.

– Tu sens bon, lui murmura-t-il d'une voix rauque et sexy.

Wes était insatiable ; ils venaient de faire l'amour ! Mais

Kaylee sourit. Elle n'avait pas à redouter d'infidélités avec lui. Une fois en couple, il était l'homme d'une seule femme.

Et là, son sourire s'évanouit. Était-il en couple ?

Ils couchaient ensemble. Mais s'il semblait mener une vie de libertin avant qu'elle n'arrive en ville, elle ne l'avait vu avec personne depuis. Il lui avait d'ailleurs confirmé. Et maintenant, chacun était en quelque sorte le plan cul de l'autre.

Bon d'accord, la ligne entre couple et copains de baise était mince. Mais s'il n'avait pas été un mec exclusif, elle n'aurait pas accepté leur arrangement.

Adam fit signe à la serveuse du bar, qui semblait attendre son signal. La plupart buvaient de la bière, mais certains étaient à l'eau.

La serveuse s'approcha avec des verres à cocktail remplis d'une boisson jaune.

– Lemon drop, dit Levi. Le choix d'Emily, puisqu'elle a orchestré d'une main de maître l'événement en faisant venir des centaines d'ouvriers, elle a embauché cinquante intérimaires et apprêté le casino et l'hôtel pour recevoir tout ce monde. Bran et moi n'avons fait que graviter autour d'elle comme des Sherpas urbains, à transporter des trucs et filer des baffes quand c'était nécessaire.

Hunt leva son verre et tout le monde fit de même.

– Un peu trop fruité, mais je suis partant. Buvons à Emily pour nous avoir sauvés, à Wes qui va déchirer sur le parcours demain, et prions pour que personne ne se fasse piétiner par la foule.

– Santé, dirent-ils en chœur.

Chapitre Vingt-Cinq

Le premier jour des Masters de Tahoe arriva et repartit comme un tourbillon de folie. Non seulement l'hôtel et le casino firent le plein tandis que Wes jouait la partie de sa vie, mais il réussit à se qualifier dans le top vingt-cinq avec un score de moins quatre sous le par. Et ça ne s'arrêta pas là. Les jours suivants furent encore meilleurs.

Jamais Wes n'aurait imaginé réussir le premier tour avec une telle place au classement. Il fut encore plus surpris de creuser l'écart après le deuxième jour en battant la moitié des pros. Et maintenant, il était à mi-parcours de la dernière partie du tournoi, dans le top dix et avec une grosse probabilité de finir assez haut pour être qualifié pour le prochain tournoi.

C'était hallucinant.

Il scruta les gradins. Il était tellement concentré aujourd'hui que c'était la première fois qu'il levait la tête pour chercher Kaylee. Même s'il n'avait aucun espoir de la voir. Elle avait été occupée par les enfants tout le week-end, et le buzz créé par la présence d'un gars du coin en finale du tournoi avait attiré encore plus de monde.

Wes aurait dû être nerveux. Il l'était au début de la compétition, mais le fait de diriger un golf l'avait changé. Il avait d'autres rêves à réaliser que celui de remporter un championnat de golf.

Des rêves comme créer une école de golf pour les enfants. Comme vivre avec Kaylee.

La vie était belle avec ou sans victoire sur le circuit pro, mais il ne se plaignait pas d'être en finale, car c'était incroyable.

Il réalisa un autre birdie sur l'avant-dernier trou et ramassa sa balle en balayant de nouveau les gradins. Toujours aucun signe de Kaylee.

Dieu merci, l'événement s'était bien déroulé jusqu'à maintenant. Ils avaient connu un incident mineur, le club était en rupture de serviettes de plage, mais Levi avait loué un gros camion et envoyé Jaeg en acheter par sécurité dans deux hypermarchés. Après avoir passé la journée sur le terrain de golf, les clients voulaient tous piquer une tête dans la piscine. Plus tard dans la soirée, c'étaient la ruée vers les jeux d'argent. Wes avait entendu parler de deux bagarres entre supporters. Adam s'en était occupé en faisant appel à ses relations au Blue Casino pour obtenir du personnel en renfort en dehors de leurs heures de travail.

Ils avaient engagé des agents de sécurité supplémentaires, mais apparemment, certains fans jouaient des poings quand ils picolaient et s'enflammaient pour la compétition. Wes ne pouvait pas les en blâmer. Il était le plus compétitif de ses frères. C'est pourquoi il était si surpris de constater que lorsqu'il concentrait son esprit de compétition sur autre chose – comme disons, une brune sexy –, il jouait mieux.

Étonnant. Il aurait dû amener Kaylee à tous ses tournois de golf à l'université.

Mais il ne l'avait pas fait. Connard égoïste. Il pensait avoir la fille, et ne désirait plus qu'intégrer le circuit pro. Bon sang, ce qu'il avait été idiot.

Wes suivit son caddy et la foule jusqu'au dernier trou. C'était maintenant ou jamais pour atteindre l'objectif — l'objectif de rendre Kaylee aussi heureuse que possible. Il souhaitait tellement lui montrer qu'elle était ce qui comptait le plus pour lui. Parce que c'était le cas, avait-il réalisé.

Après que Kaylee lui avait parlé de la fausse couche et de la raison de son départ soudain, il avait conclu qu'ils n'avaient pas eu une vraie chance en amour. Certes, il avait fait des erreurs, mais son cœur avait toujours été avec elle. Il suffisait maintenant de la convaincre qu'ils étaient faits l'un pour l'autre.

Ce n'est qu'au moment où Wes allait faire le dernier putt qu'il aperçut enfin Kaylee. Elle souriait derrière le dix-huitième trou, tenant deux enfants par les épaules. Il en eut le souffle coupé. Et cela le servit. Il était tellement concentré sur son incroyable beauté qu'il aligna inconsciemment son putt, puis il fit tranquillement rouler la balle dans le trou, réalisant un autre birdie.

Wes se passa la main sur le visage en souriant. Le tournoi était terminé, et il était entré dans le top dix. Il était donc automatiquement qualifié pour le tournoi suivant.

Putain de merde.

———

APRÈS AVOIR REMIS sa carte de score, Wes se dirigea droit vers Kaylee. Et se fit harponner par une Bella surexcitée, qui lui sauta dans les bras.

– Tu as réussi, Wes ! Tu l'as fait !

– Tu réussiras aussi un jour, Bella.

– Avec du travail, hein ? Comme tu m'as dit.

– Exactement.

Il la reposa au sol et serra la main de ses parents. Ils rayonnaient de joie aussi et semblaient sincèrement reconnaissants du travail qu'il avait accompli avec leur fille sur le practice. Peut-être qu'ils n'étaient pas de si mauvais parents après tout ; il était heureux de le savoir. Wes regarda Bella s'éloigner en tenant la main de son père, sa mère souriante à leur côté.

Il chercha Kaylee, mais elle semblait avoir fui l'agitation. Elle avait dû ramener au Club Kids les enfants placés sous sa responsabilité. Ses épaules s'affaissèrent. Il voulait fêter sa réussite avec elle, mais il comprenait qu'elle avait du travail.

La deuxième personne à lui sauter dessus fut Hunt, qui faillit le renverser.

– Putain, j'arrive pas à le croire, s'exclama Hunt avec excitation. Espèce d'enfoiré. Tu ne nous as jamais dit que tu avais une chance de réussir.

– J'en savais rien, s'esclaffa Wes. C'est autant un choc pour moi que pour toi.

Bientôt, il fut félicité par ses autres frères, mais aussi Jaeg, Cali et d'autres amis. Sa famille ne pouvait pas s'attarder, car ils étaient tous en service jusqu'à ce que le dernier invité des Masters de Tahoe quitte les lieux, mais Wes savourait leur présence à ses côtés lors du tournoi de sa vie.

Il fit le point avec son second pour le programme de golf, ainsi qu'avec le responsable de l'entretien du terrain. Tout allait bien et les ventes de clubs atteignaient un niveau record, ce qu'ils n'avaient pas prévu. Wes s'était imaginé qu'ils vendraient une cargaison de t-shirts, mais pas de clubs.

Ce n'est qu'au crépuscule qu'il aperçut enfin Kaylee. Elle venait de l'hôtel, et marchait dans sa direction. Elle n'avait pas d'enfants autour d'elle, ce qui signifiait qu'elle ne travaillait plus.

Il arriva vers elle en petite foulée, la souleva dans ses bras et l'embrassa sur la bouche. Puis il la fit tournoyer, et elle renversa la tête en arrière en riant.

— Pose-moi avant de me faire gerber !

Wes la posa doucement au sol sans regretter son geste follement romantique.

— Tu y crois ?

Elle sourit jusqu'aux oreilles.

— Oui. Je savais que tu pouvais le faire.

Wes n'était pas le genre de mec à chialer. Ça ne lui arrivait jamais, à moins qu'un de ses imbéciles de frères ne déclenche les grandes eaux, ce qui était rare. Mais là, il dut lutter pour contenir le flot brûlant qui lui embuait les yeux.

Il enfouit la tête dans son cou et respira son parfum.

— Merci d'avoir toujours cru en moi. Même quand j'étais un âne bâté.

— Tu avais vingt-deux ans. La plupart des mecs sont des ânes bâtés à cet âge. Je t'ai pardonné il y a longtemps. J'avais juste besoin que tu me pardonnes la façon dont j'ai géré la situation.

Il se redressa et l'attira contre lui. Il lui avait déjà dit, mais il le répéta.

— Il n'y a rien à pardonner. Je serai toujours là pour toi. À partir de maintenant. D'accord ?

Elle sonda ses yeux, et pour la première fois, il pensa qu'il pourrait percer sa carapace. Qu'elle le voyait sous un éclairage différent. Que son regard était une promesse d'avenir pour eux.

— Wes Cade ?

Il se retourna pour voir qui était l'homme qui marchait vers eux.

Il avait croisé son vieux pote Tom, qui l'avait mis en contact avec le comité des Masters, mais Wes n'avait rencontré aucun des principaux organisateurs du tournoi. Il était trop concentré sur la compétition. Mais à son blazer bleu marine orné d'un écusson, ce type avait l'air d'un officiel du circuit pro.

— C'est moi.

Il serra la main du type et présenta Kaylee.

— Très agréable de jouer sur ce golf, déclara le responsable. On ne savait pas que notre hôte jouait si bien.

Il se pencha comme s'il allait révéler un secret.

— La plupart des qualifiés d'office n'assurent pas.

Wes pouffa.

— Pour être honnête, j'ai eu quelques bonnes journées. C'est tout.

— De très bonnes journées, d'après ce que j'ai vu. Enchanté de vous rencontrer, madame, dit-il en se tournant vers Kaylee. Wes, contactez-nous après le tournoi. On aime beaucoup votre parcours. Je vous parlerai de futures possibilités si vous êtes intéressé.

— Absolument. Merci, monsieur.

Kaylee attendit sagement qu'il s'éloigne, puis elle se mit à bondir de joie.

— Putain de merde, Wes ! C'est ta chance.

Il hocha la tête. Son rêve de toujours se réalisait. Mais il se demandait comme il allait pouvoir garder toutes les balles en l'air : le prochain tournoi, son travail au club et Kaylee ? Dès qu'il avait fait d'elle sa priorité, les choses avaient commencé à se mettre en place. Mais comment allait-il pouvoir jongler avec ces belles balles qu'on lui envoyait sans en laisser tomber ?

Chapitre Vingt-Six

Deux semaines s'étaient écoulées depuis les Masters de Tahoe, et Wes avait été absent presque tout le temps. Ses résultats au tournoi suivant étant excellents, il était rentré deux jours avant de repartir pour la compétition suivante. Kaylee lui manquait terriblement, mais elle se réjouissait de ses voyages et le soutenait dans la poursuite de son rêve.

Wes se gara dans son allée, et Kaylee sortit en courant du studio-chalet pour se jeter dans ses bras.

— Salut, dit-elle d'un ton désinvolte.

— Salut ?

Il lui empoigna les fesses et la porta dans la maison, fermant la porte du pied.

— Je suis parti depuis cinq jours et je n'ai droit qu'à un « salut » ?

Il lâcha son sac près de la porte et la porta jusqu'au lit, où il la déposa.

— Tu m'as manqué, Kaylee.

Il respira son parfum et fit courir ses mains sur son corps.

— Tu m'as manqué aussi, mais je ne voulais pas que tu culpabilises d'être parti. Je voulais que tu en profites vraiment.

— Ne te retiens jamais de me dire que je te manque. Mieux, montre-le-moi.

Il lui saisit les seins et elle grimaça.

— Je t'ai fait mal ?

Son petit nez se plissa.

— Ça va, mais mes seins sont hypersensibles ce mois-ci. Syndrome prémenstruel à la con.

Il plongea la tête et lui effleura la poitrine d'un baiser léger comme une plume.

— Mieux ?

Elle caressa son érection de haut en bas.

— Seuls mes seins sont douloureux. Inutile d'être si doux avec le reste de mon corps.

Elle lui pinça les fesses.

Il recula, prenant un air horrifié.

— Je suis choqué. Je pensais que tu étais une fleur délicate.

Elle éclata de rire et il entreprit de lui enlever son jean et de lui bécoter le ventre.

— Cette petite culotte m'a manqué, dit-il en lui arrachant avec les dents. Et ces jambes sexy.

Il lui lécha la cuisse jusqu'au pli de l'aine, tandis qu'elle lui empoignait les cheveux.

— Dépêche-toi, Wes. Tu sais combien de temps ça fait ?

Il arracha sa chemise.

— Cinq jours, six heures et quarante-deux minutes.

Elle se redressa sur les coudes tandis qu'il se débarrassait de son jean.

— C'est vrai ?

Il haussa une épaule et s'allongea à côté d'elle, le

regard scotché sur ses seins — devenus apparemment intouchables.

— Je m'ennuyais dans l'avion, alors je me suis amusé à calculer depuis combien de temps je ne t'avais pas vue. Bon, où en étions-nous ? Ah oui, je n'ai pas le droit de poser la bouche sur tes seins. Je suppose que je vais devoir me contenter de lécher d'autres zones.

Il arqua un sourcil et Kaylee étouffa un soupir.

— Avec ta langue magique ?

— Ma langue magique est très…

Il lui embrassa le nez, puis les lèvres.

— … impatiente.

Et c'est ainsi qu'ils passèrent la nuit. À rattraper le temps perdu. Au lit. Manger. Rire. Et finalement s'endormir.

À dix heures du matin, Wes bâilla et observa Kaylee. Elle était immobile, mais ne dormait pas. Elle ne souriait pas non plus et ne se blottissait pas dans ses bras comme elle le faisait normalement à son réveil.

— Ça va ?

— Je ne me sens pas bien. J'ai l'impression que mon corps essaie de combattre quelque chose.

Il s'assit, mais laissa le drap sur elle.

— Tu veux que j'appelle Emily pour lui dire que tu n'iras pas demain ?

Elle secoua la tête et s'agrippa le ventre.

— Non. Je pense que ça va passer, mais je resterai bien au lit aujourd'hui, si ça ne te dérange pas.

Il l'embrassa sur le front.

— Reste autant que tu veux. Je dois filer au club m'assurer que le parcours est en état. Je reviens dans quelques heures. Tu veux que je te rapporte quelque chose ?

— Non, marmonna-t-elle en s'enfouissant sous les couvertures.

Wes se doucha et s'habilla. Il fit des toasts et du café. Quand il regarda Kaylee, elle était toujours enfoncée sous les draps.

— Tu devrais manger quelque chose.

Elle gémit.

Il s'approcha et s'assit au bord du lit, posant une main sur sa jambe.

— Kaylee, es-tu sûre que ça va ?

Elle sortit la tête de sous les draps et lui sourit faiblement.

— Je me sens un peu mieux.

Elle se leva et enfila le t-shirt qu'il avait mis la veille.

Elle se traîna jusqu'à la table haute où il avait servi le petit déjeuner. Elle se hissa sur le tabouret de bar, coinça le t-shirt sous ses fesses, puis mordit dans un toast beurré.

— C'est bon. Je crois que j'avais juste besoin de manger.

Kaylee était adorable dans son t-shirt trop grand, les cheveux emmêlés. Il ne se lasserait jamais de ce spectacle.

— Je t'apporterai tout ce que tu veux. Appelle-moi si tu as envie de quelque chose. Tu sais que Bran peut te faire préparer un plat en cuisine.

Elle sourit et agita la main.

— T'inquiète pas pour moi. Bonne chance pour rattraper ton travail. Ils savent que tu repars demain ?

Il secoua la tête.

— J'ai prévu de leur dire en arrivant.

— Comment vas-tu faire pour diriger le golf et jouer les tournois pros ?

Il ramassa ses clés et se passa une main sur la figure. Tout était allé si vite. Il y a un mois, il préparait les Masters de Tahoe, s'attendant à y jouer et rien de plus, et aujourd'-hui, il faisait partie du circuit pro.

— Je n'aurais jamais pensé avoir à faire les deux. Mais la

compétition est la chance de ma vie. Je ne peux pas abandonner, tu comprends ?

Elle déglutit, et pendant une fraction de seconde, il vit le doute traverser son regard. Puis elle sourit.

– N'abandonne surtout pas.

Elle reprit son toast, mais ne mordit pas dedans, se contentant de le tenir et l'étudier comme si c'était la chose la plus intéressante qu'elle voyait depuis des jours.

Wes s'approcha et l'embrassa dans la nuque.

– Je reviens vite.

Mais une fois dehors, il commença à avoir des doutes. Il ne pouvait pas merder avec Kaylee. Jusqu'à présent, elle acceptait ses choix. Et aucun homme sain d'esprit ne laisserait passer l'occasion de jouer dans le circuit pro. Ça devrait passer pour le moment.

Wes monta dans son Range Rover et prit la route du Club Tahoe.

Levi et Bran déjeunèrent avec Wes à la brasserie du Club Tahoe.

– Kaylee ne se sent pas bien, dit-il.

Levi fronça les sourcils.

– Comment ça, elle ne se sent pas bien ? Tu as fait quelque chose ?

– Bien sûr que non, dit Wes en croquant dans un pain à l'ail. Elle a mal au bide ou un truc du genre.

Il mâcha le pain, et fronça les sourcils.

– Dois-je m'inquiéter ? demanda-t-il. Appeler un docteur ?

Levi regarda Bran qui haussa les épaules.

– C'est à nous que tu le demandes ?

Bon point. Que connaissaient ses frères en médecine ?

Wes n'était pas tranquille de laisser Kaylee seule à la maison alors qu'elle ne se sentait pas bien. Mais il était parti depuis deux semaines et il allait repartir une autre semaine. Ses frères l'auraient tué s'il n'était pas venu bosser aujourd'hui. Il gérait le golf à distance et son absence pesait sur les épaules de tout le monde.

— Wes, dit Levi, tu vas devoir rapidement faire un choix. Jouer sérieusement les tournois pros ou t'investir dans le club. Tu ne peux pas faire les deux. Pour info, si tu merdes avec Kaylee ou la pousses d'une façon ou d'une autre à partir, Emily déchaînera l'Enfer sur toi.

Wes se pencha en arrière.

— Merde. C'est une sacrée menace.

Levi sourit.

— Je sais à quel point tu as peur de ma nana.

Wes hocha la tête pensivement.

— Je n'aime pas mettre en colère la main de fer.

Bran pouffa.

— Exactement, dit Levi. Et Emily adore Kaylee. Le complexe a aussi besoin de Kaylee pour le Club Kids. *Alors, ne fous pas tout en l'air.*

— Je me suis dit la même chose, frérot.

Chapitre Vingt-Sept

Kaylee sentit le regard insistant d'Emily.

– J'ai de la salade entre les dents ?

Emily secoua la tête en faisant signe aux livreurs de transporter les caisses contenant le nouveau mur d'escalade intérieur dans l'espace de jeu du Club Kids.

– Non, c'est juste que tu es pâle. Et… je t'ai entendue dans les toilettes ce matin. Tu vas bien ?

Merde. Kaylee avait des nausées ces derniers temps, par intermittence. Wes était parti il y a trois jours et elle se sentait mieux. Mais par moments, elle avait des crampes d'estomac et l'envie de vomir. Ce matin, elle avait sauté le petit déjeuner et avait effectivement vomi. Juste au moment où Emily était allée aux toilettes, pas de chance. Son malaise s'était dissipé dès qu'elle avait mangé quelques crackers au bar de la piscine.

Kaylee indiqua aux ouvriers sur quel mur fixer la structure, attendit qu'ils commencent à déballer, puis reporta son attention vers Emily.

– J'ai demandé à la nouvelle assistante de s'occuper des enfants pendant que je me concentre sur les projets en cours. Le Club Kids est réduit depuis la fin du tournoi, mais je peux rester chez moi si tu penses que c'est mieux. Je… j'ignore ce que j'ai. Je n'ai pas de fièvre, seulement des nausées occasionnelles.

Emily saisit le bras de Kaylee et la tira doucement sur le côté.

– Kaylee, je ne veux pas être indiscrète. J'ai compris que Wes et toi n'aimez pas parler de votre… amitié. Mais est-il possible que tu sois enceinte ?

Kaylee la dévisagea. Vus de l'extérieur, les symptômes correspondaient.

– *Non.* Absolument impossible, dit-elle en secouant la tête.

– Tu as fait un test ?

Kaylee déglutit. Elle n'avait pas pensé à la grossesse. Pas depuis que son médecin lui avait appris qu'elle ne pouvait pas tomber enceinte. D'ailleurs, elle ne prenait pas de précautions avec Eddy.

Mais Eddy était stérile…

– Kaylee ? Ça va ?

– Je… oui, pardon. C'est juste que je n'y avais pas pensé parce qu'on m'a dit que je ne pouvais pas avoir d'enfant.

Le médecin avait semblé si catégorique à l'époque. Mais là, débarrassée du brouillard dans lequel la dépression l'avait plongée, elle se demanda s'il avait pu se tromper. Elle n'avait pas pris de deuxième avis médical.

Emily ferma les yeux.

– Je suis vraiment désolée d'en avoir parlé. Je ne savais pas.

– Non, c'est bon. J'ai dû choper un virus. Je ne devrais pas sauter le petit-déj. J'avais l'estomac vide ce matin, et ça a empiré mon état.

Emily pencha la tête sur le côté.

– Tu sais, ma sœur vient de tomber enceinte. Elle dit que si elle ne mange pas avant de se lever du lit, elle a des nausées. Tu crois que tu as un dérèglement hormonal ?

Kaylee pouffa.

– Aucune idée, mais j'irai voir un médecin pour qu'il m'examine. Promis.

Emily sourit.

– Fais-moi savoir si tu as besoin que je te remplace. Après avoir travaillé quatre-vingts heures par semaine avant les Masters de Tahoe, j'ai soudain l'impression d'avoir plein de temps libre.

– Merci. Je te dirai. Je suis encore nouvelle dans la région, et je n'ai même pas de médecin.

Emily sortit son téléphone.

– Je t'envoie les coordonnées de mon médecin et de la gynéco de ma sœur. Si c'est les hormones, tu auras besoin d'une spécialiste.

Kaylee la remercia et appela plus tard dans la journée pour prendre rendez-vous. Le cabinet médical local était surchargé, mais le Club Tahoe bénéficiait d'un accès privilégié au centre de soins d'urgence. Elle y passerait avant de rentrer chez elle pour s'assurer que son virus n'était pas contagieux. Si toutefois c'était viral.

––––––

Au sortir du centre de soins, Kaylee prit la route en secouant la tête.

– Ils se trompent. Il doit y avoir une erreur.

Son téléphone sonna sur le siège passager et elle sursauta. Elle s'arrêta au feu rouge et jeta un œil sur l'écran.

Wes. Évidemment, il appelait quand elle était en panique.

Le téléphone sonna de nouveau, et elle se gara.

— Allô ?

— Qu'est-ce que tu portes ?

— C'est ta façon de dire bonjour ?

— Tu as dit que tu ne voulais que mon corps. Je suis le script à la lettre.

Elle rit. Malgré le moment *c'est quoi ce bordel* qu'elle traversait, ce mec arrivait toujours à la faire rire.

— J'ai dit que je ne voulais rien de sérieux.

— Exactement. Que du sexe, tout le temps.

— Notre non-relation te fait sacrément enfler les chevilles. On va devoir dégonfler un peu ton ego.

— Est-ce ma faute si j'assure ?

Assurer ? Mon Dieu, la nuit où ils avaient fait l'amour sur le terrain de golf, il avait plaisanté l'avoir mise enceinte en simulant un orgasme explosif. Il ne pouvait pas avoir raison. Pourtant, d'après le médecin qu'elle venait de voir, Wes avait raison.

Kaylee était enceinte.

Elle avala sa salive.

— Tu m'appelais pour une raison particulière ou pour m'embêter pendant que je conduis ?

— Tu conduis ? Tu ne devrais pas répondre au téléphone quand tu es sur la route.

— J'étais sur la route. Là, je suis au *bord* de la route et j'attends que tu me dises pourquoi tu as appelé deux fois, ce qui m'a fait craindre un genre d'urgence.

— Je vais faire vite, car je n'aime pas te savoir au bord d'une route sombre. Devine qui a suffisamment cartonné dans les derniers tournois pour se qualifier pour le reste des compétitions de la saison ?

— Wes Cade, la star montante du golf ?

— Pile poil, ma beauté. Tu es prête à parcourir le monde avec moi ?

Son cœur se serra. *Pas encore.*

Elle avait un travail qu'elle aimait au Club Tahoe. De nouveaux amis. Une nouvelle vie. Et maintenant, elle était prétendument enceinte… Elle n'y croyait toujours pas. Et il lui demandait de tout laisser tomber ? Il était excité et ne connaissait pas tous les faits, mais rien n'avait changé.

La dernière fois que Kaylee avait donné la priorité à Wes, sa vie avait explosé. Elle ne pouvait pas se mettre à nouveau en danger.

— Tout d'abord, félicitations ! Tu es un sportif incroyable, et tu as travaillé dur pour arriver à ce niveau. Mais je dois te parler de plusieurs choses quand on se verra. Tu rentres quand ?

— Dimanche, dès que le tournoi est terminé. Mais sérieusement, Kaylee. On plaisante sur la frivolité de notre relation, mais tu n'es pas un plan cul pour moi et je ne pense pas l'être non plus. Je veux autre chose, soupira-t-il. La dernière chose que je désire, c'est te forcer à quitter ton job comme l'a fait ce connard auquel tu étais fiancée, mais ce championnat de golf est la chance de ma vie et je veux que tu sois avec moi. Réfléchis juste à la possibilité de faire le voyage, d'accord ?

Changer de vie pour lui ? C'est la raison même pour laquelle elle ne voulait pas d'une histoire sérieuse avec Wes. Parce qu'elle serait tentée de faire tout et n'importe quoi pour être avec cet homme — depuis toujours. Elle avait fait en sorte que leur relation soit légère, mais elle ne pouvait pas se mentir à elle-même et prétendre qu'elle ne l'aimait pas. Kaylee avait toujours aimé Wes. Trop. C'était le problème. Elle avait tendance à se sacrifier pour lui.

— Une voiture de police se gare derrière moi.

Un mensonge. Elle avait besoin d'une excuse pour ne pas répondre à la question.

– Je te laisse. On se parle plus tard ?

– Bien sûr.

Mais elle perçut une hésitation dans sa voix. Il la connaissait trop bien.

Qu'allait-elle faire ?

Chapitre Vingt-Huit

Grâce à son réseau relationnel à Tahoe, Emily obtint un rendez-vous avec la gynécologue de sa sœur le lendemain. Kaylee n'avait pas dit à Emily pourquoi elle devait consulter un spécialiste, seulement que le médecin du centre de soins avait insisté pour qu'elle le fasse.

La grossesse était une chose sérieuse. Surtout pour une femme à qui on avait dit qu'elle ne pouvait pas tomber enceinte.

Le médecin urgentiste s'était forcément trompé.

– Bon, commença la gynécologue en repliant les mains sur ses genoux. Je vous ai dit que le test de grossesse utilisé au centre de soins d'urgence est très fiable. Eh bien, après l'examen médical et l'échographie rapide, je vous confirme que vous êtes enceinte.

La mâchoire de Kaylee se décrocha.

– J'ai vu le tissu cicatriciel mentionné par votre médecin. À mon avis, il n'aurait pas suffi à empêcher de futures grossesses, et c'est pourquoi vous êtes enceinte. Je suis navrée qu'on vous ait donné un pronostic aussi sombre, qui vous prend au dépourvu aujourd'hui. D'après ce que j'ai pu voir, votre grossesse se déroule très bien. Voulez-vous entendre les battements de cœur du bébé ?

Bébé. *Bébé.*

La gynécologue prit la sonde à ultrasons et la repassa sur le bas-ventre de Kaylee, en appuyant légèrement. Elle tourna un bouton et Kaylee entendit battre en rythme le cœur de son enfant.

Leur enfant, à Wes et elle.

Elle se mit à pleurer.

— Ce n'est pas possible.

Une main chaleureuse se posa sur son épaule.

— C'est bien réel, dit le médecin en se tournant vers l'écran sans cesser de promener la sonde sur le ventre de Kaylee. Vous en êtes à environ dix semaines d'après la taille de l'embryon.

Kaylee se redressa brutalement.

— Dix semaines ?!

La gynéco sourit.

— Dix semaines. Vous allez commencer dès maintenant à prendre des vitamines prénatales. Il y a aussi certaines choses à surveiller pendant la grossesse, des aliments à éviter, par exemple. Il existe de nombreux ouvrages de puériculture pour vous aider à comprendre les change-ments qui se produisent dans votre corps. Avez-vous d'autres questions à me poser ?

— Oui. Que dois-je faire ?

La femme rit.

— Prenez soin de vous. Reposez-vous. Restez hydratée et mangez sainement. Faites vos exercices physiques comme en temps normal. Si vous ne pratiquez pas de sport, essayez de faire une longue promenade au moins une fois par jour.

Elle éloigna la sonde échographique et tendit des mouchoirs à Kaylee pour essuyer le gel sur son ventre.

— L'avez-vous dit au père ?

Kaylee secoua la tête, encore sous le choc.

— Non. Je ne savais même pas que ça pouvait arriver. J'ai des règles irrégulières, et avec le tissu cicatriciel…

— Bien sûr… Je serai heureuse de le rencontrer si vous souhaitez revenir avec lui. Sinon, j'aimerais vous voir dans quatre semaines. Vous pouvez prendre rendez-vous à la réception.

Elle remit à Kaylee des formulaires à remplir et la laissa s'habiller. Kaylee sortit de la salle d'examen et fixa son prochain rendez-vous.

Elle quitta l'immeuble et marcha comme un automate jusqu'à sa voiture, puis s'assit derrière le volant. Et fixa le pare-brise, les yeux dans le vide. Des larmes roulèrent sur ses joues et elle sourit. L'instant d'après, la panique lui étreignit la poitrine et elle pleura pour une raison bien différente.

Elle respira lentement à fond pour se calmer. Le stress n'était pas bon, et elle avait un *bébé* qui poussait dans son ventre.

Qu'allait-elle bien pouvoir dire à Wes ?

Il réalisait enfin son rêve. Un rêve qui non seulement l'éloignait de Kaylee, mais qui l'éloignerait aussi leur enfant — si cette grossesse ne se terminait pas par une fausse couche comme la première.

Bon sang, une *fausse couche.*

Elle chassa cette idée. Elle ne voulait pas y penser pour l'instant. Elle devait se concentrer sur la façon de l'annoncer à Wes. Elle ne voulait pas refaire la même erreur, et le laisser dans l'ignorance. Il méritait de savoir, peu importe sa réaction.

C'était un homme bien. Un homme meilleur qu'à l'époque où elle sortait avec lui. Et dire qu'elle l'aimait alors à un niveau qui dépasse l'entendement. Mais que ce serait-il passé si elle lui avait parlé du bébé et qu'il avait dû renoncer à la compétition ? Et au grand rêve de sa vie ?

———

Kaylee était à l'étage quand Wes l'appela d'en bas. Il avait dû utiliser la clé cachée, le bougre.

– En haut !

Elle glissa hâtivement sous le lit le livre de grossesse recommandé par la gynéco, puis elle coiffa ses cheveux en arrière et croisa les jambes.

Elle l'entendit grimper l'escalier quatre à quatre et longer le couloir jusqu'à la chambre. Il s'arrêta sur le seuil.

Wes était rayonnant, plus heureux qu'elle ne l'avait jamais vu. Il lâcha son sac, traversa la pièce et se jeta sur le lit. Il lui enlaça la taille et se servit de son ventre comme oreiller. Juste au-dessus de leur bébé.

Kaylee refoula les larmes qui la submergèrent soudain. Foutues hormones de grossesse. Elle ne devait pas pleurer. Il était crucial qu'elle ne montre pas trop d'émotion durant la conversation pour ne pas inciter Wes à accepter, par culpabilité, des choses qu'il regretterait ensuite.

Il poussa un gros soupir, et se détendit complètement, devenant plus lourd.

– Tu m'as manqué. Trop content d'être à la maison.

Ah, ils avaient une maison maintenant ? Ensemble ?

Il leva les yeux, il avait l'air épuisé. Le pauvre, il voyageait sans arrêt.

– Comment tu te sens ? Tu te bats contre ce virus depuis deux ou trois semaines maintenant, non ? Tu as consulté quelqu'un ?

Elle hocha la tête.

– Et ?

– Je suis en bonne santé.

Pourquoi ne pas lui dire simplement maintenant ? Elle laissait ses craintes prendre le dessus.

— Tant mieux. Alors, tu as réfléchi à ce que je t'ai dit au téléphone ? demanda-t-il d'une voix enjouée. Venir en voyage avec moi ? Levi va me botter le cul si je t'emmène loin du club, mais peu importe. Il peut se débrouiller sans toi.

Elle le regarda tristement.

— Je ne peux pas partir avec toi, Wes.

Il se redressa.

— Ne *peux* pas ? Pourquoi.

— Ma vie est ici. J'aime vraiment mon travail et je ne veux pas le laisser tomber.

Il hocha lentement la tête comme s'il réfléchissait.

— Je comprends. Ce qui ne veut pas dire, ajouta-t-il avec un sourire diabolique, que je n'utiliserai pas des arguments plus persuasifs pour te faire changer d'avis.

Kaylee tenta en vain de sourire.

L'inquiétude remplaça l'enthousiasme de Wes.

— Qu'est-ce qu'il y a ? Tu n'as pas l'air dans ton assiette.

Elle regarda les grands pins par la fenêtre.

— Wes, et si je te disais que j'ai découvert que les médecins se sont trompés ? Sur le fait que je ne puisse pas tomber enceinte.

— Je trouverais ça formidable. Et je te dirais de prendre la pilule, rapido, s'esclaffa-t-il.

Elle plissa les yeux et ses pensées prirent soudain une autre direction.

— Quid des capotes ?

Il la regarda d'un air innocent.

— Tu m'as perverti. Je veux être en toi sans obstacle entre nous, maintenant.

— Tu es sérieux ou tu plaisantes ?

– C'est bon, je mettrai une capote, grommela-t-il. Mais si c'est du pareil au même pour toi, je préfère de loin que tu prennes la pilule.

Elle le regarda dans les yeux.

– Je ne vais pas prendre la pilule… parce que je suis déjà enceinte.

Son sourire disparut.

– Répète ?

Elle tordit la bouche et se tapota le menton.

– Tu sais, il est très possible que tu m'aies mise en cloque le premier soir, sur le terrain de golf. C'est entièrement ta faute, si tu réfléchis bien. Tu t'es vanté de m'avoir engrossée ce soir-là. C'est à cause de ton impudence et de ta virilité qu'on se retrouve dans cette situation.

Il sauta du lit.

– Putain de merde !

Son regard était si intense qu'elle crut qu'il allait avoir une crise cardiaque.

– Assieds-toi avant de te faire mal.

Mais il n'en fit rien. Il se mit à arpenter la chambre, jetant de temps à autre un coup d'œil sur son ventre.

– Impossible.

– Pourtant, c'est là.

– Comment ?

Elle lui lança un regard noir.

– À ton avis ?

– Mais tu as dit…

– J'avais tort. Le médecin qui m'a dit que je ne pouvais pas tomber enceinte s'est trompé.

– Mais tu as… tu sais, soupira-t-il. Je n'aime vraiment pas t'imaginer avec quelqu'un d'autre, et ça me fait mal de parler de ça, mais tu as été avec d'autres.

– Je n'ai été avec qu'un seul *autre* depuis toi. Et il était stérile.

Elle le regarda d'un air entendu.

– Putain. De. Merde.

Il se remit à marcher de long en large, se passant les doigts dans les cheveux. Il s'arrêta pour fixer son ventre, puis secoua la tête et se remit en marche en marmonnant des paroles incohérentes.

– Wes, dit-elle, mais il ne l'entendait pas. Wes, tu commences à m'inquiéter.

Il s'arrêta au bord du lit, les yeux écarquillés, et avala sa salive.

– Je peux te laisser un petit moment ? Tu as besoin de quelque chose ?

Elle secoua lentement la tête. Ses craintes qu'il prenne mal la nouvelle semblaient se confirmer.

– J'ai besoin de voir mes frères. Mais je reviens.

Il jeta un autre coup d'œil à son ventre, et sortit de la chambre, les clés dans la main. Elle entendit la porte d'entrée s'ouvrir et se fermer quelques secondes plus tard.

Était-ce ainsi que cela allait se passer ? Wes le zombie ? Elle pouvait gérer Wes le zombie, parce qu'elle était effrayée aussi. Ce n'est pas ce qui l'inquiétait.

Elle avait peur de détruire ses rêves alors qu'ils étaient enfin à portée de main. Et qu'il lui reproche de l'avoir fait.

Chapitre Vingt-Neuf

Wes s'assit au bar du restaurant-grill du Club Tahoe.

— J'ai besoin de te parler, dit-il à Bran qui replaçait une bouteille sur l'étagère en verre derrière le bar.

— Qu'est-ce qu'il y a ?

L'endroit était désert entre les services du midi et du soir, mais ça ne durerait pas longtemps. Bientôt, les clients afflueraient pour s'offrir un dîner gastronomique dans l'un des meilleurs restaurants de la ville.

— C'est personnel, dit Wes.

Bran posa la bouteille, s'essuya les mains sur un torchon et fit le tour du bar. Il s'assit à côté de Wes.

— Tu vas bien ?

Wes secoua la tête et inspira à fond. Il avait cru Kaylee quand elle lui avait dit qu'elle ne pouvait pas tomber enceinte — il s'en était voulu, se sentant responsable. Et aujourd'hui, quand tout était enfin à portée de main, elle lui balançait ça ?

— Kaylee vient de me dire qu'elle est enceinte.

Les yeux de Bran s'arrondirent. Il passa les doigts dans

ses cheveux châtain clair et regarda autour de lui comme s'il était aussi secoué que Wes.

Ce n'était pas ce dont Wes avait besoin. Mince, il avait besoin que son frère raisonne — parce que lui-même était à deux doigts de perdre la tête.

Bran était le penseur, le seul Cade qui mesurait les conséquences de ses actes avant d'agir. Il n'aurait pas fait l'amour à une femme sur le terrain de golf sans se protéger. Merde, Bran était un moine ces temps-ci ; il n'aurait pas fait l'amour, point.

— Tu n'es pas la première personne à qui il arrive une grossesse non désirée, finit par dire Bran. Je suppose que ce n'était pas voulu ?

Bran était le seul à qui il avait parlé de la fausse couche de Kaylee.

— C'est un accident.

— Si je pouvais remonter dans le temps, je sais ce que j'aurais fait si la fille avec qui je sortais au lycée m'avait laissé le choix. Et toi, que veux-tu faire ?

Wes lui lança un regard outré.

— Je veux garder l'enfant. Et je veux aider Kaylee, sans aucune hésitation. Mais il y a autre chose, dit-il en se grattant le front. Je viens d'apprendre que je suis qualifié pour jouer les tournois de golf pro jusqu'à la fin de la saison. Le rêve de ma vie se réalise enfin. Mais si je saisis cette chance, je serai parti presque tout le temps.

Bran secoua la tête.

— Ton timing laisse à désirer.

Wes rit jaune.

— M'en parle pas. Le problème, c'est que je veux tout. Kaylee, le bébé… je prends même du plaisir à diriger le golf maintenant. J'aime donner des cours aux enfants et former les futures stars du green.

— Mais renoncer à ton rêve, vieux… c'est dur.

Wes le fusilla.

– C'est tout ce que tu trouves à dire ? Je croyais que tu étais barman pour écouter les problèmes de tout le monde et filer des conseils ?

– C'est du passé.

Bran se leva, repassa derrière le bar, et prit un verre propre.

– Maintenant, je gère quatre restaurants et je préfère m'arracher les yeux qu'écouter les problèmes des autres — sauf de mes frères. J'ai déjà assez de merdes avec les employés qui apportent leurs problèmes au travail.

Il remplit le verre d'un liquide ambré et le fit glisser sur le bar.

– Un remontant, mon frère, c'est tout ce que je peux offrir. Et sans vouloir en rajouter une couche, tu as un autre problème. Levi est sur les nerfs à cause de tes absences répétées. Si tu choisis la compétition, tu devras trouver quelqu'un pour diriger le golf à ta place. Et ce n'est pas ce que papa aurait voulu. Inutile de te le rappeler.

Aucun d'eux, à l'exception d'Adam, n'était proche de leur père. Mais depuis sa mort, les frères Cade assuraient sérieusement et de façon responsable la direction du complexe hôtelier, selon la volonté de leur père. Une sorte d'hommage à leur vieux.

Wes descendit le shot et poussa le verre sur le comptoir.

– Crois-moi, je n'ai pas oublié.

Bran l'observa en lui versant un autre shot.

– Kaylee est une fille bien. Tu es différent avec elle. Moins tendu. Elle te rend heureux ?

Wes opina, mais il n'était pas prêt à confier ses sentiments envers Kaylee à son frère alors qu'il ne l'avait pas fait avec elle. Il ne voulait pas la blesser, mais cette grossesse ? Elle aurait pu le gifler, il n'aurait pas été plus sonné.

Wes siffla le deuxième shot.

– Ressers-moi. Je vais en avoir besoin pour régler ce problème.

———

Le départ de Wes immédiatement après l'annonce de la grossesse ne bouleversa pas Kaylee. Honnêtement, elle avait eu besoin de ces deux derniers jours pour se faire à l'idée, et elle était encore sous le choc. Mais il faisait nuit et Wes n'était pas revenu. Et il n'avait pas appelé ni envoyé de message.

Une bouffée de chaleur l'étouffa. Elle en avait assez de faire passer les besoins des autres avant les siens.

À l'université, Kaylee avait toujours eu le sentiment d'être à la traîne dans la course à la gloire de Wes. Même si elle croyait en son amour, cela n'avait pas suffi. Elle voulait être une priorité. Puis, quand elle était au plus bas, elle avait rencontré Eddy et il l'avait fait passer en premier. Pendant un temps. Jusqu'à ce que tout cela ne soit plus qu'un mensonge. Eddy n'aimait que lui-même. Et voilà qu'elle se retrouvait de nouveau avec Wes et enceinte, ce qu'elle n'aurait jamais cru possible.

Kaylee n'en voulait pas à Wes d'être parti et de ne pas revenir. C'était pire : *Elle. Était. Furax.*

Elle lui avait dit qu'elle était enceinte de leur enfant, et il avait couru se réfugier dans les bras de ses frères ? L'enfoiré !

Il recommençait. Il faisait passer ses besoins avant les siens. Cela avait commencé avec l'enchaînement des tournois de golf, mais elle ne pouvait pas lui en vouloir de réaliser enfin son rêve. Seulement maintenant, elle était enceinte et elle avait besoin de lui. Besoin d'en parler avec lui, au minimum, et de sentir qu'elle n'était pas seule comme il y a quatre ans.

Elle n'apprendrait donc jamais ? Elle était belle et bien seule.

Wes n'avait pas changé. Et elle ne pouvait même pas le lui reprocher. Elle était fautive d'avoir repris ses anciennes habitudes en acceptant ses absences sans rien dire, en le laissant débarquer quand ça le chantait. Pour ne pas aboutir à cette conclusion, elle se disait qu'ils n'étaient pas en couple. Mais c'était faux. Kaylee ne voyait personne d'autre, et Wes non plus.

La seule chose qu'elle ne comprenait pas, c'était pourquoi il était sorti à nouveau avec elle. Elle avait beau lui répéter qu'elle ne voulait rien de sérieux, il opinait et continuait de la courtiser. Mais il n'avait jamais dit qu'il l'aimait. Il n'avait jamais parlé d'avenir, sinon d'un avenir où elle le suivrait sur les tournois dans tout le pays. Et là, elle lui avait imposé un avenir et il s'était enfui.

Kaylee s'enfonça dans le canapé et enfouit sa tête dans ses mains. *Merde.*

Elle n'était même pas sûre de pouvoir mener cette grossesse à terme. Elle avait perdu son premier bébé à peu près au même moment — et cela avait tout foutu en l'air.

Kaylee se leva et alla dans la cuisine. Elle remplit le lave-vaisselle rageusement. Qu'il soit maudit ! Et qu'y avait-il dans son sperme ? Comment pouvait-il la mettre enceinte lors de leur premier rapport sexuel depuis quatre ans ? Elle ne savait pas si cela s'était produit sur le terrain de golf, mais la date coïncidait avec le stade de sa grossesse. Elle ferma le lave-vaisselle et croisa les bras — juste au moment où Wes entra dans la maison.

Ses épaules larges heurtèrent le montant de la porte. Il faillit perdre l'équilibre en voulant refermer la porte. Elle jeta un œil par la fenêtre et vit un taxi s'éloigner.

Kaylee plissa les yeux. Même ivre, Wes était beau. Avec son côté décontracté, décoiffé, négligé et gamin.

– Je te dis que je suis enceinte et tu me plantes pour aller te prendre une cuite ?

Il lâcha son portefeuille sur la table, traversa la pièce et s'affala dans le canapé, sur le dos, un bras replié sur les yeux.

– Pas maintenant. On en parle demain ?

Elle se précipita vers lui et le dévisagea.

– Est-ce que tu veux ce bébé au moins ?

Il écarta le bras, dévoilant un œil d'acier.

– Tu ne fais pas de mal à notre bébé.

Elle leva les bras.

– Bien sûr que non. Bon sang, Wes. Ce bébé pourrait être la meilleure chose qui me soit jamais arrivée. Et je pensais que tu pourrais au moins être positif à ce sujet.

Il se couvrit les yeux à nouveau.

– Je le suis.

– Ouais. On ne dirait pas.

Elle alla verrouiller la porte et retourna vers lui. Il ronflait, cet imbécile !

– Wes !

Elle s'approcha et lui poussa les jambes du bout de son pied nu.

Il bougea et sembla tenter de s'asseoir, mais en fait, il se tourna sur le flanc.

– Qu'est-ce qui ne va pas ? bredouilla-t-il.

Tout. Absolument tout.

Elle se dirigea vers l'escalier.

– N'essaie même pas de venir dans mon lit cette nuit ou ton cul d'ivrogne se retrouvera par terre.

Voilà. Elle lui avait dit.

Enfin pas vraiment. Parce que Wes était sorti et s'était saoulé, mais pas pour fêter l'événement. C'était plus une cuite du style : « putain de merde, mon plan cul est en cloque, je fais quoi maintenant. »

Les larmes lui piquèrent les yeux tandis qu'elle montait l'escalier. Elle serait mieux sans lui. Une douleur lui transperça la poitrine et elle y porta la main. Wes n'était pas bénéfique pour elle ni pour le bébé. Et il était hors de question de perdre *celui-ci*.

Kaylee s'arrêta en haut des marches et posa les paumes sur son ventre.

– C'est toi et moi d'abord, cette fois.

Chapitre Trente

Wes repartit dès le lendemain en compétition. Le tournoi ne commençait que deux jours plus tard, mais il avait besoin de temps pour réfléchir à ce qu'il allait faire. Parce que Kaylee venait de chambouler sa vie.

Juste au moment où sa vie frisait la perfection… Il avait retrouvé Kaylee et jouait au golf dans la cour des grands. D'accord, c'était un minus parmi les grands, vu qu'il ne gagnait pas de tournois, mais merde, c'était quand même génial.

D'une main tremblante, il versa des antalgiques dans sa paume et les avala avec un verre d'eau. Sa putain de tête lui faisait mal comme s'il s'était fracassé le crâne sur le trottoir. Qu'est-ce qu'il y avait dans ce whisky hier soir ?

Il avait cessé de compter après le cinquième verre. Le problème venait sans doute de là.

Il avait joué comme une merde à l'entraînement aujourd'hui et l'avait imputé à l'alcool qui s'évaporait encore par ses pores. Mais en réalité, la vraie raison pouvait être tout un tas de choses, à commencer par une jolie brune.

Il avait des problèmes. Ce n'est pas parce qu'il jouait les tournois pros que sa vie virait au conte de fées. Dans un coin de son esprit, il se demandait toujours comment garder Kaylee en étant constamment en voyage. Ce n'était pas une vie qui rendrait heureuses la plupart des femmes, et il avait déjà fait vivre un enfer à Kaylee dans le passé en raison de ses ambitions sportives. Et maintenant, il y avait un bébé à prendre en considération.

Bon sang.

Le tournoi se déroula plus ou moins comme son entraînement. Il joua comme un manche et ne réussit pas à se qualifier. Normal, il n'avait pas la tête au jeu. Et au golf, quand la tête n'était pas dans le jeu, vous étiez foutu.

Wes reprit un vol pour le lac Tahoe et se gara dans l'allée du chalet des parents de Kaylee en n'étant pas plus avancé dans ses réflexions qu'à son départ, et bien plus épuisé. Il balança son sac sur l'épaule et monta lentement les marches du perron. Il voulut ouvrir la porte, mais elle était verrouillée.

En soupirant, Wes se pencha et fouilla dans la cachette, mais la clé n'y était pas.

Bordel de merde. Il frappa trois coups.

– Kaylee, ouvre.

Appuyant sa carcasse fourbue contre la porte, il y colla l'oreille et guetta les bruits. Elle devait être là ; sa voiture était garée dans l'allée.

Finalement, il entendit des pas approcher et s'écarta de la porte, soulagé d'être à la maison et de voir sa chérie.

Maison. Kaylee était sa maison.

Elle lui ouvrit, mais sans sourire comme d'habitude lorsqu'il revenait d'un tournoi.

La peur étreignit la poitrine de Wes. Instinctivement, il posa le regard sur son ventre, même s'il était incapable à l'œil nu de détecter le moindre changement.

– Le bébé va bien ?

Elle appuya son épaule contre le montant de la porte. Ce qui était bizarre. Elle ne s'écartait pas pour le laisser entrer, or tout ce qu'il voulait, c'était la prendre dans ses bras, peut-être s'effondrer sur le canapé et poser la main sur son ventre. *Hum*, il n'y avait jamais pensé, mais ça devait être agréable.

– Ce n'est pas une bonne idée que tu rentres, dit-elle.

Pendant une seconde, le cerveau de Wes fut aspiré dans un trou noir. Pourquoi il ne pourrait pas rentrer ? Ils allaient avoir un bébé. Il n'avait pas eu l'occasion de lui demander verbalement d'être sa compagne, mais pour lui, c'était tacite. Il ne voyait personne d'autre et elle non plus.

À moins qu'elle ne voie quelqu'un.

La jalousie lui étreignit la poitrine et son visage s'échauffa.

– Pourquoi ? s'insurgea-t-il d'un ton plus dur que voulu.

Kaylee déglutit et garda son aplomb.

– Si le bébé survit…

Sa voix dérailla et elle cligna des yeux plusieurs fois.

– Je ne t'empêcherai jamais de le voir. Je veux que tu fasses partie de sa vie.

De quoi parlait-elle ? Ça ressemblait à un largage.

Putain, hors de question.

Pas une nouvelle fois.

– Kaylee, je ferai partie de la vie du bébé. Je serai son père. Ce que tu veux.

Elle respira à fond et un petit sourire se dessina sur ses lèvres, mais ça ne suffisait pas. La tristesse voilait son regard.

– Heureuse de l'entendre.

En avait-elle douté ?

– Laisse-moi entrer qu'on puisse parler.

Elle secoua la tête.

— C'est mieux comme ça. Ce qu'on a fait, dit-elle en faisant un geste entre eux, n'était pas censé durer. Je tiens beaucoup à toi, Wes, mais il est temps de mettre fin à notre liaison et limiter les dégâts.

Il sentit sa mâchoire se crisper. Pendant une fraction de seconde, il avait cru qu'elle l'avait trompé en son absence, mais c'était une réaction instinctive. Ce comportement n'était pas le genre de Kaylee. Mais ça n'avait plus d'importance si elle persistait à vouloir se débarrasser de lui.

— Non, déclara-t-il.

Elle croisa les bras.

— Tu n'as pas le choix. Je t'ai dit que notre histoire n'était pas sérieuse. Rien n'a changé…

— Tout a changé.

— … et je ne veux pas qu'on soit coincés dans une vie de couple parce que je suis tombée enceinte. Ce n'est pas juste, pour aucun d'entre nous. Et ce n'est surtout pas bien pour le bébé. Il mérite des parents qui s'aiment.

Il était à deux doigts de lui dire qu'il l'aimait. Qu'il n'avait été que l'ombre de lui-même ces dernières années parce qu'il l'aimait tellement que la perdre lui avait bousillé la cervelle. Mais il ne dit rien.

Il était indéniable qu'ils étaient attirés l'un par l'autre. Les draps s'enflammaient quand ils étaient ensemble, mais il ne savait pas si elle l'aimait. Et son orgueil lui intima l'ordre de se taire pour éviter une douloureuse déconvenue.

— Wes, on est revenus à la case départ. Le golf est ta priorité et je suis… Mince, je suis quoi pour toi ? En troisième position ? Quatrième ? Et quelle place aurait le bébé dans ta vie ?

— Je te l'ai déjà dit. Tu es tout pour moi.

C'était ce qui s'approchait le plus de la nature réelle de ses sentiments pour elle.

– Mais c'est faux, tu ne le vois pas ? Et je ne le serai jamais. Je ne veux pas te priver d'une carrière de golfeur. Tu es monté si haut, et je tiens assez à toi pour désirer ta réussite sportive. Je te promets que je ne t'empêcherai jamais de voir le petit, si tu veux faire partie de sa vie.

– La petite.

– La ?

– On va avoir une fille.

Elle le regarda d'un air perplexe.

– Tu n'en sais rien.

Il haussa les épaules.

– Simple intuition. De toute façon, il est hors de question que je ne fasse pas partie de la vie de notre fille. Ou de la tienne.

Il se pencha jusqu'à ce que leurs visages se touchent presque.

– Tu es à moi, Kaylee.

―――――

KAYLEE N'IMAGINAIT PAS AIMER quelqu'un d'autre comme elle aimait Wes, donc d'une certaine manière, il avait raison. Elle était à lui. Et si tout se passait bien, elle allait donner naissance à son enfant. Mais elle avait résolu de faire passer ses besoins en premier et de ne plus s'asseoir dessus pour laisser Wes vivre selon ses propres désirs. Le championnat de golf était *son* rêve, pas celui de Kaylee. Et si elle le laissait faire, il écraserait comme un rouleau compresseur ce qu'elle avait de plus cher : des amis, une famille, un travail où elle changeait la donne. Le Club Tahoe lui avait redonné ce qu'elle avait perdu. Elle n'allait pas tout abandonner pour le bon plaisir de Wes.

Et c'est là qu'elle comprit que ça ne marcherait jamais

entre eux. Wes et elle n'allaient pas dans la même direction, et il s'attendait à ce qu'elle fasse tous les sacrifices.

– Kaylee, je suis mort de fatigue. Je suis désolé de m'être saoulé après avoir appris ta grossesse, mais ne prends aucune décision avant qu'on ait eu le temps d'en discuter. Et ne crois pas que je n'ai pas vu que tu as enlevé la clé de sa cachette. Elle s'y trouvait depuis plus de dix ans. Je m'en vais si c'est vraiment ce que tu veux, ajouta-t-il d'une voix sombre. Pour la nuit. Mais je reviendrai.

Il tourna les talons et remonta en voiture avant qu'elle puisse lui dire de rester. Au fond d'elle, elle désirait que Wes fasse partie de sa vie… mais elle devait étouffer ce désir. Parce que cette route était pavée de chagrin.

Elle ravala ses larmes. Sa gorge était tarie du flot de larmes versé cette semaine. Wes pensait qu'ils devaient parler encore, mais la discussion était close. Elle avait arrêté sa décision.

Rompre était la meilleure solution. La seule. Restait à vivre avec ce choix.

Chapitre Trente-Et-Un

Kaylee ne voulait pas le voir, et ça le rendait fou. Il était passé à maintes reprises chez elle pour lui parler, mais elle lui avait dit chaque fois la même chose : c'était fini entre eux et elle ne l'empêcherait pas de voir leur enfant. Non qu'il en ait douté un jour. Kaylee n'était pas méchante. Elle était aimante et privilégiait toujours le bonheur des enfants.

Putain, elle avait privilégié son bonheur aussi. Et il avait été un connard. Il n'était pas sûr de la façon dont il avait merdé cette fois, mais le résultat était là.

Ce qui rendait cette situation si frustrante. Parce que son bonheur était d'être avec elle.

Levi, Emily et Bran étaient assis en face de Wes au Fireside Lounge, le transperçant de leurs regards brûlants.

– Tu as merdé, dit Levi.

Emily secoua lentement la tête.

– Si elle part, Wes, je te jure… tu n'as pas idée de l'enfer que je vais mettre dans ta vie.

Levi lança un regard appuyé vers Emily, puis revint sur Wes, comme pour le mettre en garde.

– Mec, dit Bran, répare ta connerie. Quoi que tu aies fait, arrange les choses, c'est tout. Crois-en mon expérience, tu n'as pas envie de perdre cette chance.

Ses paroles étaient lourdes de sens, ce qui aurait pu échapper à Levi, mais pas à Emily. Elle le fixa d'un air interrogateur.

– Que veux-tu dire par *crois-en mon expérience* ?

Bran plongea le nez dans sa bière.

– Rien.

– Je ne veux pas la perdre, dit Wes volant au secours de Bran.

Bran ne voulait manifestement pas que les autres sachent qu'il avait mis une fille enceinte au lycée. Pour une raison mystérieuse, Wes était, semble-t-il, le seul à qui il l'avait confié.

– J'essaie d'arranger les choses, mais elle est bornée. Elle dit que ça ne marchera jamais. Que c'est comme avant. Mais ce n'est pas le cas. J'étais un connard avant, je ne pensais qu'à ma gueule. J'étais tellement obnubilé par mon objectif que je ne voyais pas ce qui se passait autour de moi.

Levi haussa un sourcil.

– Tu es sûr que tu ne lui refais pas le même coup ?

Vraiment ? Le championnat n'était pas sa priorité, mais ses actions laissaient croire le contraire. Et il avait mal réagi à l'annonce de sa grossesse. Pour sa défense, quel homme réagirait bien dans ces circonstances ?

Mais Levi avait peut-être raison. Wes ne montrait pas toutes ses cartes à Kaylee alors qu'elle avait autant à perdre que lui. S'il voulait avoir une nouvelle chance, il devait s'ouvrir à elle.

Wes n'avait pas tout à fait dit à Kaylee ce qu'il ressentait pour elle. Qu'il voulait être avec elle. Qu'il l'aimait… Bon sang, il les imaginait bien passer leur vie ensemble. Ce qui était sacrément flippant en y pensant, mais moins effrayant que de la perdre encore. Il ignorait comment on pouvait trouver son âme sœur à vingt ans, mais ça lui était arrivé.

Restait à en convaincre Kaylee.

Chapitre Trente-Deux

Ces dernières semaines, Kaylee sentait que Wes mettait un point d'honneur à être présent dans sa vie. Oh, il continuait de voyager, mais l'intervalle de temps entre deux tournois s'allongeait de plus en plus. Il semblait attendre jusqu'à la dernière seconde pour partir en compétition.

Cela ne changeait rien. Elle tournait la page.

D'accord, elle ne tournait pas vraiment la page. Il lui manquait. Mais elle devait aussi penser au bébé. Kaylee était maintenant enceinte de quatorze semaines et avait passé le premier trimestre. Elle ne serait pas tranquille tant que le bébé ne serait pas né et en bonne santé, mais elle était soulagée d'avoir dépassé le stade où elle avait perdu leur premier enfant.

Elle avait informé ses parents de la grossesse et sa mère était aux anges. Elle avait hâte d'être grand-mère. Son père, toutefois, était furieux et voulait faire du mal à Wes. Kaylee n'était pas mariée et son père en voulait encore à Wes de l'avoir mise enceinte la *dernière* fois. Elle ne pouvait pas lui reprocher sa logique. Il était normal que son père n'ait pas pardonné à son ex-petit ami/père du bébé.

Maintenant que le choc de la grossesse s'était dissipé, Kaylee était ravie d'avoir ce bébé, bonheur dont elle croyait être privée. Et la présence de Wes l'aidait à ne pas se sentir seule. D'ailleurs, il était à côté d'elle dans la salle d'attente pour son rendez-vous chez la gynécologue. Il avait insisté pour venir et elle ne voyait aucune raison de lui refuser.

Wes regarda l'heure.

— Ils sont en retard.

Kaylee posa la main sur son petit ventre. Ça commençait à se voir un peu. Bye-bye les pantalons serrés. Elle pouvait s'en tirer en passant un élastique dans la boutonnière du haut et en l'accrochant au bouton pour gagner quelques centimètres, mais elle allait bientôt devoir acheter des vêtements de grossesse.

— Ouaip, confirma-t-elle en feuilletant un magazine de mode.

Dix minutes plus tard, il regarda de nouveau sa montre.

— Pourquoi ils ne nous appellent pas ?

Elle se tourna vers lui et il broncha. Elle lui lançait sans doute son regard qui tue.

— Tu veux être là ou pas ?

— Oui, je veux être là. Mais c'est impoli de nous faire attendre… non ?

— Les bébés n'arrivent pas quand on leur dit de sortir. Et ma gynécologue-obstétricienne est très occupée. L'attente est souvent longue.

Wes la fixa. Elle voyait qu'il hésitait à la contrarier. Il se frotta la joue.

— Du moment que tu es contente de ton médecin.

Homme avisé.

Elle sourit et se renfonça dans son siège.

– C'est le cas.

———

QUAND L'INFIRMIÈRE APPELA KAYLEE, Wes avait la tête renversée en arrière et piquait un roupillon. Le médecin avait quarante-cinq minutes de retard, mais cela ne contrariait pas Kaylee, donc Wes restait calme. Et c'est là qu'il l'avait réalisé : si Kaylee était heureuse, il était heureux. Donc il s'était endormi.

Mais il était réveillé maintenant. En raison des antécédents de Kaylee, le médecin lui avait proposé une autre échographie pour la rassurer sur la bonne santé du bébé. Wes allait voir son enfant pour la première fois, et ça lui filait des frissons.

Son enfant. Avec Kaylee. Il était excité et terrifié. Et si quelque chose n'allait pas chez le bébé ? Et si Kaylee souffrait encore comme lors de la fausse couche ?

À quoi pensait-il ? Bien sûr, qu'elle allait souffrir ; l'accouchement était une horreur. Voilà pourquoi il vivait dans une perpétuelle anxiété.

Ils traversèrent la salle pour se rendre dans une autre pièce, où ils attendirent quinze minutes de plus – mais qui les comptait ? Puis la gynécologue arriva.

– Comment va tout le monde ? demanda-t-elle en fermant la porte.

Wes se présenta et elle lui serra la main.

– Je me sens mieux, dit Kaylee une fois les présentations faites. Plus de nausées matinales.

– C'est en général le moment où elles disparaissent. Vous prenez des prénatales ?

Kaylee lui énonça les vitamines qu'elle prenait, et la gynéco sembla satisfaite.

– On va commencer par les mesures, puis on fera l'échographie.

Kaylee s'allongea sur la table d'examen et le médecin sortit un mètre ruban. Elle mesura son ventre en partant de l'os du pubis jusqu'à un point situé au-dessus du nombril.

– Votre utérus a la taille qu'il doit avoir à quatorze semaines de grossesse. Regardons le bébé maintenant, d'accord ?

Elle aspergea le ventre de Kaylee d'un gel gluant, puis elle utilisa une sonde. Des images apparurent sur l'écran, des formes floues illisibles pour Wes. La panique le gagna et il se mit à transpirer. Il y avait un problème avec le bébé ?

Puis la gynécologue appuya sur un bouton et le bruit de battements de cœur rapides emplit la pièce.

Les yeux de Kaylee s'embuèrent et elle lui prit la main. C'était la première fois qu'elle le laissait la toucher depuis des semaines, et il ne se fit pas prier.

– C'est notre bébé.

Wes respira lentement à fond. Il n'était pas question de craquer dans le cabinet du médecin en entendant battre le cœur de son enfant. Il pouvait compter sur les doigts de la main le nombre de fois où il avait frôlé les larmes depuis l'enfance, et presque toutes remontaient au retour de Kaylee en ville. Devenir une guimauve était supportable si cela signifiait être avec elle.

– C'est vraiment le battement de cœur de notre fille et pas celui de Kaylee ?

La gynécologue sourit.

– Le rythme cardiaque de l'enfant est beaucoup plus rapide que celui de la mère. C'est bien votre bébé. Quant à dire que c'est une *fille* ? Ça pourrait être un garçon. Il est trop tôt pour le dire.

Kaylee s'essuya le coin de l'œil et sourit.

– Wes est certain que c'est une fille.

Le médecin promena la sonde sur le ventre de Kaylee.

– Le bébé est dans une bonne position. Je peux essayer de voir le sexe, mais à ce stade, je peux me tromper. Voulez-vous que je regarde ?

– Oui, lança Wes, puis il se tourna vers Kaylee. Enfin, seulement si tu es d'accord.

Elle acquiesça de la tête.

– Bien, dit la gynécologue après avoir déplacé la sonde à plusieurs endroits. Je ne vois aucun des attributs d'un petit garçon. Il semble que Wes ait peut-être raison, mais on ne le saura pas avec certitude avant la dix-huitième ou vingtième semaine.

La cage thoracique de Wes se dilata au point qu'il crut que sa poitrine allait exploser. Il allait avoir une fille. Peu importe les réserves de la gynéco, c'était pour lui une certitude. Une petite fille avec la femme qu'il aimait…

Wes arrangerait les choses avec Kaylee, à n'importe quel prix. Il devait lui prouver qu'il allait prendre soin d'elle et de leur enfant et les rendre heureuses.

Chapitre Trente-Trois

Wes avait écouté le battement de cœur de son enfant, puis il était parti disputer le prochain tournoi. Presque à regret.

Ces derniers temps, Wes avait tendance à coller Kaylee, au grand étonnement et agacement de cette dernière. Mais bon sang, il avait tellement envie de faire partie de la vie de Kaylee et de leur futur enfant.

Il trouvait toujours une excuse pour passer au Club Kids et apporter à déjeuner à Kaylee les jours où il était en ville, ce qui ne semblait pas la déranger. Son appétit avait grandi de façon exponentielle. Si Wes s'approchait trop de son repas, elle le fusillait du regard.

Enseignement : ne jamais s'immiscer entre une femme enceinte et sa pitance si vous tenez à vos membres supérieurs.

Lors du dernier tournoi, son pote Tom l'avait invité à boire un verre. Wes n'aimait pas boire pendant une compétition, mais Tom avait insisté.

Ils venaient de s'asseoir au bar et de commander des bières quand Tom se pencha vers Wes.

– J'ai besoin d'un plan cul, dit-il en scrutant le bar, son

regard atterrissant sur une petite blonde. Trop de tension sur le parcours. Tu joues le rôle du rabatteur ?

Merde. La dernière chose que Wes voulait, c'était de draguer une fille pour que son pote tire son coup. Et pourquoi devrait-il le faire ?

– Pas ce soir.

Ni jamais, pensa-t-il.

Wes allait avoir un enfant. Il n'était plus dans le même état d'esprit que Tom. Ce qui était une découverte choquante. Le style de vie que menait son pote, et qu'il menait encore lui-même il y a quelques mois, ne l'intéressait plus ; et déjà à ce moment-là, il commençait à s'en lasser.

Depuis le retour de Kaylee au lac Tahoe, Wes avait cessé de courir les jupons. Il s'entraînait et bossait beaucoup, mais en réalité, c'était comme s'il était devenu une aiguille de boussole pointée uniquement sur Kaylee. Tout le reste avait fondu dans le décor. Elle était la seule femme qu'il voulait, et ce n'était pas seulement sexuel. Cela dit, il serait ravi de coucher avec elle si jamais elle le laissait revenir dans son lit.

Wes aimait Kaylee. Elle était son égale, la femme pour qui se battre. La femme qui lui disait qu'il était un connard quand il était un connard. Et pour une étrange raison, une gifle de Kaylee était pire que celle de n'importe qui.

Il se marrait bien quand Emily, la main de fer, le rudoyait, ou quand ses frères étaient sur son cul. Mais contrarier Kaylee, il ne le supportait pas. Il devait arranger la situation le plus vite possible, car la dernière chose qu'il voulait, c'était qu'elle soit malheureuse.

Tom secoua la tête.

– Non ? Tu oublies vite. J'ai fait entrer ton golf dans le circuit pro, ce qui t'a qualifié d'office. Si tu es ici, c'est grâce à moi, déclara-t-il en matant la blonde et sa bande de copines. Je pense que tu me dois bien ça, non ?

Wes ne fit pas remarquer qu'il avait joué comme un dieu, et que c'était grâce à son score qu'il s'était qualifié aux Masters de Tahoe pour la suite de la compétition. Mais il savait reconnaître une menace quand il en voyait une.

– Depuis quand tu es un connard ?

Tom faillit s'étrangler.

– Pardon ? Retire tout de suite ce mot. N'oublie pas que je fais partie de l'organisation des tournois. Un seul mot de ma part et tu disparais comme ça, dit-il en claquant les doigts.

Avait-il ce pouvoir ? Wes n'en était pas sûr, mais franchement, il n'en avait rien à battre.

Il se leva et jeta des pièces sur le comptoir pour payer sa bière.

– Je rentre à l'hôtel. Profite bien de ta soirée.

Tom se leva brusquement.

– Je ne l'oublierai pas, tu sais, menaça-t-il.

Wes sortit du bar dans lequel il n'avait pas voulu mettre les pieds. Et en arrivant à l'hôtel, il envisageait sérieusement de quitter cette foutue compétition. Ce qui était insensé. Ou peut-être pas.

Ses frères avaient raison. Peu importe le nombre de sandwichs que Wes apportait à Kaylee quand il se trouvait en ville, il n'en était pas moins absent la plupart du temps. Il faisait passer la compétition avant Kaylee et leur bébé, tout comme son père avait fait passer le Club Tahoe avant Wes et ses frères.

Il avait l'opportunité d'être un vrai père, et que faisait-il ? Il faisait passer le travail avant la femme la plus importante de sa vie et son futur enfant juste pour végéter en milieu de peloton dans le circuit pro.

Pouvait-il se qualifier pour mener une carrière sportive à plein temps ? Gagner un tournoi ? Peut-être. Mais pour quelle victoire ? Le succès serait amer s'il ne parvenait pas à élever sa fille. Et s'il n'avait pas Kaylee.

Wes passa quelques coups de fil, puis il fit ses valises.

Il savait où il voulait être. Et ce n'était pas ici.

———

Quand Wes arriva au lac Tahoe, Kaylee n'était pas à la maison. Il déposa ses affaires chez lui et se rendit au club. Il était tard, et il ignorait où elle pouvait se trouver, mais il espérait qu'un de ses frères le savait avant de gâcher la surprise en l'appelant.

Il n'eut pas besoin de chercher bien loin. Et ce n'est pas l'un de ses frères qui l'aida.

Wes entra dans le Fireside Lounge et balaya la salle des yeux. Kaylee était assise au bar face à Emily, qui jouait les barmaids, mais seulement pour Kaylee visiblement. Elles occupaient une extrémité du comptoir tandis que le barman habituel servait les clients à l'autre extrémité.

Wes poussa un soupir de soulagement. Rien de pire que de ne pas savoir où se trouvait la femme enceinte de votre enfant à neuf heures du soir. D'accord, ce n'était pas tard, mais il avait besoin de savoir qu'elle allait bien.

Il s'avança vers elles, et croisa le regard d'Emily. Elle leva discrètement la main pour lui dire de rester où il était.

Au moment où Kaylee portait à ses lèvres ce qui semblait être son énième shot orange, Emily lui chuchota quelques mots à l'oreille. Kaylee opina et Emily se précipita vers Wes.

Emily n'avait pas dû dire à Kaylee qu'il était là, car elle ne se retourna pas.

– Qu'est-ce que tu fais ici ? dit Emily à voix basse en jetant un coup d'œil vers le bar.

– Qu'est-ce que je fais ici ? Pourquoi tu fais boire de l'alcool à ma petite amie enceinte ?

Elle arqua un sourcil.

– Petite amie ?

Il soupira et lui fit signe de continuer. Pour Wes, Kaylee *était* sa petite amie.

– C'est du jus d'orange, pas de l'alcool. Le jus d'orange contient de l'acide folique, et c'est bon pour le bébé.

Wes secoua la tête.

– De quoi tu parles, bordel ?

Emily lui saisit le bras et l'entraîna vers la porte, puis dans le lobby.

– Kaylee ne peut pas boire, mais elle ne voulait pas être seule ce soir, alors on a improvisé une soirée. Mais dis-moi, pourquoi tu es ici ? Tu ne devrais pas être sur un golf à l'autre bout du pays ?

Il détourna le regard.

– Je suis rentré.

– Tu as eu un problème ? s'alarma aussitôt Emily.

– Pas exactement.

– Vu tes réponses succinctes, j'imagine que tu ne vas pas me dire ce qui se passe ?

– Correct.

– Très bien, mais tu ne peux pas rester là.

Elle jeta un œil vers le Fireside Lounge, où ils pouvaient voir Kaylee en train de s'envoyer un autre jus d'orage.

– Pourquoi ?

– Parce que Kaylee a le cafard. Ce n'est pas facile d'être célibataire et enceinte.

– Rien ne l'oblige à être célibataire. Je n'arrête pas d'essayer de lui montrer que je veux être avec elle, dans une relation sérieuse.

— Eh bien sache que ça ne marche pas, dit-elle en retournant vers le bar-lounge. Tu devrais être plus concret, ajouta-t-elle en le regardant par-dessus son épaule.

Wes en resta abasourdi. N'était-ce pas ce qu'il faisait en abandonnant le circuit professionnel pour être avec Kaylee ?

Il ne renonçait pas à la compétition uniquement pour elle ; Wes regrettait le club et ses élèves. Il voulait être présent pour aider ses frères aussi. En vérité, il était plus heureux au lac Tahoe que sur la route.

Quand il était ici, il passait du temps avec Kaylee pour lui montrer qu'il était là pour elle. Mais jusqu'à aujourd'-hui, les choses qu'il faisait étaient en fonction de son emploi du temps.

Wes et Kaylee étaient des adultes qui attendaient un enfant. Il devait lui prouver que leur relation était sérieuse et qu'il était prêt à s'engager à long terme.

Kaylee voulait du concret ? Eh bien, il allait lui donner du concret.

Chapitre Trente-Quatre

La semaine suivante, Wes passa quarante heures à la boutique du club et sur le terrain de golf, en veillant à satisfaire la clientèle. Bella vint en ville avec ses parents pour le week-end et il lui donna quelques leçons aussi. Elle devenait vraiment bonne. Il avait hâte de voir son niveau dans quelques années, quand elle serait plus grande. Mais Bella avait déjà un sacré talent et il était ravi de l'aider à progresser.

Il était ravi d'aider tous les enfants à progresser. Pas le même genre de sensations que sur la compétition, mais c'était peut-être mieux. Il ne s'agissait pas que de lui ; la satisfaction qu'il en retirait allait plus loin, dépassait sa seule vie.

Bran s'approcha du comptoir de la boutique et s'y accouda.

– Tu es prêt ?

Wes rangea l'emploi du temps de la semaine prochaine et prit ses clés.

– Ouais. Tu as eu la liste par l'agent ?

Bran tapota la poche de sa chemise.

— Il dit qu'il devrait y avoir ce que tu cherches. Tu as des critères si précis que peu de biens correspondent à tes besoins. Pourquoi tant d'exigences ? soupira-t-il en secouant la tête.

Wes fit signe à son second qu'il partait, et fit le tour du comptoir.

— Du concret, mec. C'est important.

Bran lui lança un drôle de regard.

— Du concret ? Tu as bu pendant les heures de boulot ?

— Non. Allez viens, trouduc. J'ai une maison à acheter.

———

WES EXAMINAIT les murs rose vif de la chambre d'enfant.

— Rose Doliprane bébé. Cette couleur ne va pas.

Bran haussa les épaules.

— L'autre maison que tu aimais avait une chambre d'enfant couleur pastel.

— Oui, mais celle-ci est la bonne maison. Il faudra juste repeindre cette pièce.

La maison qu'ils visitaient était parfaite, située dans une impasse dans un quartier agréable, avec un beau terrain, un garage trois places et une grande pièce de vie. L'endroit idéal pour que son enfant puisse jouer et mettre le souk.

Wes avait grandi dans un manoir, et son père était d'une maniaquerie excessive : il voulait pouvoir recevoir ses associés quand ils venaient en ville. . Ils avaient un immense jardin pour jouer avec ses frères, mais la maison en elle-même était interdite aux doigts crasseux des cinq garçons. Wes voulait une maison où son enfant pourrait courir partout et se sentir libre.

—Je vais faire une offre aux propriétaires.

Bran regarda autour de lui.

– Tu es sûr qu'elle plaira à Kaylee ?

– Non. Mais c'est le geste qui compte, n'est-ce pas ?

– Je ne sais pas, dit Bran en secouant la tête. Est-ce que les femmes n'aiment pas choisir leur maison ?

Comment Wes pourrait-il le savoir ? Il ne s'était jamais soucié de ce qu'aimaient les femmes. À part Kaylee. Et il espérait sincèrement que l'endroit qu'il avait choisi pour elle lui plairait.

Il avait été très sélectif, exigeant une maison proche du club, mais suffisamment loin pour avoir de l'intimité et être dans la nature. La construction devait être solide et suffisamment grande pour accueillir une famille. Et elle devait être située dans un quartier agréable et sans danger pour son enfant. Autrement dit, elle coûtait une blinde. Mais Wes pouvait se le permettre, surtout avec les revenus conséquents des tournois du circuit pro. Mais ce n'était pas les seules choses qui lui plaisaient dans cet endroit.

La maison avait une cuisine lumineuse avec un coin repas et de grandes fenêtres qui donnaient sur la forêt. Kaylee avait toujours aimé cette vue chez ses parents, et il espérait que cette maison la rendrait aussi heureuse. Avec quatre chambres, trois salles de bain et un bureau, il y avait amplement la place pour elle et leur fille. Pour eux trois, si Kaylee le laissait faire partie intégrante de sa vie.

Il l'espérait, mais quoi qu'il en soit, c'était sa maison à elle et elle pourrait en faire ce qu'elle voulait. Elle pouvait la vendre et en acheter une autre, ou vivre ici toute sa vie. De toute façon, il la ferait mettre à son nom.

Wes frappa la poitrine de son frère du plat de la main.

– Viens. Allons faire une offre.

Chapitre Trente-Cinq

W es tenait en l'air deux pinceaux.

— Alors ? Qu'en pensez-vous ? demanda-t-il à ses frères, plus Jaeg recruté pour ses talents de menuisier.

Ils étaient serrés comme des sardines dans la chambre d'enfant de la nouvelle maison. Wes avait signé la veille, deux semaines après son offre d'achat au comptant. Sur le papier, la pièce n'était pas petite, mais avec six grands gaillards à l'intérieur, tout l'espace était rempli.

— Vert d'eau ou lavande ?

— Vert, déclara Levi. Tu n'as aucune certitude que c'est une fille. Le vert est plus neutre.

— Je t'emmerde. Je le sais. Adam, ta préférence ?

Adam pencha la tête sur le côté et se frotta la nuque.

— Les deux ?

Wes regarda les pinceaux.

— Ce n'est pas une mauvaise idée. On pourrait faire la moitié du mur d'une couleur, on pose une moulure en cimaise et on peint la partie haute de l'autre couleur ?

— Autrement dit, je dois fabriquer une cimaise ? corrigea Jaeg.

– Tu crois que je sais comment on fait cette merde ?

Jaeg tendit ses longs bras en l'air, touchant brièvement le plafond à deux mètres cinquante du sol.

– Je vérifie juste ce que tu attends de moi.

– Un travail manuel, déclara Bran. On est bons qu'à ça.

– Ou alors, reprit Wes ignorant les railleries, on pourrait peindre un mur d'accent.

Adam leva les yeux de son téléphone, interrompant sans doute l'écriture d'un texto à Hayden.

– Depuis quand tu connais les murs d'accent ? Je ne savais pas que tu t'étais transformé en Martha Stewart.

Wes reposa les pinceaux sur leur couvercle.

– Ta gueule, connard. J'ai feuilleté des magazines de déco et j'ai parlé à des gens. Heureusement que je ne refais qu'une seule pièce, dit-il en s'essuyant les mains sur son jean de bricolage. Bon, décision exécutive : Jaeg fabrique la cimaise et on peint le bas en vert et le haut en lavande. Ensuite, Levi pourra utiliser ses gros muscles virils pour coller délicatement des stickers de fées sur les murs.

Levi mordit dans un sandwich.

– Pas de problème.

Jaeg scia le bois pour la cimaise dans l'immense garage, où Wes avait aménagé un pseudo-atelier équipé d'un frigo rempli de bières et de casse-croûtes. Pendant ce temps, Wes assembla le berceau tandis que les autres peignaient la chambre.

Wes n'était pas certain que le berceau une fois fini passerait par toutes les portes, aussi il monta juste les côtés. Il finirait l'assemblage dans la chambre du bébé, une fois les murs peints. Le reste du mobilier, acheté en ville, avait été livré monté.

Emily l'avait aidé à choisir certains articles dont Kaylee pourrait avoir besoin dans la chambre d'enfant, comme une chaise à bascule, un pouf et une poubelle à couches. Plus un milliard d'autres petites choses dont Wes ne savait pas quoi faire. Il les avait remisées dans un placard pour que Kaylee les arrange plus tard.

Si elle aimait la maison.

Merde, il espérait qu'elle lui plairait.

Avec six hommes balèzes, dont un as du bricolage, la pièce fut terminée en quelques heures. Il était temps de rendre visite à Kaylee.

Wes ne l'avait pas vue autant qu'il l'aurait voulu ces deux dernières semaines, mais il se débrouillait tous les jours pour lui apporter un déjeuner et prendre de ses nouvelles.

D'accord, il passait devant le Club Kids au moins six fois par jour, mais qui comptait ? Les week-ends étaient un calvaire. Il ne pouvait pas s'échapper pour jeter un œil sur elle, car le travail et l'aménagement de la maison l'occupaient à plein temps.

Kaylee lui posait des questions auxquelles il ne pouvait pas répondre. À propos des tournois et de sa présence continuelle au club depuis quelques semaines. Il ne voulait pas qu'elle pense qu'il abandonnait son rêve pour elle. Elle se sentirait coupable et elle s'en voudrait. Il avait donc attendu de pouvoir lui expliquer avec des arguments pertinents. Et ce moment était venu.

Wes rentra à la maison, fit le ménage et se rendit chez les parents de Kaylee. Lui et les gars avaient commencé tôt ce matin, et il n'était que six heures du soir quand Wes arriva chez elle.

Il frappa à la porte et attendit. Changea de jambe d'appui. Attendit encore. Kaylee était presque en milieu de grossesse et elle se déplaçait plus lentement. Ou bien Wes était impatient. Oui, c'était surtout ça.

La porte s'ouvrit et Kaylee apparut. En jogging, une

petite queue de cheval sur le dessus de la tête ne retenant que la moitié des mèches, les autres étant trop courtes, avec des gants de ménage jaune fluo.

— Wes ? Il y a un problème ? Je n'attendais pas ta visite.

Il mata ses gants de caoutchouc.

— Je vois ça.

— Oh, désolée. Je récurais le sol.

Elle s'écarta pour le laisser passer, ôta ses gants et les posa sur le plan de travail de la cuisine.

Wes fronça les sourcils.

— Tu ne devrais pas faire ça. Je vais engager quelqu'un pour faire le ménage.

Elle leva les yeux au ciel.

— Je suis enceinte, pas invalide. En plus, mon instinct de nidification est très fort en ce moment. J'ai besoin de le libérer.

L'esprit de Wes imagina tout de suite d'autres formes de libération, avant de chasser ces idées. Pas le moment. Si tout allait bien, et s'il était un putain de veinard, il y en aurait. Jusque-là, il devrait utiliser sa banque d'images de Kaylee nue pour s'offrir des plaisirs solitaires. Il avait l'impression de retourner au lycée.

— J'ai nettoyé toute cette maison du sol au plafond, dit Kaylee, tirant Wes de ses fantasmes sexuels. Il faut juste décider quelle pièce transformer en chambre pour le bébé.

À ce propos…

— Je suis passé parce que je veux te montrer quelque chose. Tu as le temps ?

— Bien sûr, quand ?

— Maintenant ?

Elle jeta un œil à sa tenue.

— Pas sûre d'être présentable en public.

Il contempla son ventre, arrondi par leur enfant. Ses

joues étaient rouges d'avoir récuré, et elle ne portait pas de maquillage.

Il déglutit, submergé par ses sentiments pour cette femme.

– Tu es belle.

Kaylee sourit timidement et fonça se laver les mains dans la cuisine. Elle défit sa queue de cheval et lissa ses cheveux noirs, puis enfila des tongs.

– J'espère que ça ira, parce que je ne peux rien mettre d'autre aujourd'hui.

Chapitre Trente-Six

Wes n'avait jamais été aussi nerveux de sa vie. Il angoissait plus que le jour où il avait participé à son premier tournoi du circuit pro.

Et si Kaylee n'aimait pas la maison ? Ou la chambre du bébé ? Et bon sang, qu'est-ce qu'il y connaissait en décoration ?

Il se concentra sur la route, en essayant de ne pas penser à toutes les raisons qui pourraient faire que la situation tourne mal. Il se devait d'essayer. Il devait montrer à Kaylee qu'il tenait à elle. Et pas seulement à cause du bébé. Il s'agissait surtout de saisir sa dernière chance de vivre avec la femme de sa vie, celle qu'il n'avait jamais pu oublier.

Il se gara dans l'allée de la maison de deux cent cinquante mètres carrés aux accents rustiques comme beaucoup de maisons récentes aux abords du lac Tahoe. Il y régnait une atmosphère montagnarde, avec l'entrée triangulaire et les lattes de bois, mais rien à voir avec le chic montagnard version Club Tahoe. Heureusement, car il voulait que Kaylee se sente chez elle et pas au travail.

Elle regarda autour d'elle pendant que Wes descendit du Range Rover et en fit le tour pour lui ouvrir la portière.

– Où sommes-nous ?

Il l'aida à descendre et claqua la portière avant de fourrer une main nerveuse dans sa poche.

– Nous sommes à la maison que j'ai achetée pour toi.

Elle tourna lentement la tête vers lui.

– Quoi ?

Était-ce un quoi positif ? Un quoi négatif ? *Merde.*

– Ta maison. Je t'ai acheté une maison avec l'argent que j'ai gagné sur les tournois. J'ai toujours la dotation de mon père, et j'espère que tu m'aideras à trouver la meilleure façon de la dépenser. Ou de la placer si on veut la garder pour notre fille. Je ne sais pas.

Il se tritura les lèvres.

Elle leva les mains.

– Ouh là, moins vite. Ou plutôt, reviens en arrière. Tu m'as acheté une maison ?

Il confirma d'un hochement de tête.

– Pour toi et notre fille.

– Ou notre fils.

– Peu importe.

Mais c'était une fille. Une autre raison d'être fou de joie, putain. Depuis leur premier baiser à l'université, il voulait une petite fille qui ressemble à Kaylee.

Elle agita les mains de manière hésitante.

– Pourquoi tu m'as acheté une maison ?

Wes se mit face à elle et lui prit les mains. Elles étaient agitées, mais il les serra de façon rassurante.

– Je veux subvenir à tes besoins et à ceux de notre enfant. Je veux que tu te sentes en sécurité et importante à mes yeux. Et je veux t'aimer. C'est ma façon de te montrer mon amour. Non pas en t'offrant un cadeau extravagant, mais en prenant soin des deux personnes les plus importantes dans ma vie : toi et notre fille.

— Ou fils, dit-elle abasourdie. Amour. Tu as bien dit *amour*.

— Je t'aime. Je t'ai toujours aimée. J'ai accepté d'avoir une liaison purement sexuelle uniquement pour ne pas t'effrayer. Mais après t'avoir mise en cloque grâce au super pouvoir de mon sperme, dit-il, la faisant sourire, j'ai beaucoup cogité. J'ai cru pouvoir saisir ma chance sur le circuit pro et passer tout mon temps libre avec toi. Puis j'ai compris que je ne pouvais pas avoir les deux.

— Wes, je ne voulais pas que tu aies à choisir.

— Je sais. C'est pourquoi j'ai voulu décider en mon âme et conscience. Et tu sais quoi ? Rien à foutre des tournois. Le succès n'a aucun intérêt si tu n'es pas à mes côtés. Tu mérites d'être heureuse, pas de passer ta vie à attendre que je me pointe après avoir fait des trucs pour moi.

Il l'attira dans ses bras et sentit son ventre arrondi contre lui.

— Pour être honnête, les tournois me gonflent. J'ai réalisé à un moment que je n'étais même pas heureux. J'adore le golf, et qui ne rêve pas d'être une star du circuit ? Mais rien ne me rend plus heureux que d'être avec toi.

Une larme coula de son œil, et elle l'essuya.

— C'était magnifique. C'est magnifique, ajouta-t-elle en montrant la maison. Mais j'ai peur que tu regrettes un jour d'avoir abandonné ton rêve.

Évidemment. Elle ne serait pas Kaylee si elle ne se souciait pas de ça.

Il opina.

— Viens. Entrons dans la main. J'ai quelque chose d'autre à te montrer.

Wes ouvrit la porte et Kaylee poussa un petit cri.

– Les fenêtres.

Le vestibule s'ouvrait sur la cuisine, mise en valeur par de grandes baies vitrées. En la visitant, Wes savait que Kaylee les adorerait.

– J'ai choisi cette maison à cause de la vue de la cuisine. Elle m'a fait penser à toi.

Elle pinça les lèvres. De nouvelles larmes roulèrent sur ses joues.

– Nan. Ça change rien. Je céderai pas, bafouilla-t-elle. Dois penser au bébé.

Elle semblait se parler à elle-même. Était-ce une bizarrerie de la grossesse ?

Ils firent le tour du rez-de-chaussée et Kaylee émit des ooh et des aah, ce qui était un soulagement. Puis Wes la guida à l'étage vers les chambres.

Ils s'engagèrent dans le couloir, et il lui montra la chambre d'amis et la suite parentale. Kaylee sortit sur la terrasse de la suite et respira à pleins poumons l'odeur des pins.

– Tu as bon goût, Wes.

Il sourit.

– Certainement ; je t'ai choisie.

Elle lui lança un regard courroucé, ce qui le fit rire.

– Viens, il faut que tu voies la dernière chambre.

Après le départ des garçons, Wes avait nettoyé, puis il avait fermé la porte de la chambre et laissé la fenêtre ouverte pour aérer l'odeur de peinture fraîche. Il ne voulait pas que Kaylee aperçoive la chambre trop tôt quand il reviendrait avec elle.

Wes s'arrêta devant la porte, mort de trouille. Et si la déco était moche ? Mon Dieu, il aurait dû engager un professionnel. Mais alors, ça n'aurait pas eu la même signification.

Il retint son souffle et s'écarta en lui ouvrant la porte.

La bouche de Kaylee s'ouvrit, mais aucun son n'en sortit. Elle observa la chambre avec des yeux ronds. Était-ce bon signe ?

– Je te maudis.

De nouvelles larmes dévalèrent ses joues. Mais ces derniers temps, ça lui arrivait souvent. Il ne parvenait pas à savoir si c'étaient des larmes de joie ou de tristesse, mais il espérait que c'était du bonheur.

– Ça veut dire que ça te plaît ?

Elle se tourna vers lui et déglutit.

– J'adore. Cette chambre est ce que j'ai vu de plus beau dans ma vie.

Ce n'était pas crédible. La pièce était vert d'eau et lavande, avec des meubles de bébé en bois naturel et des stickers de fées de la forêt multicolores. Mais une fois que Kaylee aurait aménagé l'espace et rendu la chambre plus douillette, se disait-il, elle serait bien pour leur fille. Il voulait juste que tout soit prêt pour la naissance du bébé. Et montrer à Kaylee combien il les aimait toutes les deux.

– Tu es sûre qu'elle te plaît ?

Elle se tourna vers lui et enroula les bras autour de de lui, le visage niché contre sa poitrine.

– Je l'adore.

– Tu penses que tu aimerais vivre ici ?

Sa tête bougea de haut en bas.

– Tu devras me traîner pour que je parte d'ici ce soir.

Il sourit.

– Tant mieux. Parce que j'ai une autre surprise.

– Tu m'as déjà tellement gâtée.

– Ce n'est pas fini. Regarde dans le berceau.

Kaylee s'en approcha, suivie par Wes dont le cœur battait la chamade.

Il l'entendit haleter.

– Wes…

Elle se pencha vers le petit oreiller posé à la tête du berceau. Apparemment, la literie pour bébé était censée être minimale, il n'y avait donc pas grand-chose à part un drap et ce machin appelé tour de lit. Mais Wes avait acheté un petit oreiller pour son ultime surprise.

Elle prit l'écrin bleu nuit et l'ouvrit. De nouvelles larmes jaillirent de ses yeux et son nez rosit. Il avait envie de se pencher et l'embrasser, mais il avait d'abord un truc à faire.

Wes posa un genou à terre.

– Kaylee Isabelle Evans, je t'ai aimée dès que je t'ai vue dans cette soirée étudiante débridée à l'université. On dit que le coup de foudre n'existe pas, mais je l'ai eu pour toi. Je pensais qu'on allait passer le reste de notre vie ensemble. Et puis j'ai déconné. Et la vie a pris un virage auquel nous n'étions pas préparés. Mais mon cœur n'a jamais changé de cap. Il a toujours été avec toi. Je veux t'aimer, toi et nos enfants, et passer ma vie avec toi. Et je ne veux plus jamais être loin de toi. C'est pour cette raison que j'ai quitté le tournoi. Ça ne valait pas la peine de perdre tout ce que j'aime. Et au final, le tournoi ne me rendait pas heureux — toi oui. Alors s'il te plaît, mets fin à la misère de mes frères et de tous ceux qui m'ont fréquenté depuis que tu es partie. Dis-moi oui, épouse-moi.

Elle sourit. Le sourire larmoyant le plus lumineux qu'il ait jamais vu.

– Oui.

– Oui ?

– Oui.

Wes se redressa, la cueillit dans ses bras comme une jeune mariée, et la porta jusqu'à la fenêtre ouverte.

– Elle a dit oui ! hurla-t-il au monde entier.

Puis il l'embrassa et ce fut comme si le désert du Sahara recevait une goutte de pluie .

Oh, c'était bon. Ses lèvres, son corps contre le sien. En moins de deux, ils se roulaient sur le sol et s'agrippaient fiévreusement.

— Je suis tellement excitée, avoua-t-elle entre deux baisers.

Cela faisait un siècle qu'ils n'avaient pas fait l'amour. Il avait presque des ampoules aux mains à force de se faire plaisir tout seul, mais il ne voulait pas se donner de faux espoirs compte tenu de son état actuel.

— Ah bon ? dit-il d'un ton désinvolte en lui rendant ses baisers.

— Oui, souffla-t-elle haletante. Ces maudites hormones de grossesse me rendent dingue. Tu crois qu'il est trop tôt pour… tu sais ?

Putain, non.

— Pour que je te procure un orgasme, Kaylee ? dit-il d'une voix rauque et sensuelle.

Elle devint toute rouge.

— Oui.

— Je peux arranger ça.

Wes envoya valser ses chaussures, et arracha pantalon, caleçon et chemise.

Kaylee rigolait en se tenant le ventre.

— Je crois que je n'avais pas besoin de demander !

— Tu n'imagines pas. J'ai les bourses pleines depuis des semaines, dit-il en lui empoignant les fesses pour la rapprocher de lui. Mais penses-tu qu'on devrait baptiser *cette* chambre en particulier ?

Il l'embrassa dans le cou et fit glisser son haut, juste pour gagner du temps. S'il le fallait, il la porterait dans une autre pièce, mais il pouvait tout aussi bien la déshabiller sans perdre de précieuses secondes à tergiverser.

— Le bébé ne le saura jamais. Et en plus, c'est grâce à lui qu'on est ici.

Wes arrêta de l'embrasser et prit son visage entre ses mains.

— On est ici parce que je t'ai retrouvée. Bébé ou non, je t'aurais demandé en mariage.

Elle l'embrassa sur les lèvres, un baiser doux et délicat qui lui enflamma les reins.

— Tu devrais m'enlever le bas, susurra-t-elle.

— Les mots les plus excitants que j'ai entendus.

Kaylee se leva et Wes baissa son jogging comme demandé. L'instant d'après, il était allongé sur le dos et Kaylee était sur lui, descendant sur son sexe.

Wes expira lentement. Il valait mieux qu'il reste calme, sinon ce serait très court.

Il essayait d'ouvrir son soutien-gorge pour mater ses beaux seins de femme enceinte lorsque son premier orgasme la frappa. Ses hanches continuèrent d'onduler sur lui.

— Oh bon sang, dit-elle quelques secondes plus tard. Un autre arrive.

Elle accéléra le rythme et Wes dégrafa son soutien-gorge, la caressant et s'agrippant à elle. Au deuxième orgasme, il explosa en même temps qu'elle, la remplissant d'amour et d'une putain de gratitude.

Lorsqu'ils reprirent leur souffle, il la bascula sur le côté et la serra en la regardant dans les yeux.

— Je devrais peut-être te mettre en cloque plus souvent. Le sexe pendant la grossesse est le plus grand pied de ma vie.

— De ta vie ?

— D'accord, pas de ma vie. Chaque fois, c'est incroyable. Mais songe au nombre d'orgasmes que tu aurais eus si j'avais tenu plus longtemps. On devrait étudier cette théorie. Genre, combien d'orgasmes tu peux enchaîner quand tu es dopée par les hormones de grossesse.

Elle rit.

– Tu penses que je plaisante ? dit-il en se penchant pour lui embrasser le cou. Je suis très sérieux. Mission *Orgasmes multiples de Kaylee* enclenchée.

Chapitre Trente-Sept

Quand Kaylee avait demandé à Wes quel genre de mariage il voulait, il avait répondu une cérémonie simple, la laissant l'organiser à sa guise. À vrai dire, Kaylee ne voulait rien d'extravagant non plus. C'est ainsi qu'ils se marièrent à la chapelle de Twin Pines à South Lake Tahoe, entourés de sa mère, un père moins en colère, maintenant que Wes faisait d'elle une « femme respectable », et les quatre frères de Wes. Ainsi qu'une épouse, une petite amie, et une secrétaire du Club Tahoe à la retraite qui faisait partie de la famille pour Wes et ses frères.

Hunt attrapa le bouquet *et* la jarretière, puis il flirta sans vergogne avec la seule célibataire présente : la photographe qu'ils avaient payée cinquante dollars pour immortaliser ce moment magique.

À un moment donné, Hunt avait disparu, probablement avec la photographe. Bran, Adam et Levi s'étaient mis à siphonner des flasques en argent dont Kaylee se méfiait du contenu, et son père avait entonné *Belle Maria*. Apparemment, Wes avait donné à son père sa propre flasque, et cet homme conservateur en profitait pour s'imbiber au mariage de sa fille unique.

C'était le plus fou, le plus romantique, le plus beau des mariages. Il était tout simplement parfait.

Esther, leur ancienne secrétaire et amie proche de la famille, s'approcha de Wes et l'étreignit affectueusement.

– Je suis si heureuse pour toi, mon chéri. Un petit cadeau de ton père, ajouta-t-elle en sortant une enveloppe de son sac.

Il parut perplexe.

– Mon père ?

– Il voulait que tu l'aies au bon moment, déclara Esther. Il m'a demandé d'attendre que tu tombes amoureux.

– Mon père, Ethan Cade, a parlé d'amour ?

Elle sourit.

– Oui, tout à fait.

Wes secoua la tête.

– Très bien.

Il ouvrit l'enveloppe et lut la lettre.

Les larmes inondèrent ses yeux.

– Putain.

– Ça va ? s'enquit Kaylee.

– Oui. C'est juste mon père qui me fait vibrer la corde sensible d'outre-tombe.

Il lui tendit la lettre.

Cher Wes,

Tu es mon fils qui a le plus l'esprit de compétition, et je t'aime pour cette raison. Tu me fais penser à moi. Mais quelle tête de mule, bon sang ! Encore un trait que tu as dû hériter de moi.

Je n'ai pas été le meilleur des pères. J'ai fait passer le club avant mes fils. Je n'ai pas réalisé quel mauvais père j'étais avant qu'il ne soit trop tard. Traite bien ta femme, chéris-la et sache que je vous ai toujours aimés, tes frères et toi, même si je ne le montrais pas. Alors, apprends de mes erreurs et ne fais pas les mêmes avec tes propres enfants.

Je ne doute pas que tu feras un excellent père. C'est un défi, après tout, et tu te feras fort de le relever.

Je t'aime,
Papa.

Kaylee le serra dans ses bras.

— Il t'aimait.

— On dirait.

— Tu ne le savais pas ?

— Si, mais tu as lu la lettre. Il n'était pas doué pour le montrer.

Il la regarda dans les yeux.

— Il a raison sur une chose, cependant. Je vous ferai toujours passer en premier, toi et nos enfants.

Elle prit sa joue en coupe.

— Je n'en doute plus. Je sais que tu le feras.

— Bon, je m'en vais, dit Esther, cassant l'ambiance plombée. J'ai rendez-vous avec un riche retraité.

Wes secoua la tête.

— Esther, tu es comme ma deuxième mère. S'il te plaît, garde ces infos pour toi. Tes rendez-vous me créent des images dérangeantes.

Elle pouffa et l'embrassa sur la joue, puis étreignit Kaylee.

— Soyez heureux, mes enfants.

— On le sera, promit Kaylee.

Ils regardèrent Esther partir d'un pas guilleret, enchantant tout le monde sur son passage.

Wes attira l'attention de Kaylee et glissa un bras autour de sa taille épaissie par six mois de grossesse.

— Es-tu heureuse ?

Elle lui sourit.

— Très.

Il jeta un œil à la salle. Il vit le père de Kaylee qui chantait toujours au milieu de la pièce, tandis que sa mère se cachait les yeux. Ses frères qui buvaient dans un coin. Les bouquets en plastique qui décoraient la « chapelle ».

— C'était un mariage charmant. On n'aurait pas pu faire mieux. Mais je veux une lune de miel qui déchire.

— Tu veux dire une lune de bébé. Ce ventre va là où je vais.

Il se pencha et lui embrassa l'oreille.

— Ce ventre est ce qu'il y a de meilleur. Ai-je besoin de te rappeler le record de *six* orgasmes ? Je vise sept.

Kaylee sentit le rouge lui monter aux joues. Wes s'était sérieusement penché sur la question des orgasmes multiples. Jamais un homme n'avait été aussi déterminé, et bon sang, elle en profitait bien.

— D'accord, mais seulement si tu insistes.

— J'insiste, dit-il avec un sourire diabolique. Et on va s'y mettre tout de suite.

Et c'est ainsi que Kaylee se retrouva à filer en douce de la chapelle de Twin Pines dans les bras de son mari, riant tandis qu'il maudissait l'étroitesse de la porte de derrière et peinait à y faire passer son ventre rond. Ils rentrèrent chez eux baptiser une nouvelle pièce avant que les invités du mariage ne débarquent.

Et Wes battit son record d'orgasmes, faisant de son épouse une femme très, très heureuse.

Épilogue

BRAN : Six mois plus tard…

Qui aurait cru que le Club Tahoe survivrait un an avec les fils Cade à sa tête ? Certainement pas Bran, et pourtant il se rendait à la fête d'anniversaire organisée dans une salle à l'arrière du complexe hôtelier.

Il secoua la tête en marchant dans le couloir les yeux baissés — et faillit percuter Ireland, la cousine de Cali.

– Oh, pardon Bran… Je ne regardais pas où j'allais.

À moins qu'elle n'ait aussi regardé ses pieds, personne n'était aveugle *à ce point*.

Elle portait une robe longue bleu nuit qui faisait ressortir sa peau de porcelaine. Malgré lui, le regard de Bran plongea vers elle. La chevelure rousse d'Ireland tombait en vagues sur son front et son cou, et effleurait le pourtour de ses seins. Des seins qui débordaient d'un soutien-gorge push-up, et menaçaient de jaillir de la robe.

Ses frères aimaient le qualifier de moine, mais Bran

était un homme — *il avait des yeux.* Il savait aussi reconnaître d'emblée de faux seins.

Ireland était le genre de fille que Bran évitait depuis près de dix ans. Vive, séduisante et superficielle. Il repérait les gazelles de son espèce à un kilomètre.

– Pas de problème.

Il avança pour passer devant elle, et elle lui posa la main sur le bras.

Elle lui envoyait des regards appuyés depuis leur rencontre il y a quelques mois, mais il ne voulait rien de tout ça. Bran retira son bras.

– Ai-je fait quelque chose qui t'a offensé ?

Elle avait l'air blessée.

Évidemment, il l'avait blessée — son amour-propre, du moins. Impossible qu'une femme aussi séduisante qu'Ireland ait souffert un seul jour de sa vie. Elle surmonterait son refus et passerait au suivant.

– Non.

Il s'éloigna et entra dans la fête en poussant un soupir de soulagement. Encore une catastrophe évitée.

Les frères de Bran pensaient qu'il était indifférent au beau sexe. Ils se trompaient. Il aimait les femmes autant que ces chauds lapins ; simplement, il choisissait des femmes différentes. Il ne sortait pas avec les filles qui le draguaient dans les bars. Et il ne sortait pas avec les jolies filles tape-à-l'œil. Fin de l'histoire.

Les belles femmes créaient des problèmes, et il se sentait encore trop fragile face à elles. C'est pourquoi il faisait tout son possible pour les éviter et vivre selon ses propres standards.

La fête battait son plein. Son vieux pote Jaeg se tenait près de la porte avec sa fiancée Cali. Il s'avança et serra la main de Bran.

— Bien joué, mec. Je me figurais que vous auriez jeté l'éponge il y a six mois et engagé une société de gestion.

— Tout le monde pensait comme toi, dit Bran. Mais on tient bon. Pour l'instant. On verra comment se passera l'année prochaine.

Il se pencha et embrassa Cali.

Elle lui rendit sa bise, scrutant la salle par-dessus son épaule.

— As-tu vu ma cousine ?

Bran tiqua.

— On s'est tamponnés dans le couloir.

— Sa vision n'est pas ce… s'esclaffa Jaeg.

Cali lui donna un coup de coude dans les côtes qui lui coupa la chique.

Trop drôle de voir ces deux-là ensemble. Jaeg était un géant de deux mètres, et sa copine était petite. Sans doute était-elle de taille moyenne, mais elle avait l'air minuscule à côté de Jaeg. Et pourtant, Jaeg était une bonne pâte entre ses mains.

Il lui envoya un regard noir qu'elle lui retourna.

— Ireland est un peu maladroite, c'est tout, dit Cali. Elle est encore nouvelle en ville et j'ai envie qu'elle s'amuse ce soir. Elle était bizarre quand elle est partie aux toilettes.

Bran jeta un regard aux invités.

— Ireland a l'air sociable. Je ne l'imagine pas avoir du mal à se faire des amis.

Un euphémisme. Cette fille ne l'avait pas bousculé par hasard dans le couloir. Et cette façon de lui lancer des regards intéressés à la moindre occasion.

Ouais, elle était du genre à éviter.

— Oh, tant mieux, se réjouit Cali. Je la coache.

— Tu la coaches ?

Jaeg broncha.

— Cali pense qu'Ireland a besoin de s'éclater plus dans sa vie.

— Eh bien, c'est vrai, se défendit Cali.

— Bébé, tu te souviens ce qui s'est passé la dernière fois que tu as aidé une copine à rencontrer des mecs ?

— C'est totalement différent. Ireland est timide, et elle a cumulé plusieurs emplois pour financer ses études ; elle n'a pas eu l'occasion de rencontrer beaucoup de monde. Pas des gens amusants, en tout cas. C'est là-dessus qu'on travaille.

Bran attira l'attention de la serveuse à qui il parlait avec désinvolture depuis des mois. Elle détourna immédiatement le regard. Voilà, *cette* fille était timide. Et tout à fait son type. Il n'avait ni besoin ni envie d'une femme rentre-dedans.

— Vous m'excusez ? Je dois aller saluer quelqu'un.

— On se retrouve plus tard, dit Jaeg tandis que Cali continuait de discourir sur sa cousine.

Bran fit la sourde oreille et mit le cap sur la gentille serveuse. Il ne voulait plus entendre parler d'Ireland, la rouquine « maladroite ». La serveuse avec qui il discutait était jolie et douce. Elle ne lui compliquerait pas la vie. Évidemment, Bran n'avait pas encore franchi le pas. N'avait pas rassemblé le courage nécessaire pour l'inviter à sortir. C'est pour cela qu'il savait qu'il ne craignait rien avec elle. Son cerveau ne s'embuait pas en la voyant et sa libido ne s'enflammait pas.

Plus jamais ses désirs ne le domineraient.

———

Chers lectrices et lecteurs,

J'espère que vous avez aimé **_Le Défi de Wes_** ! N'oubliez pas de vous **inscrire à ma newsletter** pour recevoir des informations mensuelles, la date des nouvelles parutions et des offres spéciales.

Vous voulez savoir ce qui se passe dans la jolie tête de Bran ? Lisez **_La Séduction de Bran_** sans attendre.

Bises,
Jules

La Séduction de BRAN

Le mauvais frère...

Ireland a besoin de rebondir, et sa cousine la convainc de tenter sa chance avec un mauvais garçon au charme ravageur, doté d'un bateau à tomber et d'un corps de rêve. Mais quand Ireland embarque pour la populaire *excursion alcool'eau* qu'il organise sur le lac Tahoe, c'est son séduisant grand frère qui se trouve à la barre.

Bran aime les choses organisées et prévisibles. Surtout après les erreurs qu'il a commises il y a dix ans. Mais le décès récent de son père a plongé sa vie paisible dans le chaos, propulsant Bran à la tête des restaurants étoilés de sa famille. Depuis, il s'efforce de rétablir l'ordre dans sa vie.

Or il ignore à quel point elle va se compliquer.

La flamboyante rousse Ireland est exactement le genre de beauté que Bran s'est fixé pour règle d'éviter. Mais quand elle atterrit sur ses genoux lors de la virée sur le lac que son frère lui a demandé d'assurer à sa place, il n'y a pas que l'embarcation qui tangue. Le cœur de Bran chavire aussi.

L'impétueuse Ireland n'est rien de ce que veut Bran, et tout ce dont il a besoin.

Lisez *La Séduction de Bran* tout de suite !

frère lui a demandé d'assurer à sa place, il n'y a pas que l'embarcation qui tangue. Le cœur de Bran chavire aussi.

L'impétueuse Ireland n'est rien de ce que veut Bran, et tout ce dont il a besoin.

À propos de l'auteure

Jules Barnard est une auteure à succès de USA Today dans les genres romance contemporaine et fantaisie romantique. Ses récits contemporains comprennent les séries Jamais avec lui et les Frères Cade. Elle écrit de la fantaisie romantique sous son nom de plume dans la collection Halven Rising que le Library Journal qualifie de « … nouvelle aventure fantastique passionnante. » Qu'elle écrive sur les hommes séduisants du lac Tahoe ou sur le monde féérique d'un campus universitaire, Jules nous délecte d'histoires captivantes, pleines d'amour et d'humour.

Quand Jules n'est pas en jogging en train d'écrire en se récompensant par des chocolats, elle passe du temps avec son mari et ses deux enfants dans leur petite ville natale sur la côte Pacifique. Elle a le super pouvoir d'être capable de lire en cavalant sur un tapis de course ou en brûlant le dîner.

Pour avoir accès à des l'actualité des parutions et des offres spéciales, inscrivez-vous à la newsletter de Jules:

julesbarnard.com/francais